Joan Darque

Person of Interest: Ein Polizist zum Verlieben

Joan Darque wurde 1988 in Berlin geboren, von da aus ging es ins idyllische Brandenburg, bis sie zu Beginn ihres Psychologiestudiums wieder in die große Stadt zurückzog, wo sie auch heute noch lebt. Unter ihrem Pseudonym Joan Darque schreibt sie vor allem in den Genres Young Adult und New Adult, manchmal mit fantastischem Einschlag, aber immer mit einer guten Portion Liebe.

Joan Darque

Person of Interest: Ein Polizist zum Verlieben

Roman

PIPER

Mehr über unsere Autorinnen, Autoren und Bücher:
www.piper.de

Wenn Ihnen dieser Roman gefallen hat, schreiben Sie uns unter Nennung des Titels »Person of Interest: Ein Polizist zum Verlieben« an empfehlungen@piper.de, und wir empfehlen Ihnen gerne vergleichbare Bücher.

Wir produzieren nachhaltig
www.piper.de

ISBN 978-3-492-50441-6

Redaktion: Cornelia Franke
Satz auf Grundlage eines CSS-Layouts von digital publishing competence (München) mit abavo vlow (Buchloe)
Covergestaltung: Traumstoff Buchdesign traumstoff.at
Covermotiv: Bilder unter Lizenzierung von Shutterstock.com genutzt
Printed in Germany

Kapitel 1

Fassungslos starre ich auf die Sporttasche, in die Henry seine Sachen wirft. Sein Shampoo, sein Rasierapparat, seine Klamotten. Eins nach dem anderen landet darin. Als sie voll ist, holt er einen Koffer und macht weiter. Es ist der Koffer, den wir uns extra für die Griechenlandreise gekauft haben. Als er den Pullover verstaut, den ich ihm zu Weihnachten geschenkt habe, finde ich endlich meine Sprache wieder.

»Also ... ist das dein Ernst? Du verlässt mich?«

Es ergibt keinen Sinn. Natürlich habe ich gemerkt, dass er in den letzten Wochen verschlossener war, aber immer, wenn ich ihn darauf angesprochen habe, spielte er es herunter. Daraufhin habe ich automatisch angenommen, dass es etwas mit seiner Arbeit zu tun hätte. An uns konnte es schließlich nicht liegen. Wir streiten nicht. Nie.

»Ganz ehrlich, Phyllis, wonach sieht es denn sonst aus?«, fragt er gereizt und fährt sich durch die rotblonden Haare.

Schon den ganzen Tag weicht er meinem Blick aus. Wir waren gerade beim Frühstück, als es aus ihm herausplatzte: »Ich verlasse dich.« Einfach so. Zwei Stunden sind seitdem vergangen.

Ich versuche, ruhig zu bleiben. Keine Szene zu machen. Henry wusste immer sehr zu schätzen, dass ich keine Dramaqueen bin. Gerade jetzt muss ich ihn daran erinnern, was er an mir hat, in Anbetracht dessen, dass mein mühsam aufgebautes Leben zerbröselt wie ein alter Keks.

»Aber ... wieso? Ich verstehe es einfach nicht, bitte erkläre es mir.«

Er wirft mir einen kurzen, verärgerten Blick zu. Hilflos zucke ich mit den Schultern. Es ist wirklich nicht zu viel verlangt, nach einer Begründung zu fragen.

»Wir sind seit fast zwei Jahren zusammen, wir wohnen zusammen. Ich hatte den Eindruck, alles ist gut«, rede ich weiter auf ihn ein.

Ich hatte einen Plan. Ich dachte, wir würden in den nächsten zwei Jahren heiraten. Ich dachte, wir würden uns nach einem Haus umsehen, vielleicht etwas weiter außerhalb der Stadt. Und ich dachte, ich hätte in mindestens fünf Jahren einen Säugling auf dem Arm. Es war eine schöne Vorstellung. Ein Schnappschuss der Zukunft, der nun Risse bekommt und ich weiß einfach nicht warum.

Seufzend richtet Henry sich auf. Er hat wieder angefangen, zum Sport zu gehen – Tennis – aber ein Wohlstandsbäuchlein ist geblieben. Nun frage ich mich, ob diese neue Leidenschaft für sportliche Betätigung etwas mit einer anderen Frau zu tun hat. Wut kocht in mir auf, ich drücke sie jedoch zurück unter die Oberfläche. Ihn anzuschreien, wäre kontraproduktiv. Ich will das hier klären. Es aus der Welt schaffen. Es ungeschehen machen.

»Wirklich Phi, warum brauchst du unbedingt eine Begründung? Ich liebe dich einfach nicht mehr so wie am Anfang.«

Mein Herz zieht sich zusammen. Das sitzt. Das ist fast schlimmer, als wenn eine andere Frau ihm schöne Augen macht. Dann würde es nämlich an ihr liegen, so jedoch liegt es nur an mir.

Mir ist nicht entgangen, dass er nicht mehr das L-Wort gesagt hat, doch Männer haben es sowieso nicht so mit Liebesbekundungen, oder? Dafür habe ich es gesagt. In letzter Zeit sogar häufiger als sonst. Vielleicht habe ich etwas geahnt, wenn auch unterbewusst. Wahrhaben will ich es deswegen noch lange nicht.

»Was hat sich denn verändert?«, hake ich nach.

Ich habe nichts anders gemacht als sonst. Ich rasiere mir nach wie vor noch akribisch die Beine. Meistens koche ich. Und wenn wir mal ehrlich sind, bleibt auch die meiste Hausarbeit an mir kleben. Etwas, was ich vielleicht angemerkt, aber nie gemeckert habe. Ich finde wirklich, man könnte es schlechter treffen.

Henry verdreht die Augen. Ich nerve ihn. Dabei bin ich mir ziemlich sicher, dass ich ihn in den letzten Monaten nicht genervt habe. Mir ist klar, dass alles nicht mehr so rosarot ist wie am Anfang. Der Mensch ist nicht ewig verliebt. Doch Paare trennen sich nicht einfach, weil die Schmetterlinge nicht mehr jeden Moment Saltos schlagen.

»Mein Gott, Phi, was bringt das denn?«

»Ich will wissen, wo das Problem liegt. Wenn wir wissen, wo das Problem liegt, können wir darüber reden und einen Kompromiss finden.« Aufgebracht hebe ich die Stimme. Nicht wirklich laut, ich habe drei jüngere Brüder, es braucht wirklich viel, bis ich meine innere Ruhe verliere. »Du kannst nicht einfach alles hinschmeißen.«

»Genau darum geht es ja: Ich will nicht reden. Ich will keinen scheiß Kompromiss. Ich will nur raus aus dieser Beziehung.«

Seine harschen Worte treiben mir die Tränen in die Augen. Es klingt, als würden wir eine furchtbare Beziehung führen oder als sei ich eine schreckliche Freundin.

Wieder seufzt er. Er kommt auf mich zu und legt mir unsicher eine Hand auf die Schulter, und wirkt dabei, als wollte er mich am liebsten überhaupt nicht berühren, was den Keil nur noch tiefer treibt. »Es liegt nicht an dir. Trotzdem kannst du mich nicht zurückquatschen, okay? Ich habe mir das lange überlegt, sehr lange. Es ist aus.«

Ich nicke, sehe nur noch einen Schleier. Schnell blinzle ich die Tränen weg. Ich weiß, dass Henry es hasst, wenn ich weine. Er findet, die Tränen einer Frau sind emotionale Erpressung. Letztendlich kann er keine Frauen weinen sehen, das kann man ihm nicht verübeln.

»Aber«, sage ich leise, weil ich befürchte, dass ich ihn gleich furchtbar sauer machen werde, »an irgendetwas muss es doch liegen.«

Er hat sich das vielleicht lange überlegt, für mich ist diese Information jedoch vollkommen neu. Sie reißt mir den Boden unter den Füßen weg. Und wir führen diese Beziehung zu zweit, habe ich kein einziges Wort mitzureden? Interessiert ihn meine Perspektive überhaupt nicht? Irgendetwas, das ich fühle oder machen kann, muss doch für ihn von Bedeutung sein.

Henry hat mir den Rücken zugedreht. Er schultert die Sporttasche und zieht den Rollkoffer hinter sich her. Wortlos geht er in den Flur, wo er seinen Schlüssel auf dem Schuhschrank ablegt. Er meint es ernst, richtig ernst.

Ich glaube schon, dass er mir nie mehr antworten wird, da dreht er sich noch einmal zu mir um. Er sieht niedergeschlagen aus. Wenn er mich nicht gerade verlassen würde, täte er mir leid.

»Es geht einfach nicht, Phi. Du bist ... zu perfekt.«

Ich blinzle überrascht. »Zu perfekt? Das ist doch kein Grund?«

»Okay dann ... mir fehlt was in der Beziehung.«

Verwirrt kneife ich die Augen zusammen. »Bin ich jetzt zu perfekt oder fehlt dir was? Das widerspricht sich.«

Er verlagert sein Gewicht von einem Bein aufs andere. Ihm liegt etwas auf der Zunge, was ihm unangenehm ist. Genauso sah er aus, als er statt des Mülls die Weihnachtsgeschenke meiner Mutter entsorgt hat, die zugegebenermaßen in einem blickdichten Beutel untergebracht waren. Eigentlich kein Wunder, dass er nie den Müll wegbringt.

»Na los, sag es. Du bist sowieso bald weg.« Wenn er es mir nicht sagt, werde ich nie Ruhe finden, das weiß ich ganz genau.

»Mir fehlt einfach die Spannung. Das Auf und Ab. Jeder Tag mit dir ist so ... gleichförmig.«

Mir stockt der Atem und der Schmerz in meiner Brust wird stärker, als würde von innen etwas gegen mich drücken. »Willst du damit sagen, dass ich langweilig bin?«

Er zuckt mit den Schultern, was so viel heißt wie: Ja.

Ich ringe nach Luft.

»Nichtsdestotrotz bist du eine tolle Frau«, beeilt er sich zu sagen. Sicher hat er Angst, dass ich gleich wieder anfange zu weinen.

Wie betäubt nicke ich. »Nur nicht so toll, dass du mit mir zusammenbleiben willst«, sage ich tonlos.

Aus dem Augenwinkel sehe ich ihn nicken. Ein Stich mitten ins Herz. Ich wollte Kinder und eine Zukunft mit diesem Mann.

»Na dann ... bye. Mach's gut.«

»Bye. Auf Wiedersehen.«

Auf Wiedersehen? Wohl kaum. Leise schließe ich die Tür. Ich sollte sie hinter ihm zuknallen, das weiß ich, aber mir ist nicht danach. Es würde kaum helfen.

Wie mechanisch laufe ich ins Wohnzimmer und lasse mich auf die Couch fallen. Ich habe das nicht kommen sehen, als ich heute Morgen aufgewacht bin. Ich dachte, es wird ein Tag wie immer. Ein langweiliger Tag wie immer.

Kapitel 2

Ich werfe einen letzten Blick auf Clives wohlgeformten Hintern, ehe er die Jeans überstreift. Ich hatte ganz vergessen, wie toll so ein Anblick sein kann. Henry hatte seine inneren Werte und ich würde diese jederzeit diesem knackigen Arsch vorziehen, aber ich kann nichts erzwingen, also mache ich vorerst das Beste aus meiner Situation.

Ich genieße das Singleleben. Hipp, hipp, hurra. Oder so.

»Nette Wohnung hast du hier«, sagt er und grinst mich an.

Er hat diesen Jungencharme, dem viele nicht widerstehen können. Vermutlich ist er ein paar Jahre jünger als ich, ich schätze ihn auf vierundzwanzig. Er arbeitet gleich gegenüber von mir, und ich habe keine Ahnung, was er genau macht. Wir haben uns ein paar Mal gesehen und angelächelt. Heute hat er mich gefragt, ob er mich zu einem Drink einladen darf, und ich habe zugesagt. Unsere Unterhaltung in der Bar bestand aus belanglosem Small Talk und Komplimenten, die immer anzüglicher wurden, bis er fragte, ob wir das Ganze bei mir fortsetzen sollen. Und ich habe zugesagt, weil ich mir dachte, ich sollte unverbindlichen Sex einmal in meinem Leben ausprobieren.

»Du kannst ja mal wiederkommen«, sage ich leichthin und meine es in doppelter Bedeutung.

Ihr richte mich auf, die Bettdecke fällt von mir ab und ich ziehe sie mir bis über die Brust, obwohl Clive mich vor ein paar Minuten noch splitterfasernackt gesehen hat.

»Nein, eher nicht.«

Ich werde hellhörig. Mein Herz schlägt schneller, auch wenn ich das nicht will. »Wieso nicht?«, frage ich alarmiert nach. Ich räuspere mich. Auf keinen Fall will ich klingen wie ein hysterisches Weibsbild. »Ich meine, machst du das generell nur einmal ... oder ...«

Er schenkt mir einen schnellen Blick. Eine Strähne seines dunkelblonden Haares fällt ihm lässig ins Gesicht. Er sieht einfach zu gut aus.

»Es war gut. Aber mehr auch nicht, also belassen wir es dabei.«

Er knöpft sich sein Hemd zu.

Ich wickle die Bettdecke enger um mich und stehe auf, folge ihm bis zur Tür.

»Also war es nicht gut genug, um es zu wiederholen?«, hake ich nach.

Ein dunkles Knäuel von Befürchtungen macht sich in meinem Magen breit. Nein, ich bilde mir das nur ein. Das mit Henry ist erst drei Wochen her. Natürlich bin ich noch empfindlich und interpretiere zu viel in Clives Worte hinein.

»Ja, so ungefähr.«

»So ungefähr?«

Clive weicht mir aus. Wieso weichen mir alle Männer aus? Alles, was ich will, sind klare Antworten. Ich will sie nicht anschreien oder Dinge nach ihnen werfen. Aber vielleicht wäre ich weniger langweilig, wenn ich es täte.

»Ja ... keine Ahnung. Ich presse dich gegen die Wand und du sagst mir, wir sollen lieber ins Bett gehen.«

Ich ziehe die Augenbrauen nach oben. »Und?«

Er kann nicht leugnen, dass ein Bett um einiges weicher ist als eine Wand. Es wurde dafür konzipiert, um in ihm zu schlafen und andere Dinge darin zu treiben. Die Wand wurde nur dazu konzipiert, die Decke zu halten.

»Das ist okay, jedem das seine. Ich steh nur auf Frauen, die etwas leidenschaftlicher sind und die Sache weniger pragmatisch angehen.«

»Aha.«

Er verabschiedet sich mit einer Geste und dann klappt die Tür vor mir zu. Ich höre, wie er die Treppen heruntertrabt. Offenbar hat er es eilig. Und dabei überflutet mich die Erkenntnis wie eine Welle aus eisigem Wasser.

Ich. Bin. Langweilig. Zu langweilig für eine Beziehung. Selbst zu langweilig, um mit mir unverbindlichen Sex zu haben.

Ich will den Gedanken wegwischen. Abtun und dann weiter machen. Negative Gedanken halten nur auf und bringen nichts ... Doch diesen kann ich nicht wegwischen. Er steht klar vor meinen Augen, egal, wie oft ich blinzle. Was, wenn die Männer in meinem Leben recht haben?

Tief atme ich ein und aus. Nervös zupfe ich an den dünnen Trägern meines Sommerkleides, obwohl sie kein bisschen verdreht sind. Was mache ich eigentlich hier? Das ist verrückt, absolut verrückt. Ich sollte nicht hier sein.

Und dann wiederum ... seit einem halben Monat lässt mich dieser Gedanke nicht los. Dieses eine Wort, das sich in mir aufbläht und anfängt, mein Leben zu bestimmen. Langweilig.

Immer dieselben Brötchen zum Frühstück, Phi? Wow, du bist nicht sonderlich originell.

Und da steht sie wieder fünfzehn Minuten vor Arbeitsbeginn in ihrem Büro, so wie absolut jeden Tag.

Es wurde zu einem Problem und für Probleme gibt es Lösungen. Nur leider ist meine Lösung, statt gedanklich mein Leben zu analysieren, die Fakten mit meinen Hirngespinsten abzugleichen.

Ich stehe also vor Brians Tür. Brian, mein Ex-Freund, vor Henry. Brian, der mich betrogen hat. Ich hoffe darauf, dass ich die Sache so schnell wie möglich abhaken kann, ansonsten sind da noch zwei weitere Leute auf meiner Liste. Titus, mein allererster Freund und meine Highschool-Liebe. Titus, der mich einen Monat vor dem Abschlussball sitzen gelassen hat. Und dieses eine Date mit diesem Typen, der mich nie zurückgerufen hat, Patrick. Rückblickend betrachtet war ich nie diejenige, die den Schlussstrich gezogen hat. Ich war immer die Verlassene. Keine besonders aufbauende Bilanz.

Ich nehme all meinen Mut zusammen und drücke auf die Klingel. Sein Name steht nach wie vor am Klingelschild, dennoch hofft ein Teil von mir, dass er gar nicht da ist, um mir diese Peinlichkeit zu ersparen.

Da schwingt die Tür auch schon auf und er steht vor mir. Groß, dunkelhaarig und gut aussehend. »Phyllis?!«

»Ja, die bin ich wohl.« Unsicher hebe ich die Hand. »Hi.«

Er starrt mich an, als sei ich irgendeine Illusion. Eine peinliche Stille breitet sich zwischen uns beiden aus.

»Willst du vielleicht reinkommen und was trinken?«, fragt er schließlich unsicher.

Vermutlich sagt er das nur aus Höflichkeit, aber wer weiß das schon. Wie sich herausgestellt hat, war ich nie besonders gut darin, Brian zu durchschauen.

Mehrere Wochen hat er es hinter meinem Rücken mit seiner Arbeitskollegin getrieben, und ich bin mir inzwischen sicher, dass ich ihn erwischen sollte. Vermutlich wusste er nicht, wie er am besten mit mir Schluss machen soll.

»Ähm nein, ich mach's ganz schnell.« Je eher wir das hier hinter uns haben, umso besser. »Ich will dich nur fragen, wieso du mich damals betrogen hast. Es ist wichtig für mich.«

Seine Augen verengen sich zu Schlitzen. »Willst mich wieder zurück oder so?«

»Nein, nein, um Gottes Willen.« Ich schüttle meinen Kopf so heftig, dass meine offenen Haare hin und her fliegen.

»Okay.« Jetzt lächelt er und lehnt sich mit verschränkten Armen an den Türrahmen. »Puh, lass mich überlegen, das ist immerhin wie lange her? Drei Jahre?«

Ich nicke. Für andere ist das gewiss eine lange Zeit. Ich erinnere mich noch sehr genau daran. Vor allem ist es der verletzte Stolz, der in mir rührt.

»Ach ja …« Er grinst schief. Unglaublich, dass ich ihn mal attraktiv gefunden habe. »Das kannst du mir nicht übel nehmen, Kimberly war ein Wahnsinnsgeschoss.« Er reibt sich übers Kinn. »Leider vollkommen irre, die Frau. Hab bedauerlicherweise zu lange gebraucht, um das rauszufinden. Aber na ja, wie sagt man so schön? Die Verrückten sind auch irre gut im Bett.«

Ich kneife die Augen zusammen. So einen Spruch habe ich noch nie gehört. Eine Bauernregel ist das wohl kaum.

»Lag es daran?«, hake ich nach und versuche, das Gespräch zum eigentlichen Punkt zurückzubringen. »War ich nicht gut genug im Bett?«

Dank Clive wäre es das zweite Mal, dass ich das höre. Und vielleicht hat Henry das auch sagen wollen.

»Schon ein bisschen. Du bist heiß, Phyllis. Aber einfallslos. Und ich habe es gerne etwas versauter.«

Er grinst dreckig und wackelt mit den Augenbrauen.

Hitze schießt in meine Wangen. Ich frage mich, von wie versaut wir hier reden. Warum hat er es nie angesprochen? Hätte ich etwas verändert? Ich weiß es nicht. Aber gewiss hätte ich es ausprobiert. Ich weiß, dass ich der Prototyp des netten Mädchens von nebenan bin. Ich habe nur nie geglaubt, dass das ein allumfassendes Problem darstellt.

»War das alles?«, frage ich kurz angebunden. Die Geister der Vergangenheit aufzuwecken, war keine gute Idee.

»Keine Ahnung, ich kann mich kaum noch an uns erinnern«, sagt er leichthin und zuckt mit den Schultern.

Fassungslos starre ich ihn an. »Wir waren fast ein Jahr zusammen!«

Wieder nur ein Zucken.

Wow. Ich bin so öde, dass ich einfach aus dem Gedächtnis der Leute sickere, sobald ich nicht mehr da bin. Wie bei mir und mittelmäßigen Filmen, an dessen Handlung ich mich nach einer Woche nicht mehr erinnere. Nur die richtig guten und die richtig schlechten hinterlassen einen bleibenden Eindruck. Und genau so ein Film bin ich. Einen, den man anschaltet, wenn nichts anderes da ist, den man sich aber auf keinen Fall ein zweites Mal ansehen würde.

»Okay, danke, das war's auch schon.«

Im Eilschritt laufe ich die Treppen seines Wohnhauses hinab, nur um im Anschluss vollkommen verschwitzt auf einem Bürgersteig in Phoenix zu stehen. Wir haben Sommer, was so viel heißt wie, dass die Sonne von oben herabknallt und von den umliegenden Gebäuden und dem Bürgersteig so zurückgeworfen wird, dass man wie ein Spiegelei in der Pfanne brät.

Ich rette mich in den Schatten meines geparkten Autos, schmeiße sofort die Klimaanlage an und starre auf das Lenkrad, unfähig dazu, den Schlüssel im Zündschloss umzudrehen. Mir schießen zwei Gedanken gleichzeitig durch den Kopf. Der erste ist, dass ich die Sache abhaken und mein Leben weiterleben muss. Der zweite, dass ich unbedingt auch mit Patrick und Titus reden sollte.

Wie ferngesteuert fische ich mein Smartphone aus meiner Handtasche und gehe meine recht kurze Kontaktliste durch. Meine Brüder, meine Arbeitskollegen, mein Steuerberater, meine Mom ... da, endlich: Patrick. Ehe ich mich abhalten kann, drücke ich auf Wählen. Ich kneife die Augen zusammen. Kann man Dummheit körperlich spüren? Ich glaube schon, fühlt sich an wie ein unschönes Stechen. Ich hatte *ein* Date mit diesem Mann! Vor *Jahren*. Aber es klingelt bereits und damit ist es endgültig zu spät. Er würde meine Nummer so oder so auf dem Display sehen.

Eigentlich komisch, dass ich bisher nur ein verpatztes Date hatte. Vielleicht spricht das ja für mich? Die meisten meiner Freundinnen müssen viele Frösche küssen, bis sie einen Freund haben, bei mir kommt es immer relativ schnell zu Beziehungen. Allerdings sind die meisten von ihnen inzwischen verheiratet und ich nicht.

»Patrick Hanson am Apparat, wer ist denn da?«

Natürlich hat er meine Nummer nicht mehr eingespeichert, wieso sollte er auch?

»Hallo Patrick hier ist Phyllis. Moore.« Noch während ich anfange zu sprechen, könnte ich im Boden versinken.

»Ich bin eine Arbeitskollegin von Magrit, wir sind vor circa zwei Jahren mal ausgegangen.«

»Jaaaa.« Seine Stimme klingt skeptisch und das kann ich ihm nicht verübeln. »Ich erinnere mich.«

Na immerhin.

»Bitte leg nicht auf. Ich bin nicht verrückt geworden oder so.«

Na ja. Vielleicht ein bisschen.

»Aber ich wollte dich fragen, wieso es damals nicht mit uns geklappt hat. Es ist nur eine Frage aus Neugier.«

»Äh.«

Ich kann fast fühlen, dass er auflegen will, und bereite mich auf das tutende Geräusch vor.

»Kam ich dir langweilig vor?«, hake ich nach.

»Langweilig? So würde ich es nicht sagen.«

Ich weiß nicht, ob ich schon erleichtert aufatmen darf oder ob er höflich ist. Das treibt mich noch in den Wahnsinn. Im Moment würde ich meinen linken Arm für die Superkraft hergeben, Männern in den Kopf zu schauen. Ich verstehe einfach nicht, wieso sie nicht ungeschönt die Wahrheit sagen können, schließlich haben sie nichts zu verlieren. Keiner dieser Männer will mich in seinem Leben und dennoch finden sie keine eindeutigen Worte.

»Ich hatte nur das Gefühl, dass wir nicht zusammenpassen. Du warst ... nicht sonderlich enthusiastisch. Als wärest du nicht an mir interessiert.«

»Oh.« Verdutzt blinzle ich mein Lenkrad an. »Wirklich?«

Ich war an Patrick interessiert. Sehr sogar. Gutaussehend, guter Job, wirklich klug, hervorragende Manieren. Und Magrit hat mir versichert, dass er jemand ist, der an einer langfristigen Beziehung interessiert ist. Wie könnte ich also nicht auf Patrick stehen? Magrit war der Meinung, wir würden perfekt zusammenpassen. Nur hat sie sich in diesem Punkt getäuscht.

»Ja, nimm es nicht persönlich. Ich denke, wenn wir besser zusammengepasst hätten, wäre dieses Dinner auch nicht so zäh gewesen«, stimmt er einen fröhlichen, versöhnlichen Ton an.

»Das Dinner war zäh?«, frage ich entsetzt.

»Du, Mensch, mein Nudelwasser kocht über, ich muss auflegen.«

Jetzt höre ich das tutende Geräusch.

Kapitel 3

Es kostet mich durchschnittlich eine Stunde und fünf Minuten, um von Phoenix in meine Heimatstadt Paxdale zu fahren. Eine Kleinstadt, die sich, seit ich geboren bin, kaum verändert hat. Ich fahre fast jedes zweite Wochenende raus zu meiner Familie, aber diesmal stehe ich vor dem Haus von Titus Michaels. Es war nicht schwer herauszukriegen, wo er wohnt, ein Anruf bei einem alten Klassenkameraden und schon hatte ich die Adresse: drei Straßen von seinem alten Elternhaus entfernt.

Es ist nett hier. Veranda, kleiner Garten. Alles könnte einen neuen Anstrich gebrauchen, aber es sieht nicht verfallen aus, nur ein bisschen abgewohnt. Die Zauntür steht offen, ich weiche einem Bobbycar auf dem Weg aus und stehe schließlich vor einer Glastür mit Fliegennetz. Ich entdecke keine Klingel und klopfe an.

Ich höre Schritte. Dann eine Stimme, die laut schreit: »Emma, bleib, wo du bist, ich bin gleich bei dir!«

Gleich darauf öffnet sich die Tür, anschließend das Fliegennetz.

Überrascht blinzle ich. Taylor Stevenson. Wahrscheinlich eher Taylor Michaels. Früher Cheerleaderin, jetzt rundlicher um die Hüften und Mutter.

Auch sie braucht einige Sekunden, bis sich das Erkennen auf ihren immer noch sehr schönen Gesichtszügen ausbreitet. »Phyllis Moore!«

Ich nicke.

Sie mustert mich einmal von oben bis unten. »Du siehst genauso aus wie früher, ein bisschen unfair, oder?«, fragt sie lachend.

Ich lache aus Höflichkeit mit, aber ein Kloß hat sich in meinem Hals gebildet. Vielleicht ist sie neidisch auf mich, weil ich seit der Highschool kaum ein Gramm zugenommen habe, ich hingegen würde jederzeit mit ihr tauschen. Dieses Haus. Das Bobbycar. Hinter ihr entdecke ich eine chaotische Küche und eine Wand voller Familienfotos. Sie hat nicht nur ein Kind, sie hat drei und alle sehen bezaubernd aus.

»Hi, ich ... ich wollte kurz mit Titus sprechen, ist nur eine Kleinigkeit, geht das?«

»Na klar, er bastelt in der Garage rum und drückt sich vor dem Haushalt. Lauf einfach ums Haus herum, dann siehst du ihn schon. Und sag ihm bei der Gelegenheit, dass er mit dem Abwasch dran ist.«

Ich nicke kurz angebunden und stapfe über den Rasen. Titus starrt auf einen kleinen Bildschirm, auf dem Football läuft, und springt auf, sobald er mich kommen hört. Die Motorhaube des Autos neben ihm ist offen, aber ich habe das Gefühl, er hat schon ziemlich lange keinen Blick mehr reingeworfen.

»Phi? Bist du das?«, fragt er ungläubig.

»Sieht so aus.« Ich schiele zum Auto. »Seit wann bist du unter die KFZ-Mechaniker gegangen?«

Verlegen reibt er sich den Hinterkopf. Auch er hat ein paar Kilo zugelegt. Ist kahler geworden. Dennoch erkenne ich den Jungen von früher in ihm. Der erste, mit dem ich je geschlafen habe.

»Gar nicht, aber verrate es nicht Taylor.«

»Es bleibt unser Geheimnis.«

Stumm stehen wir voreinander. Es ist deutlich, dass wir uns nach all den Jahren nichts mehr zu sagen haben.

»Also, was treibt dich zu mir?«

»Eine kleine Frage.«

»Schieß los.«

»Hast du mich damals verlassen, weil ich zu langweilig war?«

Gespanntes Schweigen breitet sich zwischen uns aus. Wieder kratzt er sich am Hinterkopf. Natürlich. Vor Frustration balle ich die Fäuste.

»Hör zu, Phi, ich weiß, dass ich mich damals richtig scheiße verhalten habe. Es tut mir echt leid, aber dann wiederum ... es wäre gelogen zu behaupten, dass ich es bereue.«

Er wirft einen Blick zum Haus und ich nicke. Das Mädchen, mit dem er statt meiner zum Abschlussball gegangen ist, ist die Mutter seiner Kinder. Doch das war nicht meine Frage.

»Du warst die erste Frau, mit der ich ... na ja, du weißt schon. Du wirst immer ein Stein bei mir im Brett haben.«

»Hast du mich wegen Taylor verlassen?«

»Ja, irgendwie schon. Also versteh mich nicht falsch, ich habe dich nicht betrogen oder so. Nur gemerkt, dass ich sie anziehender finde als dich und das wäre dir gegenüber nicht fair gewesen, selbst wenn sie mir einen Korb gegeben hätte, als ich sie zum Abschlussball eingeladen habe.« Er grinst schief. »Hat sie aber nicht.«

Der Kloß in meinem Hals wächst und ich lasse den Kopf hängen. An der Art, wie er von ihr spricht, wie er ihren Namen sagt, spürt man, wie sehr er sie auch nach zehn Jahren noch liebt. Ich will das auch. Ich will es so dringend, dass es mich innerlich fast auffrisst.

»Sie ist meine erste große Liebe. Meine einzige Liebe.«

Mein Kopf fährt hoch. »Hast du mich nicht geliebt?«

Wir hatten es uns gesagt, bevor wir miteinander geschlafen haben. Es war das erste Mal, dass die magischen drei Worte aus meinem Mund gekommen sind, und plötzlich legt sich ein Schatten auf diese positive Erinnerung. Hat er mich angelogen? Hat er mich angelogen, um mich ins Bett zu kriegen?!

Ich habe Titus nie für einen Scheißkerl gehalten. Deswegen habe ich mich überhaupt auf ihn eingelassen. Ich war schon vorher von Jungs angebaggert worden, bei denen offensichtlich war, dass sie nur das eine wollten. Ich habe sie links liegen lassen und mich für den stillen Jungen aus der letzten Reihe entschieden, der über seine eigenen Worte gestolpert ist, als er mich fragte, ob wir uns in der Cafeteria zusammensetzen wollen.

»Doch, doch«, beeilt er sich zu sagen. »Ich meine, ich dachte, ich würde dich lieben.«

»Dem war nicht so?«

Titus sieht mich zerknirscht an. Er will mich nicht verletzen.

»Titus ... bitte«, flehe ich ihn an. Gleichzeitig verzweifle ich. Wenn es den Männern, die nichts mehr mit mir zu tun haben, so schwerfällt, mir die Wahrheit zu sagen, dann ist es kein Wunder, dass sie sich in der Beziehung ausschweigen. Blauäugig denke ich immer, alles läuft toll, aber vielleicht geht von Anfang an alles schief, ohne, dass ich es mitbekomme.

Titus weicht meinem Blick aus, bevor er fortfährt. »Ich war megamäßig in dich verknallt. Und ein hormongesteuerter Teenager. Was Liebe ist, das wusste ich noch gar nicht. Das weiß ich erst seit Taylor.«

Mein Mund geht auf und zu, ich weiß gar nicht, was ich dazu sagen soll.

»Sie war einfach ... sie war nicht nur eine Cheerleaderin. Sie hat die gleichen Computerspiele wie ich gezockt und war einfach das coolste Mädchen, das ich kenne.«

Im Gegensatz zu dem öden Mädchen, mit dem er zuerst zusammen war. Ich erinnere mich an Titus' Computerspiele. Ich hab oft daneben gesessen und ihm dabei zugeschaut. Zugegebenermaßen konnte ich nichts damit anfangen, es hat mich jedoch nie gestört, dass er sie spielt. Aber ich schätze, das zählte nicht.

»Okay, das war schon alles, was ich wissen wollte. Danke für deine Ehrlichkeit.«

»Hey.« Er hält mich am Arm zurück. »Du warst meine erste. Und nur wegen dir hatte ich überhaupt das Selbstbewusstsein, eine wie Taylor anzusprechen. Ich werde dir ewig dankbar dafür sein.«

Ich nicke. Das ist nett.

»Taylor sagt, du sollst den Abwasch nicht vergessen.«

Ich weiß nicht, was ich sonst erwidern soll, es ist alles ausgesprochen. Titus versucht nicht mehr, mich zurückzuhalten, und gedankenverloren laufe ich zu meinem Auto.

Insgesamt passt Titus ziemlich gut ins Bild. Sie alle passen ins Bild. So unterschiedlich sie auch sind, sie alle haben gemeinsam, dass sie nicht mit mir zusammen sein wollten. Niemand will das.

Eine Träne rollt über meine Wange und unwirsch wische ich sie weg. Ich betrachte mein Spiegelbild in den Fenstern meines Autos. Ich war immer recht zufrieden damit. Meine braunen Haare umrahmen mein Gesicht in einem Stufenschnitt und große braune Augen starren mich an. Die Augen und diese Stupsnase bringen die Leute immer dazu, mich permanent niedlich zu nennen. Ich wecke bei vielen Männern eine Art Beschützerinstinkt, habe manchmal Probleme damit, ernstgenommen zu werden.

Nur ist das alles egal. Ich begreife mehr denn je, dass Schönheit nicht alles ist. Schönheit bringt Menschen dazu, dich anzusprechen, aber nicht, bei dir zu bleiben. Jeden Morgen neben dir aufzuwachen. Wobei ich auch nicht die Frau bin, der alle Männer atemlos hinterherschauen. Auf einer Skala von 1 bis 10 bin ich eine solide 7,5.

Doch irgendwann sind wir alle alt und schrumpelig und ich würde dann gerne auf einer Veranda im Schaukelstuhl sitzen, umgeben von meinem Mann und meinen zehn Enkelkindern. Auf einmal kommt mir der Weg bis dahin unendlich lang vor und vor meinem geistigen Auge verwandeln sich die zehn Enkelkinder in zehn Katzen und der Schaukelstuhl neben mir ist leer. Trotz den Temperaturen in Arizona bekomme ich bei dieser Vorstellung eine Gänsehaut.

Mein Handy klingelt und schreckt mich aus meinen melancholischen Gedanken.

»Ja?«

»Hey Phiphi.«

»Was ist los?«

Es ist Justin, der älteste meiner Brüder. Ich kenne diesen Tonfall, er will etwas von mir. Darauf würde ich alles verwetten, was ich besitze.

»Ich habe mich nur gefragt, ob du dieses Wochenende da bist.«

»Und wieso hast du dich das gefragt?«, frage ich, während ich mich hinters Steuer setze und den Schlüssel ins Zündschloss schiebe, ohne ihn umzudrehen.

»Darf ein Bruder nicht fragen, wann seine geliebte Schwester ihn besuchen kommt?«

Ich schweige.

»Also, die Sache ist die: Mom ist nicht da und sie will, dass ich auf Logan und Josh aufpasse, obwohl ich ihr gesagt habe, wie lächerlich das ist, weil sie mit zwölf und fünfzehn keinen Babysitter mehr brauchen.«

Ich muss Mom recht geben. Logan, den Mittleren, könnte man unbeaufsichtigt zuhause lassen, aber Josh könnte in der Zeit das Haus anzünden. Nicht aus Absicht, aber der Junge hat beim Stolpern schon erstaunlich katastrophale Kettenreaktionen ausgelöst.

»Und da ist diese Party und ich will da unbedingt hin. Sie fängt in drei Stunden an, wenn du dich also jetzt ins Auto setzt ...«

»Ja, ja, ich verstehe schon.«

»Echt? Danke! Du bist die Coolste.«

»Ja, ja.«

Ich werde ihn daran erinnern, wenn ich ihm wieder mit meinem Verantwortungsscheiß auf den Wecker gehe. Wenn ich daran denke, dass er bald von zuhause auszieht und aufs College geht, wird mir ein bisschen angst und bange.

»Wie lange brauchst du?«

Ich starrte den Motor. »Ungefähr zehn Minuten.«

»Was?! Shit.«

Er legt auf, ohne sich zu verabschieden. Ich rolle mit den Augen, gleichzeitig liegt ein hartnäckiges Lächeln in meinen Mundwinkeln.

Kapitel 4

Als ich in meinem alten Zuhause ankomme, frage ich mich, was Justin in den panischen zehn Minuten gemacht hat, die ich gebraucht habe. Viel ist es nicht. Von der Eingangstür hat man einen guten Blick in die offene Küche und das sich anschließende Wohnzimmer. Überall liegen Sachen herum, das Geschirr stapelt sich in der Spüle, obwohl wir einen Geschirrspüler haben. Als ich ins Bad komme, stapelt sich die Wäsche vor der Waschmaschine. Die Jungs wissen theoretisch, wie das Ding funktioniert, aber sie scheinen es immer und immer wieder zu vergessen.

Seufzend mache ich mich daran, klar Schiff zu machen. Danach fahre ich in den Supermarkt, solange Justin noch zuhause ist. Ich kaufe für gefühlt einen Monat ein und mache mich anschließend daran, etwas Anständiges zu kochen. Justin schlürft seine Portion direkt aus der Kelle, drückt mir einen flüchtigen Kuss auf die Wange und macht sich vom Acker in Moms altem Auto. Vermutlich brauche ich vor drei Uhr nicht mit ihm zu rechnen. Hauptsache, er trinkt nicht mehr als ein Bier oder übernachtet bei Freunden. So habe ich das in seinem Alter gemacht. Justin ist jedoch weiß Gott nicht ich, worüber ich in Fällen wie diesen lieber nicht allzu genau nachdenke.

Ich sehe nach Moms Post und sortiere die Briefe in ihrem Arbeitszimmer gewohnheitsgemäß nach meiner Auffassung von Dringlichkeit. Im Anschluss essen Logan, Joshua und ich zum Abendbrot.

»Wie läuft es in der Schule?«, frage ich die beiden und schaue abwechselnd hin und her. Josh hat genau wie Justin die blonden Haare meines Vaters geerbt, während Logan und ich ganz nach Mom kommen.

»Gut«, kommt es fast einstimmig von ihnen zurück.

Ich verdrehe die Augen. »Wow, so detailreich wollte ich es gar nicht wissen.« Ich wende mich an Logan. »Wie läuft es denn im Theaterkurs? Habt ihr nicht irgendwann eine Aufführung?«

Jetzt ist es an ihm, die Augen zu verdrehen. »Wir hatten schon längst eine.«

Verblüfft sehe ich ihn an. »Was? Wann?«

»Keine Ahnung, vor 'nem Monat oder so?«

»Nee, schon länger her«, nuschelt Josh und ich werfe ihm einen strengen Blick zu, worauf er demonstrativ herunterschluckt.

Ich rechne schnell im Kopf nach. Wahrscheinlich um die Trennung von Henry herum. Vielleicht sogar davor. Aber egal, was vorgefallen ist, nichts hätte mich davon abgehalten, als stolze Schwester im Publikum zu sitzen. Ich brenne auf so eine Aufführung, seit Logan dem Kurs beigetreten ist. Seit sie Teenager sind, ist es schwer, Dinge zu finden, über die wir gemeinsam reden können.

»Wieso habt ihr mir das nicht gesagt?« Ich versuche, meine Enttäuschung so gut es geht herunterzuschlucken.

Logan zuckt nur mit den Schultern. »Ich dachte, Mom erzählt es dir.«

Na toll, und Mom dachte wahrscheinlich, dass er es mir erzählt. Es wäre nicht das erste Mal.

»Welche Rolle hast du gespielt? Lief alles glatt? Erzähl doch mal!«

»Phi, es war nur ’ne Mini-Rolle!«

Ja danke, das kurbelt mein Vorstellungsvermögen unglaublich an.

Ich wende mich an Josh. »Wie fandest du es denn?«

»Woher soll ich das wissen? Ich war nicht da.«

»Was? Wieso nicht?«

»Ich habe allen gesagt, dass sie nicht kommen müssen. Ich habe *einen* Satz gesagt. Total peinlich, wenn ihr alle dafür gekommen wärt.«

»Aber ... Mom war da, oder?«

Mir wird flau im Magen, wenn ich mir vorstelle, dass Logan sein Bühnendebüt hatte und keine vertraute Person im Publikum saß. Ich hatte das während meiner Schulzeit bei meinem Debüt im Debattierklub und ich fühlte mich im Stich gelassen.

Logan stochert in seinem Essen herum. Das Gespräch ist ihm sichtlich unangenehm. »Nee, die musste arbeiten. Du machst da eine viel zu große Sache draus. Voll unnötig.«

Ich lächle, um uns die Leichtigkeit von eben zurückzubringen. »Okay. Aber sag mir das nächste Mal Bescheid, ja?«

»Jaaahaaa doch.«

»Versprochen?«

»Versprochen.«

Allerdings bin ich mir nicht sicher, ob ich ihm vertrauen kann. Offenbar ist er noch in dem Alter, in dem es total peinlich ist, neben irgendeiner Autoritätsperson erblickt zu werden. Wann verwächst sich das?

»Hast du deinen Pudding gemacht, Phiphi?«, fragt Josh mich.

»Aber natürlich.«

»Cool!«

Nach dieser lebenswichtigen Information vertiefen Logan und Josh sich in einem Gespräch über Superhelden, von denen ich keinen kenne und deswegen beim besten Willen nichts beitragen kann.

Gegen Abend verziehen sich Logan und Josh in ihren Zimmern und ich bleibe allein mit meinen Gedanken. Verzweifelt sehe ich mich um, ob ich noch irgendetwas tun kann, aber ich habe zu gute Arbeit geleistet. Sie haben sogar die Mahlzeiten für eine Woche in Tupperdosen im Kühlschrank und im Gefrierfach.

Ich lasse mich auf die Couch fallen und starre zur Decke hoch.

Es kommt mir fast vor, als sei mein bisheriges Leben eine Lüge. Mir geht nicht aus dem Kopf, wie Henry sagte, dass er sich das mit der Trennung lange überlegt hat. Ich drücke mir ein Kissen aufs Gesicht, als könnte ich die Gedanken damit ersticken. Aber es hilft nicht, sie sind immer noch da. Und ich weiß nicht, ob sie je wieder weggehen.

Mit einem Ruck nehme ich das Kissen weg und setze mich auf. Ich habe zwei Optionen: Ich kann in Selbstmitleid versinken, oder es anpacken. Ich entscheide mich für Letzteres. Ich stehe so schnell auf, dass mir fast schwindelig wird, und schnappe mir den Notizblock für die Einkaufsliste, einen Stift und setze mich an den großen Esstisch, wo das Licht am besten ist.

Ich bin ein langweiliger Mensch, das ist wohl Tatsache, doch das heißt nicht, dass ich einer bleiben muss. Ich mache das ständig in Firmen; hingehen und die Umstände verbessern, wobei mein Spezialgebiet das Personalwesen ist. Meist schaffe ich es, für Firma und Mitarbeiter zufriedenstellende Zustände zu schaffen, denn siehe da: Zufriedene Mitarbeiter sind in der Regel produktiver.

Wie würde ich vorgehen, wenn das hier meine Arbeit wäre? Vermutlich den Istzustand ermitteln, dann den Sollzustand festlegen und schauen, wie es möglich wäre, das eine zum anderen zu optimieren.

Ich gehe meine Beziehungen noch einmal in allen Einzelheiten durch. Versuche zu identifizieren, was es ist, was den Männern fehlt. Was macht Frauen interessant?

Henry meinte, die Tage mit mir seien zu gleichförmig, also sollte ich mehr Abwechslung hereinbringen. *Spontaner sein. Mehr Abwechslung.* Schreibe ich auf die Liste. Ich denke an Titus' Computerspiele und daran, dass Patrick das Gefühl hatte, dass ich ihn nicht genug will.

— *Begeisterungsfähiger werden.*
— *Sich mehr für seine Hobbys interessieren.*
— *Ihm das Gefühl geben, begehrt zu sein.*

Ich klicke mit dem Kuli, während ich an Clive und Brian denke. Jetzt wird es kniffelig. Wie wird man eine bessere Liebhaberin?

— *Mehr Stellungen ausprobieren.*
— *Versaut reden?*

Als es klingelt, zucke ich erschrocken zusammen. Ich runzle die Stirn, während ich einen Blick auf die Küchenuhr werfe. Es ist kurz nach 23 Uhr, wer kommt denn jetzt zu Besuch? Ich eile durch die offene Küche und Wohnzimmer zur Haustür und reiße sie auf, nur um dann zu erstarren. Ein Polizist steht vor mir. Panisch sehe ich zu meinem Bruder neben ihn. Kein Blut, keine anderen Verletzungen.

Okay, was hat er angestellt?

Mein Blick schnellt wieder zurück zu dem Polizisten und mir begegnen stahlblaue Augen und ein scharf geschnittenes Gesicht. Seine dunklen Haare sind ungewöhnlich zerzaust für einen Staatsdiener. Er sieht so unverschämt gut aus, dass er eigentlich unecht sein müsste. Umso überraschender, dass er mir vage bekannt vorkommt, aber ich kann ihn einfach nicht einordnen.

»Ma'm?«

»Was ... was ist denn los?« Mir schießen die schlimmsten Horrorszenarien durch den Kopf.

»Wir haben eine Party aufgelöst und dieser junge Mann war eindeutig nicht mehr in der Verfassung, um zu fahren. Deswegen setze ich ihn zuhause ab. Er wohnt doch hier, oder?«

Hastig nicke ich. »Ja, ja, kommt rein.«

Ich trete beiseite, damit die beiden eintreten können. So etwas machen auch nur Kleinstadtpolizisten und genau dafür bin ich ihnen unheimlich dankbar.

Ich schließe die Tür hinter ihnen und mustere meinen Bruder erneut. Seine Augen sind befremdlich rot.

»Scheiße, du bist ja bekifft!«

Er macht sich nicht einmal die Mühe, es zu leugnen, und lacht stattdessen los, als hätte ich den Witz des Jahrhunderts gerissen. Ich bin wütend, aber ich schlucke es herunter. Seit neunzehn Jahren bin ich große Schwester und habe gelernt, dass es nicht viel bringt, aus der Haut zu fahren.

»Warum kannst du dich nicht nur betrinken, wie jeder andere Jugendliche auch?«

Justin lacht nur noch lauter.

Der Polizist räuspert sich. »Das habe ich jetzt mal nicht gehört.«

Erschrocken schaue ich zu ihm. Ich hatte ihn fast vergessen. Aber er hält mir keine Standpauke, um seinen Mund liegt ein amüsiertes Lächeln. Ich versuche abzuschätzen, wie alt er ist. Nicht viel älter als ich. Vielleicht bin ich mit ihm zur Schule gegangen.

Ich laufe zur Spüle und fülle eins unserer größten Gläser mit Wasser und drücke es anschließend Justin in die Hand. »Und jetzt ab in dein Zimmer. Schlafen.«

»Ey Mann, ich bin nicht müde und erwachsen.«

Ich werfe ihm einen dieser Blicke zu, bei denen er genau weiß, dass er sich nicht mit mir anlegen soll. Er nickt träge und schlurft dann die Treppen rauf. Ich kneife die Lippen zusammen, um ihm nicht hinterherzurufen, dass er gefälligst die Füße heben soll. Immerhin macht er, was ich will. Es sind die kleinen Erfolge, die zählen.

Besorgt wende ich mich wieder dem Polizisten zu. »Steckt er in Schwierigkeiten?«

»Nein, er hatte kein Gras bei sich, für den einfachen Konsum kann ich ihn nicht belangen und ehrlich gesagt hätte ich da auch keine Lust drauf.«

Er lächelt mich an und ich kann nicht anders, als es zu erwidern. Ein warmes Gefühl durchströmt mich. Meine Knie werden ein wenig wackeliger, wenn ich in seine blauen Augen schaue, und mein Puls legt einen Zahn zu. Er hat eine sympathische Ausstrahlung, ich fühle mich in seiner Nähe gleich wohl. Ich wette, er ist ein fantastischer Polizist.

»Ich danke Ihnen. Wollen Sie vielleicht auch etwas trinken?«

Wahrscheinlich hatte er einen langen Tag und freut sich darauf, endlich nach Hause zu kommen. Wie automatisch wandern meine Blicke zu seinen Händen. Kein Ehering.

»Vielleicht ein Glas Wasser«, sagt er zu meiner Überraschung.

»Klar. Setzen Sie sich doch.«

Ich zeige zum Esstisch und gehe zum Kühlschrank. Justin kriegt Leitungswasser, der nette Cop hat etwas Besseres verdient. Während ich die Flasche aufschraube, fällt mir siedend heiß ein, dass meine Liste noch auf dem Tisch liegt.

In Schallgeschwindigkeit drehe ich mich zu ihm herum, sein Blick fällt auf den Notizblock. Er schaut schnell weg, als ihm aufgeht, dass es keine Einkaufsliste ist. Ich sprinte den kurzen Weg zum Tisch und ziehe den Block zu mir. Nur, um das Ganze noch peinlicher zu machen.

Sein Mundwinkel zuckt amüsiert und ich weiß, dass er es gelesen hat. Und er weiß, dass ich es weiß.

»Tut mir leid, es war keine Absicht«, sagt er aufrichtig.

Ich zucke mit den Schultern. »Ist nicht wichtig«, wiegele ich ab. Mein Gesicht ist erhitzt und vermutlich bin ich so rot wie eine Tomate. Wie könnte ich auch nicht?

Habe ich wirklich *versaut reden* aufgeschrieben? Ich hebe meine Handfläche und schiele aufs Papier.

Japp, hab ich.

»Es ist ... ein Projekt von mir.«

»Was für ein Projekt?«

Ich lache nervös auf. Ich dachte, es wäre weniger unangenehm, wenn ich es erkläre, doch das war ein Trugschluss. Nun weiß ich nicht mehr, wie ich aus der Nummer herauskomme.

»Um ehrlich zu sein, bin ich das Projekt.« Ich lasse mich auf den Stuhl neben ihm fallen und nehme einen großen Schluck aus der Wasserflasche in meiner Hand. »Ich versuche ... eine optimierte Version von mir zu erreichen.«

Seine Augenbrauen schnellen in die Höhe. Es ist mir klar, dass er das nicht versteht. Würde man ihn optimieren, wäre er wahrscheinlich Gott.

»Ich glaube nicht, dass das nötig ist.«

Gutaussehend. Gesetzeshüter. Und zu allem Überfluss auch noch charmant.

»Hören Sie, ich weiß, was Sie jetzt denken.«

Wieder zeigt sich dieser amüsierte Zug um seinen Mund, der meinen Blick automatisch zu seinen Lippen wandern lässt. Er hat einen leichten Bartschatten und ich wüsste zu gerne, wie sich das beim Küssen auf meinem Gesicht anfühlt.

»So? Was denke ich denn?«

»Dass ich Komplexe habe.«

»Und wie ist es wirklich?«

»Ich habe sämtliche Männer in meinem Leben befragt und das Ergebnis ist leider dasselbe: Ich bin stinklangweilig.«

Er lacht kurz auf, ehe er sich wieder im Griff hat. Ein Lächeln bleibt.

»Wenn immer wieder dasselbe herauskommt, kann es nicht mehr an den anderen liegen«, sage ich überzeugt.

Er sieht aus, als würde er ernsthaft über meine Worte nachdenken. Ich bin offenbar noch nicht ganz in der Verrückte-Katzenfrau-Schublade gelandet.

»Ich bezweifle dennoch, dass Sie langweilig sind.«

»Sie kennen mich gar nicht.«

Bedauerlicherweise.

»Das stimmt, aber ich halte Menschen generell nicht für langweilig. Und wie will man das mit der Optimierung überhaupt schaffen? Wollen Sie sich für den nächsten Mann verstellen?«

Ich schüttle den Kopf. »Nein, nicht verstellen nur ... an mir arbeiten. Das ist ein Unterschied.«

Ich fasse es einfach nicht, dass ich all diese Worte tatsächlich ausgesprochen habe. Gegenüber einem völligen Fremden. Ich weiß nicht einmal seinen Namen.

Das scheint auch ihm aufzugehen, denn er streckt mir auffordernd die Hand entgegen. »Isaac De Laurentiis.«

Auf einmal fällt es mir wie Schuppen von den Augen. »Natürlich!«

Er ging tatsächlich mit mir auf die Schule, zwei Jahrgänge über mir. Kein Wunder, dass ich ihn nicht zuordnen konnte. Der Isaac aus meiner Erinnerung war ein Bad Boy und natürlich wahnsinnig angesagt. Er sah schon damals so unglaublich gut aus und hat ständig Ärger gemacht. Er hat die Lehrer und die örtliche Polizei auf Trab gehalten und sich damit seinen Ruf als coolster Junge der Schule verdient. Allerdings war er nie in ernsthafte Schwierigkeiten geraten, soweit mir zu Ohren gekommen ist. Und da wir in einer Kleinstadt wohnen, wäre es mir zu Ohren gekommen. Trotzdem. Dass er nun als Polizist vor mir sitzt ... darauf wäre ich im Leben nicht gekommen.

»Kennen wir uns?« Seine Hand hat er längst sinken lassen und mir wird klar, dass ich es versäumt habe, sie zu ergreifen.

Ich schüttle den Kopf. »Wir sind auf eine Schule gegangen, aber du hast mich bestimmt nie bemerkt. Ich war zwei Stufen unter dir.«

»Nein, du kommst mir tatsächlich nicht bekannt vor. Allerdings war ich damals ein ziemlicher Idiot.«

Ich weiche seinem Blick aus, weil sein warmes Lächeln mein Innerstes zum Schmelzen bringt. Ich wünschte, er wäre mir begegnet, wenn ich schon die optimierte Version von mir wäre.

»Und du bist ...?«

»Phyllis Moore. Die meisten nennen mich Phi. Entschuldigung, ich weiß nicht, was mit mir los ist.«

Ich würde gerne im Boden versinken. Erst recht, als ich bemerke, dass ich immer noch seine Wasserflasche in der Hand halte und selbst daraus getrunken habe. Wann habe ich es verlernt, mich zusammenzureißen? So sehr durch den Wind war ich noch nie.

Ich schiele zu ihm herüber. Dass er noch nicht schreiend aus dem Haus gerannt ist, grenzt an ein Wunder.

»Hast du Tipps für mich?«, frage ich.

Ich bin an einem Punkt, an dem ich nichts mehr zu verlieren habe. Mein Zeitfenster, einen guten Eindruck zu hinterlassen, hat sich definitiv geschlossen. Jetzt kann ich nur noch etwas Nützliches aus dem Ganzen ziehen.

»Tipps?«

»Ja. Ich meine«, druckse ich herum, »du bist sicher schon mit interessanten Frauen ausgegangen. Was fesselt einen Mann? Auf längere Sicht?«

In diesem Nest ist jemand wie er wie Goldstaub. Ach was rede ich da, auch in Phoenix oder irgendwo sonst auf der Welt würde Officer De Laurentiis sich vor Frauen nicht retten können. Jemand, der seine Aufmerksamkeit auf sich lenken kann, muss also eine ziemliche Granate sein.

»Das lässt sich so pauschal nicht sagen.«

»Das ist sehr diplomatisch, aber wenig hilfreich.« Die Worte stolpern einfach aus meinem Mund. Ich bin es so satt, dass alle diesen Eiertanz aufführen.

Isaacs Blick ruht auf mir und bringt mich ein wenig durcheinander. Gleichzeitig halte ich ganz still. Ich habe keine Ahnung, was in seinem Kopf vorgeht, aber ich will ihn keinesfalls dabei unterbrechen. Zumal es auf seine Art unglaublich sexy ist. Hätte Brian mich damals so angestarrt – egal, wie heiß ich früher auf ihn war – hätte ich ihn ungeduldig gefragt, ob ich eine Nudel im Gesicht habe.

»Ich soll dir helfen?«, fragt er schließlich.

»Äh.«

»Ja oder nein?«

»Ja …?«

»Geh mit mir aus.«

Mein Herzschlag beschleunigt sich von rasend auf astronomisch hoch. »Hä?«

»Geh mit mir aus. Zuerst musst du mir beweisen, dass du langweilig bist. Bis jetzt merke ich davon nicht viel.«

Er macht sich über mich lustig. Ganz gewiss macht er das. Und dann erzählt er seinen Kollegen, was für ein verrücktes Huhn er beim letzten Einsatz getroffen hat.

Sein Blick mustert mich ehrlich und offen, während er meine Antwort abwartet. Vielleicht hat er einen Helferkomplex. Vielleicht ist er auch Polizist bei Tag und Serienkiller bei Nacht. Wobei es streng genommen schon Nacht ist, weswegen er vielleicht gleich ein Messer zückt.

»Und du gibst mir Tipps?«, frage ich zögerlich.

Ich *bin* ein hoffnungsloser Fall. Und ich brauche seine Hilfe. Der leere Schaukelstuhl neben mir auf meiner Zukunftsveranda verfolgt mich. Und Isaac könnte dieses Problem entweder mit guten Ratschlägen oder einer Kettensäge lösen.

»Wenn das dein Wunsch ist.«

»Ja, ist es!« Ich bin sehr euphorisch, obwohl mir sein Vorschlag zu gut vorkommt, um wahr zu sein. Vielleicht bin ich einfach am Küchentisch eingeschlafen.

Nervös fummle ich das Etikett der Wasserflasche ab. In meinem Kopf stelle ich mir kurz vor, wie ich Isaac in einem Outfit die Tür geöffnet hätte, in dem ich nicht das halbe Haus geputzt habe. Wahrscheinlich habe ich irgendwo Spinnenweben im Haar, das würde zu dem heutigen Tag passen. In meiner Traumvorstellung reiche ich ihm stattdessen das Wasser und betreibe eine geistreiche Konversation. Ich hätte ihn zu aktuellen Stadtgeschehnissen fragen können, er kennt sich da als Polizist sicher aus. Und dann hätte ich einen Satz fallen lassen können wie »Sie und Ihre Freundin ...« und ihn entscheiden lassen, was er damit anfängt, dass ich mich diskret nach seinem Beziehungsstatus erkunde. Aber zurück in die Realität, wo Isaac mir wie der perfekte Gentleman gegenübersitzt, während ich ihm offen darlege, wie ich verkorkst bin. Auf einer Skala von 1 bis 10 eine solide 7,5.

Ich räuspere mich. »Also ... wie soll das ablaufen?«

Wieder dieses Schmunzeln. Ich bin mir inzwischen sicher, dass er sich innerlich über mich kaputtlacht.

»Ich würde vorschlagen, wir finden einen Tag, an dem wir beide Zeit haben, und dann hole ich dich ab. So gegen acht?«

Isaac will mich tatsächlich ausführen. Nicht wie bei einem Date, sondern mehr wie ein Experiment. Dennoch ist es ein Hoffnungsschimmer am Horizont und ich bin bereit, mich verzweifelt an ihn zu klammern. Es ist mir egal, ob sich alle seine Kollegen über mich schlapplachen, bis sie sich die Tränen aus den Augen wischen müssen. Gut, ich kann dann meine Heimatstadt nicht mehr betreten, aber sei's drum. Denn wie oft bekommt man die Chance, ehrliches Feedback von einem Mann zu erhalten, der sicherlich schon mit einigen Frauen ausgegangen ist?

»Ich habe eine Bedingung. Du musst mir versprechen, absolut ehrlich zu mir sein«, sage ich. »Schonungslos ehrlich.«

Ich brauche klare Antworten, um einen Plan auszuarbeiten, was ich ändern kann und wie. Ich schaue ihm tief in die Augen, damit er begreift, wie wichtig mir dieser Punkt ist, und versinke dabei fast in dem intensiven Blau. Ich widerstehe dem Drang, näher an ihn heranzurutschen, um herauszufinden, wonach er riecht. Realistisch gesehen riecht er nur nach der Party, die er vor Kurzem aufgelöst hat.

»Ich meine es ernst, du darfst keine Rücksicht darauf nehmen, ob du mich verletzt.«

Egal, ob ich niedlich aussehe. Egal, ob er Frauen nicht weinen sehen kann.

Eine kleine Falte entsteht zwischen seinen Augenbrauen. Vermutlich wird ihm gerade klar, auf was er sich eingelassen hat, und ich bereite mich auf einen Rückzug vor.

»Okay, das gefällt mir. Ich habe ebenfalls eine Bedingung.«

Ich versteife mich. »Welche?«

Egal, wie heiß dieser Mann ist, ich bin nicht bereit, meinen Körper dafür zu verkaufen.

»Wenn ich absolut ehrlich bin, musst du es auch sein.«

Ich denke darüber nach, aber nur ein paar Sekunden lang. So ein Angebot bekomme ich so schnell nicht wieder. »Abgemacht.«

»Dann haben wir einen Deal.« Wieder streckt er mir die Hand entgegen und diesmal versäume ich es nicht, sie zu ergreifen und zu schütteln. Ich kann es kaum fassen.

Meine Hand verweilt in seiner und ich muss schlucken. Meine Haut an seiner, das fühlt sich gut an. Mehr als gut. »Willst du eigentlich immer noch dieses Wasser?«

Isaac lacht schallend auf. »Nein. Ich werde jetzt gehen.«

Er lässt meine Hand los und fast bedauere ich es. Er erhebt sich und ich begleite ihn den kurzen Weg nach draußen. Registriere, wie groß und kräftig er neben mir wirkt und kann es nicht fassen, dass ich ein Date mit ihm habe. Ein wissenschaftliches Date.

»Passt dir nächsten Samstag? Gib mir am besten deine Telefonnummer, dann können wir das besprechen.«

Als er in seinem Polizeiwagen wegfährt, frage ich mich, ob das alles gerade wirklich passiert ist.

Kapitel 5

Ich rubble mir die Haare trocken, als ich ein Gedudel im Wohnzimmer wahrnehme. Mein Handy! Ich sprinte aus dem Bad über den Flur und schlittere zu meinem kleinen Couchtisch.

»Hallo?«, frage ich außer Atem, ohne zu schauen, wer es ist, weil ich keine Ahnung habe, wie lange es bereits klingelt. Ich nehme aber stark an, dass es entweder meine Mutter oder einer meiner Brüder ist, da mich sonst niemand am Abend anruft.

»Hallo?«, erwidert ein Mann, der sich nicht im Geringsten nach meinen Brüdern anhört. Nur ein schlichtes Wort, aber auf einmal klingt es wahnsinnig gut.

Verwirrt schaue ich auf die Nummer. Mein Handy kennt sie genauso wenig wie ich die Stimme. Wer auch immer es ist, ich habe ihn nicht eingespeichert. Kurz bin ich enttäuscht.

»Hier ist der Anschluss von Phyllis Moore. Sie haben sich bestimmt verwählt«, sage ich freundlich.

Ein sanftes Lachen ertönt, dass mir auf einmal bekannt vorkommt.

»Das glaube ich weniger, Phyllis. Genau diesen Anschluss wollte ich nämlich erreichen.«

Plötzlich fällt es mir wie Schuppen von den Augen. Isaac. Stück für Stück baut sich das Bild zu der angenehmen Stimme auf. Schwarze verwuschelte Haare. Intensiv blaue Augen. Breite Schultern. Eine Hand, die meine komplett umschließen kann und sich wunderbar warm anfühlt.

Ehrlich gesagt habe ich nach drei Tagen nicht mehr damit gerechnet, dass er sich noch meldet. Sondern dass er die Nummer bereits zuhause gelöscht und sich kopfschüttelnd gefragt hat, was er sich dabei eigentlich dachte. Scheiße, auf seinen Anruf bin ich so gar nicht vorbereitet.

»Äh, ach so. Isaac. Hi.«

Ich klatsche mir lautlos gegen die Stirn. Den Hallo-Part haben wir schließlich schon hinter uns gelassen.

»Bleibt es bei Samstag? Ich würde dich gegen acht Uhr zuhause abholen. Oder ... bei dem Zuhause deines Bruders, ich bin mir nicht sicher, ob du dort auch wohnst.«

Richtig. Isaac und ich wissen absolut nichts voneinander, außer unseren Vor- und Nachnamen. Und ich außerdem, was er beruflich macht. Es kribbelt in meiner Magengrube, wenn ich daran denke, ihn näher kennenzulernen. Denn darauf habe ich wirklich große Lust.

Früher war Isaac De Laurentiis ein Mysterium, dem so gut wie alle Mädchen auf den Grund gehen wollten, außer mir. Nun hat sich das gründlich geändert und ich bin ihm genauso verfallen. Obwohl ich mich immer wieder daran erinnere, dass es bloß ein Experiment ist, schlägt mein Herz schneller, wenn er zu mir spricht.

»Ja, sehr gern«, hauche ich. Dann räuspere ich mich, um nicht allzu verzückt zu klingen. »Ich meine: Ich wohne in Phoenix, aber ich bin oft bei meiner Familie und um acht passt hervorragend.«

»Sehr schön, dann sehen wir uns am Samstag.«

»Ja. Bis dann.«

»Tschüss, Phyllis. Ich freue mich drauf.«

Dann legt er auf und ich sinke auf meinem Sessel zusammen. Vielleicht schaffe ich das nächste Mal, wenn Isaac und ich uns sehen, keine Vollkatastrophe zu sein.

Ich erinnere ich mich noch am kommenden Samstag, wie sich Isaacs Worte an meinem Ohr angehört haben.

Brian war der attraktivste Mann, mit dem ich je etwas Ernsthaftes hatte, um Clive mal auszuklammern. Aber gegen Isaac ist er eine kleine Nummer. Ich weiß nicht, woran es liegt, vielleicht weil alle Mädchen auf dem Schulhof für ihn geschwärmt haben. Oder weil Polizisten generell sexy sind, obwohl ich diesen Faible für Uniformen bisher nie hatte. Vielleicht liegt es auch daran, dass einfach alles an ihm attraktiv ist. Sein durchtrainierter Körper, sein ebenmäßiges Gesicht mit den umwerfenden Augen, seine dunkle Stimme. Die Art, wie er einen anlächelt, warm und freundlich. Die Art, wie er einen mustert, und man regelrecht sieht, wie er nachdenkt. Keine Ahnung worüber, aber ich will es wissen.

Trotz allem geht es in erster Linie darum, etwas über mich herauszufinden. Es hilft mir, meine Nervosität vor unserem ersten Date zu zügeln. Dennoch flammt sie wieder auf, sobald ein dunkler Wagen vor meinem Elternhaus hält. Ich bin froh, allein zu sein. Mom ist mit Logan und Josh im Kino, Justin wieder auf Achse, ob es mir passt oder nicht. Ich weiß nur, dass er diesmal keinen netten Kleinstadt-Polizisten hat, der ein Auge zudrückt, weil der mich nach Hause fahren wird.

»Du holst mich nicht mit Polizeiwagen ab?«, frage ich, als ich auf den Beifahrersitz gleite.

»So eine bist du also, ja?« Isaac schenkt mir wieder dieses Lächeln, das mich ganz kribbelig macht. Er steckt in Jeans und T-Shirt und trägt ein einfaches Sakko, das seine breiten Schultern und seine schmale Taille betont. Auch ohne Uniform ist er ein Leckerbissen.

In mir flammt sofort der Wunsch auf, dass das hier ein richtiges Date ist. Ein Date mit Zukunft und Perspektive. Vor allem der Perspektive, dass er mich am Schluss auf der Türschwelle küsst. Eigentlich ist es mir egal, wo er mich küsst, Hauptsache, er tut es. Und sofort ist die Nervosität wieder da. Unruhig rutsche ich ein wenig auf dem Sitz hin und her.

Die Fahrt dauert keine fünf Minuten, da halten wir vor dem besten Restaurant, das Paxdale zu bieten hat. Ich wusste, dass wir im *Mortimer's* landen würden, auch wenn er nicht den Namen genannt hat, und ein wohliges Gefühl steigt in mir auf.

Das *Mortimer's* erweckt im Inneren mit seiner Holzeinrichtung einen eher rustikalen Eindruck. Isaacs Hand legt sich auf meinen unteren Rücken, als er mich zu meinem Platz begleitet, er zieht mir sogar den Stuhl zurecht. Staunend sehe ich dabei zu, wie aus dem Bad Boy ein Gentleman geworden ist.

Gleichzeitig merke ich die Blicke von allen Seiten. Morgen weiß jeder, dass Phyllis Moore mit Isaac De Laurentiis ausgegangen ist. Welchen Ruf Isaac wohl inzwischen in der Stadt genießt? Vielleicht den eines Frauenhelden, es würde mich nicht überraschen. Ob es mich stört? Das ist eine andere Sache. Trotzdem will ich glauben, dass das hier nicht nur eine verrückte Masche ist, um mich ins Bett zu bekommen.

Isaac setzt sich mir gegenüber und mustert mich interessiert. Ich frage mich, was er gerade in mir sieht. Jetzt in diesem Moment. Ich könnte ihn fragen, wie eine Frau sich am besten bei einem Date verhalten sollte, um ehrliches Interesse zu vermitteln, ohne dabei zu verzweifelt zu wirken und potenziell abschreckend, aber ich halte meinen Mund, weil es mir zu nah an der Realität ist.

Wir bestellen uns etwas zu trinken. So weit, so gut. Nervös knete ich meine Hände. Dieses Date ist anders als die, die ich normalerweise habe und ich weiß nicht so recht, wie ich das angehen soll.

»Also, wie machen wir das jetzt?«, frage ich ihn schließlich geradeheraus. Da Isaac mich schon verrückt erlebt hat, kann ich auch damit weitermachen. »Haben wir ein ganz normales Date und machen alles so wie sonst auch, mit dem Unterschied, dass du mir sofort sagst, wenn du dich langweilst?«

Dieses kleine Lächeln nistet sich wieder in seinem Mundwinkel ein. Es deutet dabei ein Grübchen auf seiner Wange an und weckt in mir den Wunsch, ihn zum Lachen zu bringen, selbst wenn es nur ist, weil er sich über mich amüsiert. Das darf er ruhig, denn wenn ich gerade keine Witzfigur bin, dann weiß ich auch nicht.

»Was sind denn so Fragen, die du auf einem ganz normalen Date stellen würdest?«

Ich muss nicht lange überlegen. Schuldbewusst gestehe ich mir ein, dass ich nicht besonders abwechslungsreich bin. »Falls ich es noch nicht weiß: Welchen Beruf hast du? Wo und wie wohnst du? Hast du Geschwister? Hast oder hattest du mal Haustiere?«

»Wieso die Frage mit den Haustieren?«

Ich horche in mich hinein. Und merke, wie mein Kopf rot wird. »Weil ich mir einbilde, dass tierliebe Menschen gute Menschen sind. Und weil man ein Tier pflegen muss, das ist auch eine gute Eigenschaft. Und weil es eine gute Frage ist, um das Gespräch persönlicher werden zu lassen.«

Die Frage nach dem Haustier ist für mich persönlich? Zwei Minuten mit Isaac und ich erfahre bereits neue Dinge über mich selbst. Und das Licht, das diese Dinge auf mich wirft, ist nicht schmeichelhaft. Wenn Haustiere für mich tiefgründig sind, dann bin ich wohl so platt wie eine Pfütze.

»Also, du weißt bereits, dass ich Polizist bin. Ich wohne in einem kleinen Haus im Süden der Stadt, ich habe eine große Schwester und hatte nie Haustiere. Zu meiner Verteidigung: Ich wollte immer eins, aber meine Mutter hat eine Tierhaarallergie. Von der ich mich jetzt zum ersten Mal frage, ob sie diese nur vorgetäuscht hat, damit die Pflege nicht an ihr hängen bleibt. Und als erwachsener Mensch habe ich leider zu wenig Zeit für ein Tier.«

Ich lache kurz auf. »Was sind deine typischen Fragen fürs erste Date?«, hake ich neugierig nach. Gespannt darauf, inwiefern andere Menschen origineller sind als ich.

Isaac zuckt mit den Schultern. »Meistens frage ich, wie ihr Tag war, und hangle mich von da an weiter.«

Jetzt komme ich mir mit meinem Fragenkatalog ziemlich dumm vor. Sehen wir es positiv. Ich habe bereits etwas gelernt, das ich verwenden kann.

Hilflos streiche ich mir eine Strähne hinters Ohr. »Jetzt haben wir bereits alle Fragen aufgebraucht.«

Was, wenn peinliches Schweigen über uns hereinbricht? Dann wäre ich bereits nach den ersten fünf Minuten so gehaltlos, dass Isaac nichts anderes übrig bleibt, als aufzustehen und zu gehen.

»Ich habe deine Fragen beantwortet, aber du meine noch nicht«, sagt er sachlich.

Skeptisch kneife ich die Augen zusammen. »Du willst wirklich wissen, wie mein Tag war?«

Er nickt. Ich winde mich auf meinem Stuhl.

»Das glaube ich nicht, mein Tag war ... langweilig. Lass uns lieber über deinen Tag reden. Du bist Polizist, ich wette, du hast in diesem Beruf schon einiges erlebt.«

Interessiert beuge ich mich zu ihm. Ich bin bereit, jedes von Isaacs Worten von seinen Lippen zu saugen. Gleichzeitig klopfe ich mir auf die Schulter, weil er so hoffentlich merkt, dass ich ihn wirklich kennenlernen will.

Doch Isaac schweigt. Schaut mich einfach nur an. Mit seinem Superman-Röntgenblick.

»Machst du das öfter?«

»W-was?« Ein wenig erschrocken fahre ich zusammen. Was habe ich getan? Was ist an mir falsch? Habe ich irgendeinen komischen Tick in meiner Körperhaltung?

»Phi, entspann dich.« Seine Hand schiebt sich über den Tisch und legt sich auf meine. Warm und ... diese simple Berührung jagt einen elektrisierenden Schauer durch meinen Körper. Wenn er will, dass ich konzentriert bleibe, dann sollte er das lassen. Gleichzeitig hoffe ich darauf, dass er es nicht lässt.

»Ich habe mich nur gefragt, ob du öfter von dir auf andere lenkst. Eine Frage lieber mit einer Gegenfrage beantwortest.«

Überrascht blinzle ich ihn an. Habe ich das getan? So viel dazu, dass ich mir bewusst darüber bin, was ich tue. Einen Scheiß tue ich. Ich darf echt niemanden verraten, dass ich unter anderem Psychologie studiert habe.

»Ich ... ich weiß nicht.«

Isaac hat mich aus dem Konzept gebracht, aber statt mich stirnrunzelnd zu mustern, grinst er mich breit an und etwas in seinen Augen blitzt. Die Hand auf meiner bewegt sich leicht. Seine Fingerkuppen streichen sacht über meinen Handrücken und ich schließe für einen Moment die Augen, um dem Gefühl nachzugehen. Ich hätte nie gedacht, dass sich eine kleine Bewegung so intensiv anfühlen kann.

»Also ...« Er zieht die Hand wieder weg. »Wie war dein Tag?«

Mein Tag war langweilig. Absolut ereignislos. Und auf einmal fühle ich mich schuldig dafür, obwohl ich den Tag wieder genauso gestaltet hätte. Man legt sich schließlich nicht schon vor dem Frühstück mit einer Straßengang an oder ... Gott, nicht mal gedanklich fallen mir Beispiele ein, was man in einer Großstadt Ereignisreiches tun kann.

»Ähm, ich habe gefrühstückt, war einkaufen und bin dann hierhergefahren«, fasse ich zusammen.

Isaac stützt sich auf seine Hand und sieht mich an, als würde ich ihm gerade etwas sehr Interessantes über Teilchenphysik erklären. Okay, er ist ein wirklich guter Schauspieler, notiere ich mir gedanklich.

»Einkaufen im Sinne von Lebensmittel kaufen oder warst du shoppen?«

Mein Gesicht fängt an zu brennen. »Shoppen ...«

»Was?«

Ich lache nervös, halte mich jedoch an unseren Deal. »Dieses Kleid.«

Verdammt, jetzt weiß er, dass ich mir extra für ihn Mühe gemacht habe. Ich hätte viel lieber so getan, als hätte ich nur etwas aus dem Schrank gegriffen und würde zufällig fantastisch darin aussehen.

Isaacs Grinsen wird noch breiter, bis sich seine Zähne zeigen und ich finde ihn so dermaßen attraktiv, dass ich am liebsten sofort auf seinen Schoß rutschen würde.

»Wie findest du das Kleid?«, platzt die Frage aus mir heraus, bevor ich es verhindern kann. »Ach vergiss es«, schiebe ich sogleich hinterher.

Ich glaube nicht, dass Henry oder einer der anderen mich wegen meiner Kleiderauswahl verlassen hat.

Ich schnappe mir die Karte und gebe vor, sie hochinteressiert zu studieren. Was Schwachsinn ist, denn sie hat sich seit ungefähr zwanzig Jahren nicht verändert.

»Warum soll ich es vergessen?«

»Es ist eine blöde Frage.«

»Also soll ich sie dir nicht beantworten?«

Ich schaue über den Rand der Karte und lege sie schließlich zur Seite.

»Okay, wenn du dazu eine Meinung hast, will ich sie vielleicht doch hören.«

Wieder schmunzelt er. »Ich habe zu fast allem eine Meinung.«

»Und deine zum Kleid?«

»Dass du großartig darin aussiehst und glaube, dass du das weißt. Alles, was so eng anliegt, sieht großartig an dir aus. Dazu ist es oben hochgeschlossen und in einer gedeckten Farbe, also sehr klassisch.«

Erstaunt sehe ich ihn an, während er ungefähr das ausspricht, was ich im Laden gedacht habe.

»Wie gefällt dir denn das Kleid?«

»Was? Was meinst du?«

»Na ja, du wolltest meine Meinung wissen, jetzt will ich deine hören. Wir hatten einen Deal.«

»Du kannst meine Meinungen gerne hören, sie sind nur nicht besonders spannend.«

Und genau da liegt das Problem. Ich nestle an meiner Serviette herum. Kein spannender Alltag, keine spannende Meinung, keine spannenden Gedanken. Ich beginne, meine Ex-Freunde zu verstehen.

»Das lass mich mal entscheiden.«

»Ich dachte, ungefähr das gleiche wie du.«

»So strategisch gehst du vor?«

Ich zucke mit den Schultern und nicke. Frage mich gleichzeitig, ob er mich jetzt für berechnend hält. Zwar bin ich das ab und zu, aber es klingt so ... kalt. Ich würde es nicht ertragen, nicht nur langweilig, sondern auch kalt zu sein.

Seine Augen mustern mich, als wollte er eine Lüge aufspüren. Plötzlich kann ich mir gut vorstellen, wie er im Verhörraum sitzt und seine Verdächtigen in Bedrängnis bringt.

»Ich habe eine Schwester«, sagt er und der plötzliche Themenwechsel überrascht mich, trotzdem lausche ich gespannt. Das hatte er schon erwähnt und ich frage mich, worauf er hinauswill. Außerdem interessiert mich bis jetzt alles, was aus Isaacs Mund kommt. Etwas zu sehr, für ein wissenschaftliches Date. »Sie ist zwei Jahre älter als ich und als wir beide Teenager waren, hätte sie mich am liebsten in die Abstellkammer verfrachtet und aus meinem Zimmer einen begehbaren Kleiderschrank gemacht.«

Ich lache. »Oh je.«

Er verzieht das Gesicht und nickt. »Ja, kann man wohl sagen. Ich verstehe nicht viel von diesem Kleiderkram, aber ich glaube, ich habe sie noch nie so glücklich gesehen wie in ihrem Abschlussballkleid.«

Ah, darauf will er also hinaus. »Ich bin nicht so auf Kleider fixiert. Ich finde sie zweckdienlich aber ... sie begeistern mich nicht. Also ...«

Ich lasse den Satz in der Luft hängen. Das interessiert ihn doch alles gar nicht. Ich sitze hier und rede mit ihm über Kleider. Fehlen nur noch Make-up-Tipps, damit er so weit wie möglich wegrennt.

»Also was?«

Wieder zerfleddere ich die Servierte. Ich stoppe, als ich merke, dass sich sein Blick darauf richtet.

»Also manchmal fallen mir Kleider ins Auge. Aber die sind oft etwas gewagter. Und letztendlich hat man nie eine Gelegenheit sie anzuziehen, also probiere ich sie erst gar nicht an.«

Er sieht mit seinem intensiven Blick zu mir. Und ich kann mir genau vorstellen, was ihm durch den Kopf geht.

»Ich weiß, was du denkst.«

»Das behauptest du des Öfteren von mir.«

»Du denkst, ich sollte es einfach anziehen und darauf scheißen, was die anderen denken.«

»Und wieso tust du es nicht?«

»Weil ich mich nicht wohlfühlen könnte, wenn ich das Gefühl habe, unangemessen gekleidet zu sein. Und darum ging es doch, oder? Ob man sich in einem Kleid toll fühlen kann.«

Er lehnt sich auf seinem Stuhl zurück und ignoriert glatt den Kellner, der fragt, ob wir uns inzwischen für etwas entschieden hätten, und ich tue es ihm gleich, weil es zu faszinierend ist, Isaac beim Denken zuzusehen.

»Dann musst du eben Gelegenheiten schaffen, in denen du es anziehen kannst.«

»Was?«

»Warum sollte man immer das Kleid zum Anlass kaufen? Man kann einfach das Kleid kaufen und sich den Anlass suchen.«

Mein Lachen stoppt abrupt, weil ich begreife, dass er gar keinen Witz gemacht hat.

»Beschreib mir das Kleid.«

»Welches?«

»Das Kleid, zu dem du geschaut hast, als du den Laden betreten hast, um das hier zu kaufen.«

Meine Wangen erhitzen sich. Er muss irgendwelche telepathischen Fähigkeiten besitzen, denn es gab tatsächlich so ein Kleid.

»Es war knallrot. Lang. Und es hatte einen Rückenausschnitt, der fast runter geht bis zum …« Er wackelt mit den Augenbrauen und ich kichere. »Ja, genau bis dahin.«

Ich versinke im Blau seiner Augen, während er mich mustert. »Ich wüsste einen perfekten Anlass.«

»Tatsächlich?«, frage ich überrascht. Denn mir fällt auf Biegen und Brechen keiner ein, wenn ich nicht demnächst irgendetwas mache, das mich auf den roten Teppich bringt.

»Mein bester Freund feiert seinen Geburtstag nächstes Wochenende in Vegas. Er trägt gerne dick auf.«

Ich starre ihn mit offenem Mund an. »Schlägst du mir gerade vor, dich zu einem Geburtstag nach Vegas zu begleiten?«

Er blinzelt kurz, als würde ihm das erst jetzt aufgehen. »Ja, ich glaube, das tue ich.«

Ich gebe ihm einen Moment, um sein vorschnelles Angebot zurückzuziehen. Er tut es nicht.

»Das … das geht doch nicht«, meine ich.

»Wieso nicht?«

»Du kennst mich kaum. Und dein Kumpel kennt mich überhaupt nicht.«

»Die Einladung gilt plus eins. Es ist gerade Nebensaison, also dürfte es nicht allzu teuer sein, noch ein Hotelzimmer zu buchen … Aber ich will dich nicht bedrängen. Es ist nur ein Angebot.«

Ich nage an meiner Unterlippe. Ich sollte es dankend ausschlagen. Doch etwas zieht in mir. Ich will das. Und wenn ich mein eigenes Hotelzimmer hätte, würde ich Isaac nicht zur Last fallen. Wenn ich das Gefühl habe, dass ich ihm zu viel werde, könnte ich mich einfach abkapseln und mein eigenes Ding machen.

»Ich war noch nie in Vegas.«

Ein warmes Lächeln huscht über Isaacs Gesicht. »Wirklich nicht?«

Ich schüttle den Kopf, während die Idee immer mehr Anklang in mir findet. Ich will in diesem roten Kleid in einem Casino stehen. Nur für einen Abend das nette Mädchen von nebenan abstreifen.

»Wie weit ist der Grand Canyon von Vegas weg?«, frage ich Isaac überraschend aufgeregt.

»Ungefähr zwei Stunden.«

»Vielleicht kann ich mir den auch noch ansehen.«

Es war immer ein Traum von mir. Ich habe Henry überreden wollen, aber er war dort schon oft mit seiner Familie gewesen und wollte lieber weiter weg, also ist es Urlaub in Griechenland geworden. Ich weiß gar nicht, warum ich in all der Zeit nicht meine Beine in die Hand genommen und einfach hingefahren bin. Bis eben ist es mir nie in den Sinn gekommen.

»Dann lass uns das machen, Phi.«

Isaacs Augen glimmen regelrecht. Ich weiß, dass er den gleichen Begeisterungsfunken spürt, und diese Erkenntnis lässt den Funken fast zu einem Flächenbrand werden.

Genüsslich lecke ich an meinem Löffel. Das *Mortimer's* hatte schon immer den besten Schokoladenpudding. Den besten auf der ganzen Welt. Isaac weiß das auch, denn er hat dasselbe genommen.

Ich fasse es nicht, dass ich mich mit ihm so gut unterhalten kann. Und das absolut-ehrlich-Ding beginnt mir zu gefallen, auch wenn ich mich gleichzeitig vor Fragen fürchte, die ich nicht beantworten will.

»Erzähl mir etwas über deine Ex-Freunde«, sagt er und schließt für einen Moment die Augen, um den Schokogeschmack zu genießen. Seine dichten schwarzen Wimpern legen sich auf seine Wange und für einen Moment schießt Hitze durch meinen Körper. Dann öffnen sich seine Augen wieder, durchleuchten mich.

»Ist das ein gutes Thema?« Isaac erwidert mein charmantes Lächeln nicht, mit dem ich versuche, das Gespräch umzulenken.

»Wahrscheinlich ist das eher so eine Frage für das achte Date. Aber wir haben sowieso einiges übersprungen.«

Ich lache. Er hat so recht. Ein bisschen sehne ich mich nach Small Talk. Andere zum Reden bringen fällt mir leicht, wenn es nicht gerade meine eigenen Brüder sind. Doch Isaac richtet den Scheinwerfer voll und ganz auf mich und ich betrete unerforschtes Terrain. Es fühlt sich ein bisschen so an, als hätte ich mir meine höchsten High Heels angezogen, um durch einen Sumpf zu laufen.

»Die bisherigen Männer in deinem Leben haben dich offenbar genau bis an diesen Punkt geführt, deswegen hielt ich es für eine angemessene Frage.«

Er hat recht. Wenn er mir helfen will, muss er erst einmal über das Problem Bescheid wissen. So sehr ich das Date auch genieße, ich bin nicht zum Spaß hier.

»Henry war mein letzter Freund. Er hat mich verlassen, ohne, dass ich es habe kommen sehen.« Ich schlucke, weil es mir nach wie vor bitter aufstößt. »Davor kam Brian, der mich betrogen hat. Und mein erster Freund war Titus. Er ist von hier. Auch er hat mich sitzen lassen, kurz vorm Abschlussball.«

Die deprimierende Zusammenfassung meines Liebeslebens. Ich werfe einen schnellen Blick zu Isaac. Er sieht mitgenommener aus, als ich mich fühle.

»Scheißkerl.«

»Welcher?«

»Alle. Aber besonders der, der dich vor dem Abschlussball hat sitzen lassen. Das ist hart für ein Mädchen.«

Ich zucke mit den Schultern.

»Was geht dir gerade durch den Kopf, Phi?«

Dass mir diese Ehrlichkeit irgendwann das Genick brechen wird. Und zwar jetzt.

»Dass es sich nicht so schlimm anfühlt, wie es müsste«, sage ich leise, kaum mehr als ein Flüstern. Mir ist sogar der Appetit auf den Schokopudding vergangen.

Isaac schiebt seine eigene Portion beiseite und sieht mich an. »Was meinst du damit?«

Er wird mich für ein kaltherziges Monster halten. Ich kann es selbst kaum denken, ohne mich dabei schrecklich zu fühlen.

»Es tut nicht so weh wie ...« Ich ringe nach Worten. Ich habe auch keinen Vergleich, ich kenne nur den Liebeskummer meiner Freundinnen aus dem College. »Da ist kein Herzschmerz.«

Ich bedaure. Ich trauere. Ich würde auch heute noch Henry zurücknehmen. Aber mein Herz, es blutet nicht. Ich bin am Montag nach unserer Trennung zur Arbeit gegangen und habe mich so sehr in meine Aufgaben gestürzt, dass ich mich erst abends wieder mit meinem unwillkommenen neuen Single-Status beschäftigt habe. Manchmal glaube ich, dass mein Herz ausgeblutet ist, als mein Vater gestorben ist.

Isaac sieht mich lange an, sehr lange.

»Du Glückliche«, sagt er schließlich.

Ich schüttle den Kopf. »Nein. Ich habe oft das Gefühl, dass mir etwas fehlt.« Und als sei etwas in mir kaputt, weil ich nicht so reagiere, wie es normal wäre. Vielleicht ist es das, was die Männer an mir abschreckt.

»Du hattest schon Herzschmerz«, sage ich. Es ist keine Frage, sondern eine Feststellung. Und dabei frage ich mich, wie man diesem Mann in die Augen schauen und ihm dann das Herz brechen kann.

»Ja. Nicht bei jeder Frau. Aber es gab ihn.«

Wir schweigen. Doch es ist kein angespanntes Schweigen und ich lasse mich darin fallen und mich von ihm treiben.

Isaac bezahlt die Rechnung für mich, was ich durchaus registriere. Genau genommen ist da wieder diese kribbelnde Nervosität in mir, weil es ein Zeichen dafür sein könnte, dass es doch ein echtes Date ist. Als wir aufstehen, bemerke ich das erste Mal wieder meine Umgebung, die ich während des Gesprächs mit Isaac vollkommen ausgeblendet habe. Keine Ahnung, wann mir das zuletzt passiert ist. Ob mir das überhaupt schon einmal passiert ist. Verwundert stelle ich fest, wie leer das Restaurant inzwischen geworden ist. Nicht mal jeder zweite Platz ist noch besetzt und ich frage mich, wie spät es eigentlich ist. Bei der Musterung stoße ich auch auf den giftigen Blick einer Blondine. Ich kenne sie nicht, aber ich bin mir sicher, dass sie, trotz ihrer Begleitung, liebend gerne den Abend mit Isaac verbracht hätte. Ehe ich groß darüber nachdenken kann, schlinge ich meinen Arm um den von Isaac und hake mich bei ihm unter. Ich traue mich nicht, nach seiner Hand zu greifen und meine Finger mit seinen zu verschränken, doch ich will unsere Zugehörigkeit markieren. Er gehört mir. Zumindest für diesen Abend.

Isaac entzieht sich mir nicht. Sanft lächelt er zu mir herunter und lässt damit mein Herz im Akkord wummern. Langsam und ohne ein Wort zu sagen, schlendern wir nach draußen bis zu seinem Auto. Nur schwerfällig löse ich mich dort von ihm, ich will nicht, dass dieser Abend endet. Ein Lächeln breitet sich auf meinem Gesicht aus, wenn ich daran denke, dass ich ihn nächstes Wochenende wieder sehen werde. Das ganze Wochenende lang.

»Nimmst du mich wirklich mit nach Vegas?«

»Ich verlasse mich darauf. Sonst muss ich allein auf der Party aufschlagen und mir mindestens einen dummen Spruch anhören, dass ich kein Date finden konnte.«

Ich werfe ihm einen verstohlenen Seitenblick zu. Als ob er Probleme damit hätte. Allein die Blondine von eben beweist das Gegenteil.

»Wenn du es dir anders überlegst, schick mir einfach eine Textnachricht.«

Er dreht sich zu mir, sodass wir nun direkt voreinander stehen. »Ich sage dir, was ich dir schicken werde: den Namen des Hotels, damit du ein Zimmer buchen kannst.«

Ich versuche, mit der Hand mein Lächeln zu verdecken. Es ist unanständig breit.

Isaac öffnet mir die Tür, danach umrundet er das Auto und startetet den Motor. Es ist kurz vor Mitternacht. Die vier Stunden, seitdem er mich abgeholt hat, waren viel zu kurz.

Ich lache.

Er wirft mir einen schnellen Blick zu. »Was ist?«

»Dieses Kleid, das uns erst auf diese Idee gebracht hat. Ich weiß nicht einmal, ob es mir passt.«

Ein Grinsen breitet sich auf seinem Gesicht aus.

»Was, wenn mein Kleid der Wahl ein Hochzeitskleid gewesen wäre?«, frage ich neugierig.

»Dann wären wir auch nach Vegas gefahren«, sagt er und ich lache laut auf.

Nach fünf Minuten stehen wir auch schon wieder. Aufregung staut sich in mir an und unruhig zapple ich auf meinem Sitz herum. Der Abend ist offiziell zu Ende.

Isaac sieht zu mir, die Hände locker auf das Lenkrad gelegt. »Gute Nacht, Phyllis. Wir sehen uns nächste Woche.«

»Gute Nacht«, ich schlucke, »bis nächste Woche.«

Ich öffne ungewöhnlich langsam meine Autotür. Alles in mir hofft darauf, dass auch Isaac seine Tür öffnet und mich noch ein Stück begleitet. Wenigstens noch ein kleines Stück, in der uns keine Mittelkonsole voneinander trennt. Aber Isaac bleibt entspannt sitzen. Sein Blick klebt an mir, sonst er rührt sich nicht.

Als ich aufs Haus zulaufe, merke ich, wie enttäuscht ich bin.

Unsicher drehe ich mein Telefon in meiner Hand. Es ist zwei Uhr morgens und ich kann immer noch nicht schlafen. Weil ich immer und immer wieder das Date mit Isaac im Kopf durchgehe. Ich frage mich, ob ich mich anders hätte verhalten können, damit er mich am Ende des Abends küsst. Und was er überhaupt in mir sieht. Offenbar will er immer noch Zeit mit mir verbringen. Aber anscheinend keine davon in meinem Bett.

Wieder starre ich aufs Display. Das Gute an unserem Deal: Ich könnte ihn einfach fragen. Nichts hält mich davon ab, ihm jetzt eine Textnachricht zu schreiben und auf seine ehrliche Antwort zu warten. Trotzdem schreibe ich ihm nicht. Weil ich Angst vor der Antwort habe. Weil ich lieber im Ungewissen lebe und mir alle Möglichkeiten offenhalte. Ein Lächeln schleicht sich auf mein Gesicht. Tatsächlich ist diese Sache mit Isaac eines der unvorhersehbarsten Ereignisse seit einer sehr langen Zeit und das aufgeregte Kribbeln in meinem Magen gefällt mir. Es macht mich nervös, aber ich genieße es auch. So fühlt sich vielleicht für andere Leute Bungeejumpen an. Der Rausch, das Adrenalin.

Hoffentlich habe ich auch ein Seil, das mich vor dem Abgrund auffängt.

Kapitel 6

Isaac hält sein Wort. Schon am nächsten Tag habe ich alle Daten, um buchen zu können. Und auch wenn ein »Das ist total verrückt«-Mantra in meinem Kopf läuft, kaufe ich mir auch das Kleid. Es passt wie angegossen und das erste Mal in meinem Leben ist es nicht nur Stoff, der die wichtigsten Teile meines Körpers bedeckt. Ich fühle mich begehrenswert und aufregend in diesem Kleid und ich kann es kaum erwarten, dass Isaac es an mir sieht.

Ich bin so aufgeregt wie selten zuvor, als ich am Flughafen ankomme. Ich frage mich, ob man sich so vor dem Abschlussball fühlt. Meinen habe ich nach der Trennung von Titus schließlich ausgelassen.

Ich fische den Zettel hervor, auf dem ich mir die Adresse des Hotels geschrieben habe. Jetzt muss ich nur noch ein Taxi finden.

Ein großer Körper schiebt sich neben mich. Ein Duft, eine Mischung aus Aftershave und Wald, hüllt mich ein. Ein absurder Geruch in einer Wüste, aber auch einer, von dem ich gerne mehr hätte. Ich schaue auf und sehe direkt in Isaacs Augen. Natürlich riecht er gut, wie könnte es anders sein.

»Was ... was machst du hier?«

»Du hast mir gesagt, wann du landest. Ich dachte, es wäre eine nette Überraschung, dich abzuholen.«

Mein Herz schwillt über vor widersprüchlichen Gefühlen. Freude, ihn zu sehen. Ich bin gerührt, weil er mich überraschen will. Ich will ihn küssen, ganz dringend küssen. Und dann wiederum macht es mich traurig, weil er nur ein netter Kerl ist und ich in seine Gesten viel zu viel hineininterpretiere. Ich sollte sein Helfersyndrom wirklich nicht mit Anziehung verwechseln. Andernfalls hätte er sicherlich versucht, mich zu küssen.

»Komm«, seine Finger streifen meine und die Berührung jagt einen Stromstoß durch mich, »ich nehme dir den Koffer ab.« Er entwendet mir den Griff und zieht den magentafarbenen kleinen Koffer hinter sich her bis auf den Parkplatz.

»Bist du etwa mit dem Auto gefahren?«, frage ich, als ich dasselbe Auto entdecke, was letzte Woche vor meinem Elternhaus gehalten hat. »Die Fahrt dauert mindestens vier Stunden!«

Er nickt. »Das stimmt, aber ich bin lieber mobil. Außerdem bleibt nicht so viel Zeitersparnis, wenn man die Fahrt von Paxdale zum Flughafen und die Sicherheitskontrollen vorm Einchecken bedenkt.«

Er verlädt den Koffer und wir steigen ein. Isaac lenkt den Wagen sicher nach Vegas hinein. Wir fahren den Strip entlang und ich klebe an der Scheibe, die Augen vor Erstaunen weit aufgerissen. Alles blinkt. Noch dämmert es, aber es beeindruckt mich bereits jetzt. Es ist bunt und ich sehe den Eiffelturm und die Freiheitsstatue und das *Ceasars Palace* und alles auf einmal. Ich weiß gar nicht, wo ich zuerst hinschauen soll. Las Vegas ist wie eine große Plastikspielzeugstadt, funkelnd und aufregend.

Als wir durch das Casino unseres Hotels laufen, um zu unseren Zimmern zu gelangen, ernüchtert sich mein Eindruck. Es ist viel leerer, als ich es mir vorgestellt habe.

Und kein bisschen glamourös. Ich habe das Gefühl, die Touris haben Shorts an und die Einheimischen Jogginganzüge.

»Keine Sorge. Wir sind eine große Gesellschaft, um die vierzig Leute und alle werden sich aufbrezeln«, sagt Isaac neben mir. Wieder ist es, als könnte er meine Gedanken lesen. Ich schätze, er hat sich bei seinem Beruf eine ordentliche Portion Menschenkenntnis angeeignet.

Isaac bringt meinen Koffer bis vor mein Zimmer, wie sehr ich auch beteure, dass das nicht nötig gewesen wäre.

»Ich hole dich gegen acht Uhr hier wieder ab, ist das okay?«

Ich nicke. Ich will ihm sagen, wie dankbar ich ihm bin, dass er mich mitgenommen hat. Und dass er so aufmerksam ist. Aber die Worte bleiben in meiner Kehle stecken.

Kurz vor acht drehe ich mich vor dem Spiegel. Meine Haare fallen mir in großen Wellen bis zum Schulterblatt und ich fühle mich wie ein Hollywoodstar. Doch dann starre auf meinen komplett freiliegenden Rücken und weiß nicht mehr, ob es wirklich eine gute Idee war. Ich fühle mich nackt. Zum Glück sitzt das Kleid, als wäre es für mich maßgeschneidert worden; zumindest, wenn ich entsprechend hohe Schuhe anhabe.

Es klopft an der Tür. Isaac.

Ich atme tief ein und aus und öffne dann.

Ich hätte mir denken können, dass er einen Smoking anhaben würde. Dennoch trifft mich der Anblick vollkommen unvorbereitet, fährt mir direkt in die Eingeweide und verursacht ein angenehmes Ziehen in meinem Unterleib.

Als ich nach meiner Musterung wieder bei seinen Augen ankomme, registriere ich, dass Isaac mich anstarrt.

Diese Erkenntnis verstärkt das Prickeln auf meiner Haut, an das ich mich in seiner Gegenwart fast gewöhnt habe. Sein Blick liegt unverhohlen auf mir, ein paar Herzschläge lang, ohne, dass er etwas sagt oder ich in der Lage wäre, mich auch nur einen Millimeter zu rühren. Seine Hand zuckt. Dann streckt er sie nach mir aus, als könnte er nicht anders. Er greift meine Hand und dreht mich einmal. Er will mich von allen Seiten sehen und ich will, dass er mich von allen Seiten sieht, weil ich mir selten so begehrt vorgekommen bin wie jetzt. Ganz langsam drehe ich mich, bis ich ihm wieder zugewandt bin. Nur ein paar Zentimeter entfernt und doch viel zu weit weg.

»Wunderschön.« Seine Stimme klingt belegt.

»Du auch«, hauche ich.

Ich weiß nicht, wie ich ihm ein Kompliment machen kann, das ihm gerecht wird. Am liebsten würde ich ihm am Saum dieses vorteilhaften Smokings in mein Zimmer zerren und ihn ihm ausziehen.

»Wollen wir?« Grinsend hält Isaac mir seinen Arm hin und ich lege meinen darauf.

Ich komme mir sehr herrschaftlich vor, als wir den Gang hinuntergehen und uns die Blicke der Angestellten und der restlichen Gäste folgen. Verstohlen sehe ich zu Isaac. Dieser Moment eben ... habe ich mir das nur eingebildet? Denn auf einmal ist die Intensität zwischen uns verschwunden. Nicht von meiner Seite aus, ich habe immer noch wackelige Knie und stütze mich deswegen vielleicht ein bisschen mehr auf ihm ab als nötig. Isaac wirkt hingegen fröhlich und beschwingt. Wenn er mich gerade wirklich begehrt hätte, was hält ihn davon ab, mich gegen eine Wand zu drücken und einfach zu küssen? Ich bin Single, er ist Single. Ich begleite ihn bis nach Vegas, er muss wissen, dass ich nicht abgeneigt bin.

»Wir haben einen angemieteten Raum. Später werden wir uns auch im Casino verteilen«, erklärt er.

Ich nicke und zwinge mich, nicht an meiner Lippe zu nagen, damit der blutrote Lippenstift nicht verschmiert. Dennoch bin ich nervös, gleich auf Isaacs Freunde zu treffen.

Als wir in den Raum kommen, ist der bereits voller Leute. Es ist leicht zu erkennen, wer das Geburtstagskind ist. Er steht in der Mitte des Raumes, trägt einen weißen Anzug und schüttelt die meisten Hände. Ein ebenso weißer Zylinder sitzt auf seinem Kopf und irgendwie schafft er es, damit nicht auszusehen wie ein Zauberer auf einem Kindergeburtstag. Stattdessen fragt man sich, wieso Männer keine Zylinder mehr tragen. Seine asiatischen Züge verziehen sich zu einem breiten Grinsen, als sein Blick auf Isaac fällt. Gleich danach begutachtet er mich von oben bis unten, aber es ist reine Neugierde.

Isaacs Freund eilt auf uns zu und ich bin die Erste, der er die Hand hinhält und mir fällt siedend heiß ein, dass ich vielleicht irgendein Geschenk für ihn hätte besorgen sollen.

»Enchanté.« Er dreht meine Hand so, dass er einen Kuss darauf hauchen kann.

Ich kichere. Er ist ein Schaumschläger, trotzdem mag ich ihn auf Anhieb.

»Marcus, das ist Phyllis. Phyllis, das ist Marcus«, stellt Isaac uns beide vor. »Und lass dir nichts anderes erzählen, manchmal stellt er sich auch als der Kaiser irgendeiner chinesischen Provinz vor.«

»China hat so viele Provinzen, es könnte stimmen«, sagt er und zwinkert mir dabei zu.

»Woher willst du das wissen, du warst das letzte Mal mit drei Jahren da.«

»Touché.«

Marcus lässt endlich meine Hand los, wendet sich Isaac zu und umarmt ihn kurz. »Echt angenehme Überraschung. Ich hatte schon befürchtet, du tauchst mit Deliah hier auf.«

Isaac schenkt Marcus einen tödlichen Blick. Es braucht nicht viel, um sich zusammenzureimen, dass Deliah Isaacs Ex-Freundin sein muss. Insgeheim freut es mich diebisch, dass Marcus sie nicht leiden kann. Trotzdem sollte ich klarstellen, dass ich nur Isaacs Date und nicht seine Freundin bin, ehe ich ihn in eine unangenehme Lage bringe.

»Einen Tanz, Milady? Immerhin ist es mein Geburtstag.«

Ich stoße einen überraschten Laut aus, als Marcus mich zu sich zieht und beginnt, sich zu einer Musik zu bewegen, die nur er hört, sicherlich nicht zu der dezenten Lounge-Musik, die aus den Lautsprechern säuselt. Ich überlege, ob ich protestieren soll, aber seine Hände bleiben in freundschaftlichen Gefilden und ich finde, es hat etwas wunderbar Dekadentes, in so schicker Kleidung zu tanzen, als würden wir uns in den Goldenen Zwanzigern befinden.

»Also, woher kennen Isaac und du euch?«, fragt er, als er mich in kleineren Halbkreisen weit genug von Isaac weggeführt hat.

Ich grinse. »Das ist ein sehr charmantes Manöver, um jemanden auszufragen.«

»Charmant ist mein zweiter Vorname.«

»Mal sehen, wie viele zweite Vornamen du dir im Laufe des Abends noch andichtest.«

Er wackelt mit den Augenbrauen. »Es gibt so viele Adjektive, die auf mich zutreffen. Aber bitte lenken Sie nicht von der Frage ab, Madame.«

Er dreht mich aus und führt dabei so gut, dass alle meine Bewegungen elegant wirken, als hätte ich nicht das letzte Mal Tanzstunden vor meinem Schulball genommen.

»Officer De Laurentiis hat meinen bekifften Bruder nach Hause gebracht«, sage ich wahrheitsgemäß und muss gleichzeitig darüber kichern, dass dieser Satz so gar nicht zum Ambiente passt, das Marcus hier aufgebaut hat.

Mein Gott, was ist nur mit mir los? Und dabei bin ich nicht einmal angetrunken. »Kleider machen Leute«, rede ich mir gut zu. Vielleicht ist es aber auch ... ich schiele zu Isaac. Er ist in ein Gespräch mit jemandem verwickelt, wobei verwickelt vielleicht ein zu starkes Wort ist. Immer wieder huscht sein Blick zu mir. Vielleicht ist es nicht das Kleid, das all diese Seiten in mir hervorkitzelt, sondern Isaac.

Marcus pfeift anerkennend. »Das ist eine Geschichte, die man gut seinen Enkeln erzählen kann.«

Okay, das ist die Gelegenheit. »Isaac und ich sind zusammen hier, aber wir sind nicht zusammen«, stelle ich klar, obwohl ich weniger enthusiastisch klinge, als wenn ich von meinem bekifften Bruder erzähle.

»Ja, natürlich seid ihr das nicht.«

»Es klingt, als würdest du mir nicht glauben, aber es ist die Wahrheit.«

»Na umso besser für mich!«, sagt Marcus und dreht mich noch einmal im Kreis.

Marcus hat eine sehr illustre Runde um sich geschert. Ich spiele das erste Mal in meinem Leben Poker – nur um zu gewinnen – und führe eine hitzige Diskussion mit einem seiner Kumpels darüber, was das beste Pokémon ist. Ein paar Dinge habe ich doch von meinen Brüdern gelernt. Marcus erzählt mir außerdem begeistert von der Weltreise, die er im Anschluss zu seinem Geburtstag unternehmen will und welche Stationen dabei auf dem Plan stehen. Anschließend gehen wir in die Haupträumlichkeiten, die jedem zugänglich sind. Wir sind mit Abstand die am besten gekleideten Leute, aber inzwischen fühle ich mich so wohl in der Gruppe, dass ich das kaum noch wahrnehme. Zum späten Abend vermehrt sich das partywütige Volk. Ich kann die vielen Jungesellinnenabschiede gar nicht alle zählen. Und die ganze Zeit über weicht Isaac mir kaum von der Seite, was so ziemlich das Beste ist.

Es ist mir zu aufregend, Black Jack zu spielen, weswegen ich Isaac lieber zuschaue. Und selbst da muss ich mir die Hälfte der Zeit die Augen zuhalten, was ihn köstlich amüsiert. Aus unserer Runde werden es immer weniger Leute, bis ich nur noch Isaac und ich übrig geblieben sind.

»Wie spät ist es überhaupt?«, frage ich.

Das Licht im Casino ist immer gleich und es gibt keine Fenster. Man will, dass die Leute die Zeit vergessen und bei mir funktioniert das hervorragend.

Isaac wirft einen kurzen Blick auf seine Armbanduhr. »Fast drei Uhr.«

»Dann wird es wohl bald Zeit, zu schlafen.«

»Ja, das wird es wohl.«

Langsam schlendern wir den Gang entlang bis zum Fahrstuhl. Isaac hat sein Zimmer ein Stockwerk über mir.

Ich will gerade aussteigen, da zieht er mich wieder zu sich zurück. Die Türen schließen sich wieder. Mein nackter Rücken streift sein Hemd und ich muss mich zusammenreißen, um mich nicht gegen ihn zu pressen. Sein einzigartiger Geruch hüllt mich ein und ich frage mich, ob ich es wagen sollte, ihn auf mein Zimmer zu bitten, auch wenn ich dann den Korb meines Lebens kassiere.

Ich spüre seinen Mund dicht an meinem Ohr und meine Nackenhaare richten sich auf.

»Wenn wir jetzt losfahren, passen wir den Sonnenaufgang im Canyon ab. Was hältst du von der Idee?«

Da brauche ich nicht lange zu überlegen. Begeistert drehe ich mich zu ihm um. »Auf jeden Fall. Lass uns losfahren.«

Er schmunzelt. »Ich denke, wir haben noch fünf Minuten, um uns umzuziehen.«

»Oh. Ja.« Er hat natürlich recht. Obwohl ich ein bisschen Angst habe, mit dem Kleid auch diese unbeschwerte Phillys abzustreifen. Es ist ein lächerlicher Gedanke, aber er sitzt auch nicht in meinem Kopf, viel eher in meinen Eingeweiden.

»In einer Viertelstunde unten in der Lobby?«

Ich nicke.

Inzwischen sind wir auf seinem Stockwerk angekommen. Rückwärts bewegt er sich aus dem Fahrstuhl, ohne den Blick von mir zu nehmen.

»Dann bis gleich.«

»Bis gleich.«

Die Türen gleiten zu und ich lehne mich an die Wand des Fahrstuhls.

Kapitel 7

Fasziniert starre ich auf der Fahrt nach draußen, auch wenn ich nur das sehe, was von Isaacs Scheinwerfern angestrahlt wird. Kein einziges Auto ist außer uns auf den Straßen und es hat beinahe etwas Mystisches. Man möchte meinen, jemand, der in Arizona aufgewachsen ist, sollte nicht so hin und weg von Joshua Trees und Wüstenlandschaft sein, aber bisher habe ich mein Leben in Paxdale, in Phoenix und auf dem Uni-Campus verbracht. Ich habe mir nie die Zeit für Reisen und geballte Natur genommen. Griechenland war toll, allerdings habe ich nur die Hotelanlage kennengelernt, weil Henry so begeistert von den all-inclusive Angeboten war. Ich habe mir immer gesagt, dass ich noch Zeit dafür habe, nur nie genau festgelegt, wann die Zeit dafür sein soll. Offenbar ist die Zeit endlich da.

Als wir beim Canyon ankommen, wird der Himmel bereits ein wenig heller, von der Sonne ist noch nichts zu sehen. Isaac fährt die Berge so weit hoch, wie er kann. Er scheint nicht das erste Mal hier zu sein und auch wenn er ein paar Mal stehen bleibt, um sich zu orientieren, fühle ich mich gut aufgehoben. Schließlich kommt der Wagen zum Stehen und der Motor geht aus. Schon von hier entdecke ich die beeindruckende Schlucht.

»Wahnsinn!« Ich steige aus und laufe weiter auf den Abgrund zu. Ich höre, wie Isaac mir folgt. Es gibt keine

Absperrung, die Touristen davon abhalten könnte, sich zu Tode zu stürzen, aber es wäre auch ein wenig unrealistisch, den gesamten Canyon einzuzäunen. Und ein Frevel sowieso. Ein Schild warnt davor, sich nicht zu weit vorzuwagen, ansonsten gibt es keine Anzeichen von Zivilisation. Ich atme die frische Luft ein und genieße den Anblick. Diese unendliche Weite ist fast schmerzhaft schön. Dieses geballte Schauspiel der Natur.

Ich merke Isaacs warmen Körper neben mir. »Und dabei ist die Sonne nicht einmal aufgegangen.«

Ich lache leise und streiche mir hastig eine Träne aus dem Augenwinkel. »Tut mir leid, ich neige dazu, bei Rührung oder Freude zu weinen.« Ich hasse das an mir, aber für gewöhnlich habe ich es gut unter Kontrolle. Auf den Anblick des Canyons mit einem dunkelblauen Himmel und versprengten Sternen, war ich nicht vorbereitet. Darauf *kann* man sich nicht vorbereiten.

»Das ist nun wirklich das Letzte, wofür du dich entschuldigen solltest«, versichert er mir. Er breitet eine große Decke zu unseren Füßen aus.

Schweigend sitzen wir da. Mir ist schon im Auto aufgefallen, dass man mit Isaac ungewöhnlich gut schweigen kann. Der perfekte Mann, um auf einer Veranda zu sitzen. Ich verscheuche den Gedanken schnell. Ich sehe Isaac nicht als Henrys Ersatz und ein Teil von mir genießt es, sich einfach im Hier und Jetzt treiben zu lassen, ohne Pläne für die nächsten drei Jahre zu schmieden. Ein anderer Teil von mir schreit mir jedoch panisch zu, ich solle meine Zeit nicht verplempern.

»Worüber denkst du nach?«, fragt Isaac. Seine Stimme zieht mich zurück in die Realität und ich nehme wahr, wie er mich von der Seite mustert.

Ich räuspere mich. Erinnere mich daran, dass wir bei der Wahrheit bleiben wollten. Die Abmachung mit ihm ist mir ziemlich heilig geworden. Ich würde mir lieber die Zunge abbeißen, als dagegen zu verstoßen, einfach weil ich das Gefühl habe, dass er auch absolut ehrlich zu mir ist und sich selten etwas so gut angefühlt hat. Vielleicht ist Schweigen deswegen so angenehm. Alles kommt mir echt und ungekünstelt vor, selbst wenn ich nicht weiß, woran ich genau bin. Ich könnte danach fragen, aber es ist besser, sich noch alle Möglichkeiten offen zu halten. Ein Abenteuer, wie dieser wahnwitzige Ausflug.

»Ich habe über meine Zukunft nachgedacht«, antworte ich schließlich.

»Worüber genau?«

Ich zögere. »Darüber, ob ich noch genügend Zeit für all das habe«, stolpern schließlich die Worte aus meinem Mund.

Ich sehe Isaac nicht direkt an, aber der Mann ist so präsent, dass ich seine Mimik auch aus dem Augenwinkel gut genug erkenne. Er zieht sehr fragend die Augenbrauen hoch. Bei jedem anderen hätte die Geste etwas Spöttisches, bei Isaac ist es eine stille Aufforderung, es näher zu erklären.

Trotzdem bleibe ich stumm. Ich weiß, dass einige meiner Ängste vollkommen irrational sind, und dennoch bekommen sie mich immer wieder zu fassen.

»Du bist erst sechsundzwanzig, Phi. Was immer du dir vorgenommen hast, du hast noch genügend Zeit dafür.«

Schnaufend atme ich aus. Ja, genau das sage ich mir auch immer wieder. Tief in mir drin habe ich trotzdem das Gefühl, dass das nicht stimmt.

»Das sagt sich bei dir so leicht, du bist ein Mann.« Ich drehe nun meinen Kopf zu ihm, obwohl ich Angst davor habe, Spott aus seinem Gesicht lesen zu können. Auf der anderen Seite ist es genau das, was ich von Isaac erwarte, oder? Konstruktive Kritik. Dann darf ich keine Angst davor haben, auch welche zu bekommen. »Du hast noch alle Zeit der Welt ... meine biologische Uhr tickt bereits seit einem Jahr und ich wollte eigentlich vor meinem Dreißigsten mein erstes Kind bekommen. Doch wie will ich das machen, ohne Mann? Ich will das nicht alleine durchziehen. Es ist vermutlich furchtbar altbacken, aber ich habe dieses Bild vor mir. Ich will heiraten und ich will ein Haus etwas außerhalb der Stadt und ich will meine drei Kinder.«

Ich rassle das alles herunter und noch während ich es ausspreche, merke ich die Röte, die in meine Wangen schießt und diese erhitzt. Wäre Isaac mein Date, hätte ich das nie so deutlich ausgesprochen. Ich hätte sanft abgeklopft, ob vor mir ein Mann sitzt, der sich eventuell eine Familie vorstellen könnte. Auf keinen Fall hätte ich ihm meinen Kinderwunsch vor die Nase gepfeffert, weil das die meisten Männer verschreckt. Sie nehmen die Beine in die Hand und rennen.

Isaac sitzt nur mit angewinkelten Beinen da und sieht mich gelassen an. Manchmal glaube ich, rein gar nichts kann ihn aus der Ruhe bringen, nicht einmal, wenn ich ihm einen Mord gestehen würde.

»Warum ist dir das so wichtig?«, hakt er nach. Wieder höre ich keinen tadelnden Unterton, nur ernsthaftes Interesse.

Ich will mit den Schultern zucken, halte mich aber zurück. Es wäre eine Lüge. Ich kann es nicht aussprechen, ich kann es einfach nicht. Die Wahrheit ist einfach zu hässlich. Ich öffne meinen Mund, der sich staubtrocken anfühlt. »Das kann ich dir nicht sagen.«

Es bleibt still zwischen uns und das schlechte Gewissen plagt mich, als hätte ich gegen unsere Abmachung verstoßen. »Tut mir leid«, setze ich deswegen nach einer Weile hinterher.

»Wenn es zu persönlich ist, ist das okay. Du musst nicht darüber reden.«

»Es liegt nicht unbedingt daran, dass es zu persönlich ist«, sage ich schnell. Ich habe Isaac schon viele persönliche Sachen erzählt. Sachen, die ich noch niemand anderem erzählt habe. Wenn ich daran denke, dass ich ihm gestanden habe, dass ich noch nie heftigen Herzschmerz hatte ... »Es liegt eher daran, dass es hässliche Gedanken sind. Ich schäme mich, sie laut auszusprechen.«

Nun mustert er mich wieder von der Seite, als könnte er direkt in mich hineinschauen. Ich liebe diesen Blick, zum einen, weil Isaac einem das Gefühl gibt, in komplett all seinen Facetten wahnsinnig interessant zu sein. Ein Gefühl, das ich bisher bei keinem Mann, eigentlich bei keinem Menschen hatte. Zum anderen hasse ich diesen Blick, weil ich befürchte, es könnte ihm gelingen, mich zu durchschauen. Und nicht alles, was sich in meinem Inneren verbirgt, ist gesellschaftstauglich.

»Jeder hat irgendwelche hässlichen Gedanken, Phi. Das macht einen nicht zum schlechten Menschen. Erst, wenn man hässlich handelt und andere damit verletzt.«

Ich nehme an, er weiß, wovon er redet. Isaac ist vielleicht ein Kleinstadt-Polizist, aber er ist immer noch Polizist.

»Hast du auch hässliche Gedanken?«, frage ich verwundert. Kurz will ich die Frage zurücknehmen, dann erinnere ich mich daran, dass unser Deal für uns beide gilt. Vielleicht ist dies eine einmalige Gelegenheit, in den Kopf eines Mannes zu schauen. Alles auszusprechen, alles auf den Tisch zu legen. Und dann können sich unsere Wege wieder trennen, als wäre nichts gewesen. An Erkenntnis reicher, ohne die Gefahr, das Gesicht zu verlieren.

»Natürlich. Oder glaubst du, ich bin kein Mensch?« Ein Lächeln zieht an seinen Mundwinkeln und meine ganze Aufmerksamkeit richtet sich auf diese Stelle. Ich würde sie gerne küssen. Ich wette, Isaacs Lächeln hat einen eigenen Geschmack. Innerlich schüttle ich den Kopf über meine absurden Gedanken. Dennoch rücke ich näher an ihn heran, bis seine warme Seite meinen Körper berührt. Obwohl wir uns in der Wüste befinden, ist es ohne Sonne ziemlich kalt. Ich trage nur ein T-Shirt und eine Dreiviertelhose und auf meinen Beinen hat sich bereits eine Gänsehaut ausgebreitet, aber im Moment interessiert mich nur der Mann an meiner Seite.

»Verrätst du sie mir?«, frage ich leise, als würde ich ihn um ein Geheimnis bitten.

Er zögert. Und zum ersten Mal, seit ich ihn kenne, macht er einen nervösen Eindruck. In meinem Magen brauen sich dunkle Befürchtungen zusammen und ich frage mich, wie tief Isaacs menschliche Abgründe sind.

Er fährt sich über die Haare, die sich störrisch wieder zurückwellen. Als kleiner Junge muss er entzückend ausgesehen haben, mit einem dunklen Lockenschopf und diesen wahnwitzig blauen Augen. Höchstwahrscheinlich ist er mit allem durchgekommen.

»Nur, wenn du mir auch sagst, was dir durch den Kopf gegangen ist«, sagt er schließlich, als ich schon denke, wir haben etwas gefunden, über das wir uns beide ausschweigen.

Ich beiße auf meine Unterlippe. Entweder wir springen beide über die Klinge, oder wir lassen es bleiben, das ist nur fair. Und die Entscheidung liegt ganz allein bei mir. Ich überlege lange, schließlich siegt die Neugier.

»Okay, Mr De Laurentiis.« Ich spreche seinen Nachnamen einfach zu gerne aus. »Rücken Sie mit ihren dunklen Gedanken raus und ich werde es Ihnen gleichtun.«

Er verzieht seine Lippen wieder zu einem Lächeln, fährt sich erneut durch die Haare.

»Okay, also, der Mann meiner Schwester. Er ist der liebste Mensch auf Erden, er ist ein anständiger Kerl und trägt sie auf Händen.«

»Aber?«

»Das erste Jahr, in dem sie zusammen waren, dachte ich einfach nur, dass er zu hässlich für sie ist.«

Sein Gesicht verzieht sich schmerzhaft, er schämt sich für seine Worte. Dennoch sitzt ein Lachen in meinem Brustkorb, das ich aus Rücksicht nicht herauslasse. Isaac soll nicht denken, dass ich mich über ihn lustig mache, aber nachdem ich mich für das Schlimmste gewappnet habe, erscheint mir das geradezu harmlos. Gleichzeitig überflutet mich eine Welle der Zuneigung. Isaac ist wirklich ein guter Mann, ich bilde mir das nicht nur ein. Er ist zu gut, um wahr zu sein.

»Hast du versucht, die Beziehung der beiden zu sabotieren?«, frage ich ihn, um noch einen Haken zu entdecken.

Er schüttelt den Kopf. »Nein. Wie ich schon sagte, hässlich handeln und hässlich denken, da liegt der Unterschied. Trotzdem ... ich hab das bisher niemanden erzählt.« Er atmet tief ein und aus. »Als sie schwanger wurde, dachte ich nur: ›Hoffentlich kommen sie nicht nach ihrem Vater‹.«

Diesmal entfährt mir ein Lachen, schnell ersticke es mit meiner Hand.

»Ich hasse mich dafür, dass ich so oberflächlich denke. Die beiden lieben sich. Meine Nichte und mein Neffe sind gesund und das ist das Wichtigste. Sie sind goldige Kinder.«

Ich kann nicht anders und strecke meine Hand nach ihm aus, lege sie auf seinen Oberarm. Ich spüre die Haare und seine warme Haut. Die kräftigen Muskelstränge. Bilder jagen durch meinen Kopf, als ich mir vorstelle, was er mit diesen Armen alles anstellen kann. Ich muss zugeben, dass ich mich Oberflächlichkeit größtenteils erfolgreich widersetzt habe, wenn es um die Wahl meiner Männer ging. Dennoch bin ich nicht frei davon. Ich finde Isaac zum Sterben attraktiv und kann nicht verhehlen, dass das eine ganz bestimmte Wirkung auf mich hat. Allerdings wird er immer attraktiver, umso mehr ich ihn kennenlerne.

»Dass du so denkst, ist nicht schlimm. Du willst nicht so denken. Wer weiß? Vielleicht kannst du der nächsten Generation andere Werte vermitteln.«

Langsam nickt er. Dann richtet sich sein Blick auf mich. Jetzt gibt es kein Zurück mehr. Ich schlucke.

»Ich will eine Bilderbuchfamilie, weil ich selbst keine hatte«, schießt es aus mir heraus und ich merke, wie ich mich für jedes einzelne Wort schäme. Weil meine Familie toll ist und ich sie vom ganzen Herzen liebe. Und dennoch strebt alles in mir, es anders zu machen. Besser. »Ich sage das ohne Vorwürfe, weil meine Mutter es sich nicht ausgesucht hat, dass mein Vater gestorben ist.« Ich schlucke hart. Nach all den Jahren fällt es mir immer noch so schwer, das auszusprechen. »Sie hat so viel für uns getan, so viel. Hat in zwei Jobs gearbeitet, bis es im Makler-Business so richtig gut lief. Und dann ist sie voll und ganz im Job aufgegangen und auch das will ich ihr auf keinen Fall vorwerfen. Derweil rackere ich mir den Hintern ab, damit es irgendwann so gut läuft, dass wir mehr Leute einstellen können. Ich will Aufgaben delegieren können und flexible Arbeitszeiten, damit ich keine einzige Schulaufführung meiner Kinder verpasse, die ich nicht einmal habe. Ich liebe meinen Job, aber er soll nicht der Mittelpunkt meines Lebens werden. Ist das nicht total bescheuert?«, frage ich. »Ich mache etwas zu dem Sinn meines Lebens, was noch nicht existiert.« Ich atme tief ein und aus.

»Ich finde es nicht schlimm, es anders zu machen wollen als seine Familie. Meine Eltern sind geschieden und so etwas will ich meinen Kindern nicht antun will. Obwohl meine Eltern sich vorbildlich verhalten haben. Sie haben sich nie vor uns gestritten und sind einvernehmlich getrennte Wege gegangen. Ob ich dies letztendlich schaffe, kann ich nicht beeinflussen. Ich kann nur einen Schritt nach dem anderen machen und bei jedem versuchen, das Richtige zu tun.«

»Du denkst sicher, ich bin zu verbissen, oder?«, frage ich und gleichzeitig weiß ich, dass *ich* diejenige bin, die sich für zu verbissen hält. Von Isaac will ich eigentlich nur das Gegenteil hören, um mich selbst besser zu fühlen.

»Ich habe nur Angst, dass du bei deiner Jagd nach deinem Traum das Leben um dich herum verpasst. Aber ich verstehe dich, es ist ein schöner Traum.«

Fasziniert sehe ich ihn an. Er hat recht, ich weiß das. Wäre da nur nicht die Zeit, bei der ich das Gefühl habe, dass sie mir wie ein Raubtier im Nacken sitzt. Ich spüre ihren geifernden Atem in meinem Rücken. Aber Isaac erinnert mich auch an etwas. Daran, die Momente zu genießen, die sich gerade jetzt abspielen.

»Was ist dein Traum?«, frage ich ihn leise.

Er schaut zum Horizont. Für einen Moment nimmt sein Mund einen harten Zug an. »Ich glaube, ich habe es mir abgewöhnt zu träumen«, flüstert er fast.

Ich denke darüber nach, ob das vernünftig oder traurig ist. Mein Weg ist sicher nicht der einzig Wahre, aber nicht zu wagen zu träumen ... Mir liegt auf der Zunge, dass er gerne ein bisschen was von meinem Traum abhaben kann, spreche es aber nicht aus. Ich folge seinem Blick und stelle erstaunt fest, dass bereits die ersten Sonnenstrahlen über die Felsen gekrochen sind. Überwältigt schnappe ich nach Luft. Der Himmel strahlt rötlich und bringt damit das Rot der Felsen noch mehr zur Geltung. Die Strahlen kriechen durch die Schluchten, die so tiefe Schatten werfen, dass man sich vorstellen kann, die Welt hätte einen Riss. Weiter hinten erkenne ich den Verlauf des Colorado Rivers. Schlammig braun, als wollte er das einheitliche Farbbild nicht zerstören.

»Es ist ...« Ich komme nicht weiter, weil es keinerlei Worte gibt, um den Anblick vor mir zu beschreiben.

»Ich weiß«, sagt Isaac und ich habe das Gefühl, er weiß es wirklich.

Minutenlang sehe der Sonne dabei zu, wie sie immer höher steigt. Raben sausen vor uns durch die Lüfte, ihr schwarzes Gefieder glänzt. Obwohl die Temperaturen ansteigen, fröstele ich. Vermutlich habe ich zu lange bewegungslos auf einem Fleck gehockt.

»Verdammt, du frierst ja und ich Idiot merke es erst jetzt.«

Isaac rafft die Decke um uns zusammen, sodass sie jetzt auf unseren Schultern und Beinen liegt. Sein Arm schwingt sich über meine Schulter und er zieht mich näher. Seine Hände streifen meine nackte Wade und ein Schauer geht durch mich hindurch, den er anscheinend vollkommen missinterpretiert, denn mit einem schuldbewussten Gesichtsausdruck greift er nach meinen Beinen und zieht sie über seine eigenen. Seine Hand streicht mein Bein entlang.

»Du hast ja eine richtige Gänsehaut«, meint er, den Kopf zu mir gewandt. So nah beieinander trennen nur noch wenige Zentimeter unsere Nasenspitzen und mein Blick gleitet immer wieder zu seinen Lippen. Zum Glück fragt er nicht, wieso ich eine Gänsehaut habe. Mir nicht mehr kalt, mir ist heiß. Die Hitze schießt durch meinen Körper und lässt mich vollkommen elektrisiert zurück. Alles, was ich spüre, ist Isaac. Seine leicht rauen Fingerspitzen auf meiner nackten Wade. Es fehlt nicht mehr viel und ich würde auf seinem Schoß sitzen und gerade jetzt will ich nichts lieber als das.

Verdammte Scheiße. Dieser Mann. Dieser verfluchte Mann, der mein Hirn vernebelt, wie kein anderer es vor ihm konnte.

Auch Isaac wendet sein Gesicht nicht ab. Man sieht es auf typische Art und Weise hinter seinen viel zu blauen Augen arbeiten, aber ich bin viel zu beschäftigt damit, mit mir selber zu kämpfen. Isaacs Gesellschaft ist so kostbar und ich will nichts falsch machen. Gleichzeitig habe ich mich noch nie so sehr danach gesehnt, jemanden zu küssen. Meist schmeckt ein Kuss für mich am süßesten, wenn ich weiß, was dahintersteht. Ein Kuss kann ein »Ich mag dich« oder sogar ein »Ich liebe dich« sein. Ein Kuss kann ein Versprechen für eine gemeinsame Zukunft sein. Er kann auch wie bei Clive nur eine gemeinsame Abmachung sein, sich für eine kurze Weile Gesellschaft zu leisten. Doch bei Isaac würde es im Moment nur ein Kuss sein, weil ich – selbst wenn ich es wagen würde, mich nach vorne zu beugen – nicht wüsste, was es zu bedeuten hätte. Aber es wäre mir genug, wenn ich ihm diesen einen Kuss stehlen könnte.

Plötzlich beugt sich Isaac zu mir. Sein Blick sucht meinen und ich verheddere mich hoffnungslos darin. Seine Lippen kommen näher, ich spüre bereits seinen Atem, der sich mit meinem vermischt und mein Herz schlägt im Akkord. Sanft treffen seine Lippen auf meine, jagen ein Feuerwerk durch meinen Körper. Ich komme ihm viel zu heftig entgegen, presse meinen Mund auf seinen. Habe Angst, dass er sich zurückzieht, stattdessen greifen seine Hände an meiner Schulter und an meinem Bein fester nach mir, jedoch ohne mich näher zu ihm heranzuziehen.

Seine Lippen werden fordernder, ein Spiel, auf das ich mich nur zu gerne einlasse. Meine Zunge gleitet vor, erkundet ihn. Er liebkost mich so sinnlich, dass mir fast schwindelig wird. Ich schmecke ihn, nehme ihn in mich auf, necke ihn. Ich atme immer tiefer ein, die Luft wird knapp, aber ich will nicht aufhören, ich kann nicht aufhören. In meinen Händen zuckt es. Ich will mehr. Ich will ihn spüren, ich will ihn auf mir. Ich erschrecke selbst vor der Heftigkeit meines Verlangens. Doch ich belasse es bei dem Kuss, weil Isaac es auch dabei belässt.

Ich wimmere leise, als er sich wieder vor mir löst, und schäme mich über das armselige Geräusch. Ich bin nur noch Pudding und mein Kopf ist Watte. Ich brauche bestimmt zehn Minuten, in denen ich einfach ein- und ausatme. Meine Hände zittern. Sie wollen mehr. Mein ganzer Körper will mehr und kribbelt in freudiger Erwartung. Ich wende meinen Kopf verstohlen von Isaac ab, weil ich befürchte, dass man mir alles davon ansieht. Das war heftig. Ich wusste nicht, dass Küssen so sein kann. Bitte, bitte, gib mir mehr.

Isaac fährt sich durch die Haare, die inzwischen zerzaust aussehen. Ich will meine Finger in sie vergraben und sie noch mehr durcheinanderbringen. Auch er ringt nach Atem, was mir eine gewisse Befriedigung entlockt. Ich starre wieder auf den Canyon, sehe ihn diesmal nicht wirklich. Ich kann nur noch spüren. Das Echo wird schwächer, bleibt jedoch immer noch überdeutlich. Mir ist, als würde ich in zehn Jahren immer noch ein leichtes Kribbeln auf meinen Lippen spüren können.

»Wenn wir jetzt zurückfahren, passen wir noch das Frühstück ab«, sagt er mit rauer Stimme, die mir direkt ins Mark fährt und macht, dass mein Unterleib sich zusammenzieht.

Ich starre ihn an. Frühstück ist wirklich das Letzte, an das ich denke. Trotzdem nicke ich wie mechanisch. Erhebe mich. Steige ins Auto. Aber in meinem Kopf wiederholt sich der Kuss in Dauerschleife.

Kapitel 8

Beim Frühstück stoßen noch mehr bekannte Gesichter zu uns, die sehr viel ausgeruhter aussehen, als ich mich fühle. Isaac und ich wechseln kaum ein Wort miteinander und lassen die anderen reden. Trotzdem muss ich immer wieder zu ihm schauen. Meistens begegnet er meinem Blick und dann zuckt ein Lächeln über seine Lippen.

Spätestens um zehn Uhr müssen unsere Zimmer geräumt sein, um neun finde ich mich mit meinem Koffer in der Lobby ein. Mein Flug kommt leider erst in fünf Stunden und ich habe keine Ahnung, was ich bis dahin machen soll, zumal ich bloß schlafen will. Nun ja. Vielleicht nicht *nichts* anderes. Mein Herz stolpert in meiner Brust, als ich Isaac mit seinem Koffer herunterkommen sehe. Vermutlich sollten wir ganz erwachsen über diesen Kuss reden. Aber ich will nicht reden. Alles, was ich will, ist ihn zu wiederholen, immer und immer wieder.

»Fährst du mit dem Auto zurück?«, frage ich, sobald er in meiner Hörweite steht.

Er nickt.

»Bist du fit dafür?« Ich mache mir Sorgen. Sekundenschlaf ist eine gefährliche Sache und Isaac gehört inzwischen zu den Menschen, die sich in mein Herz gemogelt haben. Leider heißt das, dass ich mich ab jetzt immer um ihn sorgen werde. Vielleicht ist das das große-Schwester-Gen in mir, vielleicht bin ich neurotisch.

Isaac schwenkt einen der größten Coffee-to-go-Becher in seinen Händen, den ich je gesehen habe. Was sind das – zwei Liter?

»Ich hoffe, das hilft«, sagt er mit einem schrägen Lächeln.

»Ich könnte dich begleiten und dich wachhalten.« Ich schließe die Augen. »Tut mir leid, ich wollte mich nicht aufdrängen«, sage ich hastig.

Vielleicht braucht er Zeit, um nachzudenken. Vielleicht weiß er selbst noch nicht, was das alles zu bedeuten hat und wie er damit umgehen will, und ich bin bereits dabei, mich wie eine Klette an ihn zu heften. Vermutlich denkt er, ich will sofort meine drei Kinder mit ihm zeugen und der Gedanke bricht mir das Herz. So sehr ich meinen Traum auch verfolge, Isaac ist mehr als nur ein Mittel zum Zweck. Bei ihm zählt nur der Moment. *Vorerst* zählt nur der Moment.

»Ich fände es toll, wenn du mitkommen würdest.« Seine Worte ergießen sich wie warme Flauschewatte auf mir und ich grinse dämlich. Ich benehme mich wie ein Teenager, dabei ich muss einigermaßen auf dem Teppich bleiben. Zum einen, weil ich Isaac nicht verschrecken will, zum anderen, weil ich mich für eine Enttäuschung wappnen muss. So nett Isaac auch ist, es kann sein, dass er mich hiernach nie wieder sehen will.

Dennoch nicke ich hektisch und stehe viel zu schnell neben ihm.

Es ist lustig, zusammen mit Isaac nach einem geeigneten Radiosender zu suchen. Erst stoßen wir auf eine Moderation, die sich anhört wie auf Speed und die wir gegenseitig imitieren, dann kommen wir überein, dass der Country-Sender noch unsere beste Alternative ist, worauf wir aus vollem Halse mitsingen, obwohl wir die Texte nur teilweise beherrschen. Die restliche Fahrt versinkt in Schwärze und mir wird erst bewusst, dass ich eingeschlafen sein muss, als ich Isaacs Stimme nah an meinem Ohr vernehme. »Phyllis.« Seine Hand streicht sanft über meine Schulter und ein angenehmer Schauer durchläuft mich. Ich sehe direkt in seine blauen Augen, sehe die kleinen Lachfältchen, die sich darum bilden. So könnte ich gerne öfter aufwachen.

»Wir sind beim Flughafen«, sagt er leise. Ich vernehme erst, wie angenehm seine Stimme klingt und danach, was er sagt.

»Hä?«, frage ich. Nicht sehr damenhaft.

»Wenn du mir sagst, wo du wohnst, fahre ich dich bis nach Hause.«

Ich brauche ein paar Sekunden, dann stelle ich erschreckt fest, dass wir vor dem Phoenixer Flughafen stehen, eingekesselt von einem Dutzend gelber Taxis.

»Ach du scheiße.« Ich fahre auf. Gerade waren wir noch auf einem verlassenen Highway. Isaac muss drei Stunden allein gefahren sein, während ich geschlafen habe wie ein Murmeltier. Das war nicht Sinn der Übung und das schlechte Gewissen packt mich mit voller Wucht. Nicht nur das, er ist auch noch an Paxdale vorbeigefahren, um mich bis nach Phoenix zu bringen. Wäre ich nicht in sein Auto gestiegen, wäre er schon längst zuhause und könnte sich ausruhen.

»Oh Gott.« Ich vergrabe mein Gesicht in meinen Händen. Wie mache ich das wieder gut?

Ein leises Lachen dringt zu mir durch. »Phi, alles in Ordnung?« Er klingt amüsiert. »Fällt dir deine eigene Adresse nicht mehr ein?«

»Ich fasse es nur nicht! Auf keinen Fall fährst du mich bis nach Hause, ich nehme mir von hier ein Taxi.« Das hätte ich nach dem Flug – den ich eigentlich nehmen wollte – sowieso getan.

Isaac winkt ab, als wäre das alles nicht der Rede wert. »Das macht keine Umstände. Bist du dir sicher?«

Ich nicke. Alles andere könnte ich nicht mit mir vereinbaren.

»Na gut, wie du willst.« Isaac steigt aus, um meinen Koffer aus dem Kofferraum zu holen. Hastig befreie ich mich aus meinem Gurt und stelle mich neben ihn. Als ich nach dem Koffer greife, berühren sich kurz unsere Finger und sofort denke ich wieder an den Kuss. Ich schaue auf. Ich stehe direkt vor ihm und eine Verabschiedung liegt vor uns. Erwartungsvoll beuge ich mich ein klein wenig weiter nach vorn, aber Isaac dreht sich von mir weg und winkt mir stattdessen ein leeres Taxi heran. ... Was?

Zuvorkommend hält Isaac mir die Tür auf, während der Fahrer sich nun meines Koffers annimmt. Perplex starre ich ins Wageninnere, dann klettere ich hinein. Es war getrost das schönste und aufregendste Wochenende in meinem Leben und nun ist es einfach vorbei. Ich fühle mich hohl und leer und ein bisschen, als wäre es nur ein Traum gewesen.

Isaac lächelt mich an. Seine Augen taxieren mich, aber er macht keinerlei Anstalten, sich zu mir herunterzubeugen. »Komm gut nach Hause, Phi.«

»Ja. Ja, du auch«, sage ich benommen. Werde ich ihn überhaupt wieder sehen?

Die Tür geht zu. Der Fahrer fragt nach meiner Adresse und ein bisschen verzögert nenne ich sie ihm. Dann starre ich Isaac hinterher, der sich wieder hinter das Steuer seines Wagens setzt, während ich selbst davongleite.

Ein Traum. Ein schöner Traum. Aber selbst die schönsten Träume gehen einmal vorbei. Wie ein Kleid, das man nur für einen Abend gekauft hat und irgendwann wieder ausziehen muss.

Kapitel 9

Egal, wie oft ich mir sage, dass ich realistisch denken muss, kehren meine Gedanken auch während meiner Arbeitszeit immer und immer wieder zum Wochenende zurück. Ich hatte wirklich das Gefühl, eine neue Phyllis zu sein, aber mit dem Alltag ist die alte Phyllis zurückgekehrt. Die verantwortungsbewusste, langweilige Phyllis.

Ich zucke zusammen, als mein Handy an meiner Hüfte vibriert. Mist, gerade jetzt, während der Teambesprechung. So unauffällig wie möglich taste ich danach, obwohl ich am wenigsten leiden kann, wenn jemand während eines Meetings auf sein Handy schaut. Die Besprechung dauert für gewöhnlich keine zwei Stunden und ich habe noch nie eingesehen, was so wichtig sein kann, dass man in dieser Zeitspanne nicht uneingeschränkt seine Aufmerksamkeit schenken kann.

Isaac hat mir geschrieben. Mein Herz schlägt mir bis zum Hals und mein Finger schwebt über dem Namen, aber ich kann mich nicht dazu überwinden, die Nachricht zu lesen. Schnell stecke ich das Handy weg, während ich immer wieder die beiden Möglichkeiten durchgehe, die mir diese Nachricht mitteilen wird. Zum einen könnte er mich wiedersehen wollen. Zum anderen formuliert er sehr höflich, warum das nicht der Fall ist.

Zuhause packe ich das Handy wieder aus und lege es direkt vor mich hin. Keine Ahnung, wieso mir das so schwerfällt. Ich bin ein pragmatischer Mensch und stundenlang auf ein Handy zu schauen, ist vieles, aber ganz sicher nicht pragmatisch.

Vielleicht liegt es daran, dass ich bei Isaac noch keine schlechten Eigenschaften entdeckt habe, an denen ich mich festhalten kann. Wie bei Henry. Er war freundlich, doch manchmal hat er beim Essen ein wenig geschmatzt. Er hat Handwerkliches in der Wohnung übernommen, aber alles andere ist an mir kleben geblieben. Solche Dinge sind es, die ich mir immer wieder ins Gedächtnis rufe, wenn ich ein Tief habe. Selbst Patrick, den ich nur diesen einen Abend kennengelernt habe, hat sich wenigstens das Ekligste auf der Karte bestellt. Ihm beim Austernausschlürfen zuzusehen, ich schüttle mich immer noch bei der Erinnerung. Ich wette, Isaac würde selbst dabei sexy aussehen, egal, wie sehr ich Schalentiere hasse. Er muss wenigstens so lange mit mir ausgehen, bis ich eine solche Sache an ihm entdeckt habe.

Ich seufze laut und vernehmlich. Egal, was in dieser Nachricht steht, ich kann es nicht mehr ändern. Und ich werde ihn auch nicht zwingen können, mehr Zeit mit mir zu verbringen, wenn er das nicht möchte. Kurz entschlossen greife ich nach dem Handy. Mein Magen dreht sich einmal um sich selbst, als ich die Nachricht hastig überfliege. Ich bleibe an dem Wort *Park* kleben. Dann nehme ich auch den Rest wahr. Er fragt, ob ich nächstes Wochenende Zeit und Lust hätte, mit ihm durch den Paxdaler Park zu schlendern. Aber er versteht auch, wenn ich keine Lust habe, immer zu ihm rauszufahren. »*Letztendlich ist mir der Park egal, nenne irgendeinen.*«

Ein schwachsinnig breites Lächeln huscht über mein Gesicht. Anschließend hüpfe ich einmal durch meine Wohnung und bin froh darüber, dass ich allein lebe. Isaac will mich wiedersehen. Er will mich wirklich wiedersehen. Mein Herz flattert. Wenn das so weitergeht, muss ich aufpassen, dass es mir nicht für immer wegfliegt.

Ich habe Isaac geschrieben, dass der Park in Paxdale vollkommen okay ist. Genaugenommen verbinde ich nur gute Erinnerungen an ihn. Für mich ist es ein furchtbar romantischer Ort. Als ich das letzte Mal da war, wuchsen dort überall Blumen in allen möglichen Rosa und Rottönen. Es ist schon ein wenig kitschig. Nein, ich verbessere mich: Es ist definitiv sehr kitschig. Dennoch habe ich als Teenager oft gedacht, dass es unheimlich schön wäre, mit seinem Liebsten hier durchzulaufen, weil es so aussieht wie die rosarote Kulisse eines Liebesfilmes. Titus war allerdings niemand, der gerne durch Parks spazierte, also habe ich diese geheime Fantasie nie umgesetzt. Bis heute. Wir sind für Freitag verabredet, weil ich es keinen einzigen Tag länger aushalte.

Ich zügle meinen Schritt, als ich Isaacs Statur von Weitem erkenne, um nicht zu übereifrig rüberzukommen. Er hält seine Nase in die Sonne und sieht aus wie ein griechischer Gott. Viele, neugierige Blicke streifen ihn, vor allem von Frauen, und ich werde sogleich ein bisschen unsicherer, auch wenn ich mich selbst dafür schelte. Immer wieder sage ich mir, dass Isaac zu gut für mich ist und dass die Umstände, unter denen wir uns kennengelernt haben, eigentlich nicht dazu führen können, dass wir glücklich bis an unser Lebensende werden. Aber warum eigentlich nicht? Bei den wenigsten läuft alles nach Plan und wieso sollte ich keinen tollen Kerl abbekommen? Nur weil ich bisher unfähig war, meine Kerle bei mir zu halten? Ich schüttle die düsteren Gedanken ab. Heute ist ein wunderschöner Tag. Es ist perfekt, alles ist perfekt. Und ich werde es einfach nur genießen im Hier und Jetzt.

Als ich fast vor ihm stehe, schlägt Isaac die Augen auf. Sein Blick trifft mich sofort ins Mark. Wenn Isaac einen ansieht, fällt es einem leicht, die ganze Welt zu vergessen. Sofort kribbeln meine Lippen. Mein Körper erinnert sich unweigerlich an diesen Kuss. Mein Blick heftet sich an seinen Mund, der sich zu einem Lächeln verzieht. Scheiße, ich brauche unbedingt ein paar seiner negativen Eigenschaften.

Als ich bei ihm ankomme, zieht er mich in eine Umarmung. Sein warmer, starker Körper drückt sich an mich, hüllt mich ein. Stromstöße jagen kurz durch mich hindurch, viel zu schnell lässt er von mir ab.

»Hi«, hauche ich. Meine Stimme klingt viel zu schwach, verlegen streiche ich mir die Haare hinters Ohr und sehe zu ihm hoch.

»Hi«, erwidert er in seiner dunklen Stimme, die sich ein wenig rauchig anhört.

Gefühlte Minuten starren wir uns nur an, dann setzen wir uns langsam in Bewegung und schlendern die vorgegebenen Pfade entlang, vorbei an den Parkbänken und Kindern, die auf der Wiese Frisbee spielen. Ein Hund jagt der flachen Scheibe unermüdlich hinterher. Links, rechts, links. Seine Schlappohren wackeln auf und ab und die Kinder lachen, aber der Hund gibt nicht auf.

Nach einer Weile kommen wir ins Gespräch. Ich erzähle mehr von meinen Brüdern und Isaac erzählt von seinen Eltern. Sein Vater hat italienische Wurzeln, seine Mutter schwedische. Beide kamen als kleine Kinder nach Amerika und er hat von beiden Sprachen nur sehr rudimentäre Kenntnisse, was er ein bisschen bedauert. Er war einmal bei seinen Verwandten in Italien und hat es sehr genossen, obwohl er kaum etwas verstanden hat. Insgeheim denke ich mir, dass sie ihn alle mit irgendeiner Cousine des weiß ich nicht wievielten Grades verkuppeln wollten. Ich hänge an seinen Lippen und gleichzeitig merke ich, wie sehr meine Gedanken immer wieder abdriften, bis ich mich kaum noch konzentrieren kann.

»Alles okay, Phi? Du wirkst nicht ganz bei der Sache.«

Innerlich stöhne ich auf. Isaacs schlechte Eigenschaft ist es leider nicht, unaufmerksam zu sein. Wenn überhaupt, dann ist er *zu* aufmerksam.

»Alles ... alles okay.«

Ich senke den Blick, lasse meine Haare ein wenig nach vorn fallen, in der Hoffnung, dass Isaac mich dann weniger gut lesen kann.

»Mhm.« Der Laut klingt äußerst amüsiert. Wir sind beide mitten auf dem Weg stehengeblieben, aber es ist nicht so viel los, also stört es niemanden.

»Möchtest du mir verraten, was in deinem Kopf vorgeht?«

Verunsichert sehe ich zu ihm hoch. Ich öffne den Mund und will »Eigentlich nicht« antworten. Weil wir ehrlich zueinander sind. Aber das auszusprechen, erscheint mir zu harsch. Ich will Isaac auf keinen Fall vor den Kopf stoßen. Bleibt nur noch eine andere Möglichkeit.

»Ich habe mich nur gefragt, ob du vorhast, mich wieder zu küssen.«

Oh Gott, ich sterbe. Ich weiche seinem Blick aus und merke, wie ich feuerrot anlaufe. Meine Hände zittern vor Aufregung und ich vergrabe sie in den hinteren Taschen meiner Jeans. Ich war noch nie eine Frau, die in ihren Beziehungen die Initiative ergriffen hat. Ich habe mir immer gesagt, es liegt daran, dass ich ein bisschen altmodisch eingestellt bin, tatsächlich bin ich nur zu feige.

»Du machst keine Anstalten, mich erneut zu küssen. Vielleicht denkst du, dass es ein Fehler war. Was vollkommen okay ist!«, sprudelt es aus mir heraus. »Wir können auch nur Freunde sein, aber ich weiß nicht. Ich schätze, ich würde es gerne wissen.«

Leider werde ich aus Isaac nicht so schnell schlau, wie er aus mir. Es ist wirklich ein glücklicher Umstand, dass wir beschlossen haben, schonungslos ehrlich miteinander zu sein, weil ich sonst nie erraten könnte, was er denkt.

Seine Miene ist wie aus Stein und ich befürchte das Schlimmste.

»Es ist dir also egal, ob wir nur Freunde sind?«, fragt er.

Ich zucke mit den Schultern. Zum einen ist es mir nicht egal, denn ich will mit jeder Faser meines Körpers mehr. Zum anderen bin ich nicht bereit, Isaac aus meinem Leben zu lassen. Das ist mir fast wichtiger, als welchen Platz er darin einnimmt. Ich reiße mich lieber zusammen, so schwer das auch ist, als ihn ganz zu verlieren.

Isaac wendet sich von mir ab.

»Isaac? Was ist los?«

Er streicht sich durch die Haare. Und das erste Mal seit unserer Übereinkunft merke ich, dass auch er an seine Grenze stößt. Was auch immer ihm durch den Kopf schießt, er will es eigentlich nicht mit mir teilen.

Mit weit aufgerissenen Augen sehe ich ihn an. Warte mit angehaltenem Atem ab, wie er sich entscheiden wird. Ich habe mich voll und ganz auf ihn eingelassen und nun wird sich zeigen, ob er einen Rückzieher macht, wenn ihm das Spiel zu heikel wird.

»Ach verdammt, Phi.« Er dreht seinen Körper wieder zu mir, atmet tief ein und aus. »Mir ist es nicht egal, okay?«

»Dir ist es nicht egal?«

»Nein. Ich will nicht nur mit dir befreundet sein. Ich *kann* nicht nur mit dir befreundet sein. Schau dich mal an, allein diese Rehaugen.«

Mein Herz schlägt wie verrückt, macht Saltos und Purzelbäume, das ganze Programm. Mutiert zu einem regelrechten Zirkusartisten.

Ich komme noch ein paar Zentimeter näher, sodass wir so dicht voreinander stehen, wie es nur geht, ohne sich zu berühren. »Wieso küsst du mich dann nicht, Isaac?«, frage ich. Meine eigene Stimme ist viel dunkler als sonst. Ich merke seine Körperwärme und würde mich am liebsten an ihn pressen, stattdessen warte ich ab.

Seine Hand wandert zu meinem Hinterkopf, sein Gesicht kommt mir entgegen und ich schließe die Augen, während meine Haut prickelt. Dann merke ich lediglich seine Stirn an meiner und sein Atem, der meine Wangen streift.

»Weil ich Angst habe, nicht mehr damit aufhören zu können«, gesteht er leise. Die Worte sind allein für meine Ohren bestimmt. Sie jagen Bilder durch mich hindurch, die meinen Körper elektrisieren. Mein Mund ist trocken.

»Und ich will das zwischen uns richtig angehen. Langsam und Schritt für Schritt.«

Verdammt. Das ist so ziemlich der schönste Grund, mich nicht zu küssen und gleichzeitig auch der frustrierendste.

Meine Hände legen sich auf seine Brust. Fahren über den weichen Stoff seines T-Shirts und erahnen die harten Muskelstränge darunter.

»Was, wenn ich will, dass du nicht damit aufhörst?«, hauche ich. Es fällt mir schwer, nicht die paar Zentimeter zwischen unseren Mündern zu überbrücken. »Unser

Tempo ist sowieso nicht normal, ich habe schon deinen besten Freund kennengelernt. Auf einem Kurztrip nach Las Vegas, der unser zweites Date war.«

Ich sehe nicht ein, wieso wir die Bremse ziehen sollten, auch wenn sein Vorsatz mir schmeichelt. Offenbar befinden Isaac und ich uns auf derselben Schiene, fahren in dieselbe Richtung. Ich hatte recht, all das Schwarzsehen bringt mich nicht weiter. Meine Finger krallen sich in sein T-Shirt. Den hier werde ich so schnell nicht wieder loslassen.

Isaacs Atemzüge erscheinen mir tiefer, während ich seine Antwort abwarte. Dann prallen seine Lippen auf meine. Er küsst mich leidenschaftlich. Seine Zunge wagt sich vor, erobert meinen Mund, nimmt alles ein und ich gebe es ihm nur zu gerne. Sein Arm zieht mich zu ihm, während seine andere Hand immer noch meinen Kopf umfasst, als hätte er Angst, dass ich mich sonst zurückziehe. Aber an Rückzug ist nicht zu denken. Ich presse mich an ihn, spüre die verheißungsvollen Konturen seines Körpers nach und wünschte mir, es wäre kein Stück Stoff zwischen uns.

»Ihh, nehmt euch ein Zimmer!«, kreischt uns ein Teenager zu und seine Freunde fangen an zu gackern.

Schnell löse ich mich von Isaac, auch wenn alles in mir protestierend aufschreit. Insgeheim bin ich dem Rotzlöffel dankbar, weil ich mich sonst vollkommen vergessen und es da drüben auf dieser Parkbank mit Isaac getrieben hätte, obwohl ich sonst kein großer Fan öffentlicher Zurschaustellung von Leidenschaft bin.

Isaacs verhangener Blick ist auf mich gerichtet. »Ich werde sie alle verhaften«, knurrt er.

Kichernd weiche ich seinem Blick aus, um einen klaren Kopf zu bekommen, doch Isaac greift nach meiner Hand.

Umschließt sie warm und ich verhake meine Finger mit seinen. Er zieht mich ein Stück näher, aber wir setzen unseren Weg brav nebeneinander fort.

Sein Daumen massiert in sanften Kreisen meinen Handrücken und ich werfe ihm einen warnenden Blick zu, der sein Grinsen breit werden lässt. »Wie wäre es, wenn ich morgen für dich koche?«, schlägt er vor.

Mein Atem stockt. Kochen. Wir zwei allein bei ihm zuhause. Ich weiß, was das heißt. Mein Unterleib zieht sich zusammen und ich presse die Schenkel zusammen, was beim Laufen eine Herausforderung ist.

»Klingt nach einer tollen Idee«, sage ich so unverfänglich wie möglich.

»Okay, dann morgen bei mir.« Sein Händedruck wird ein wenig fester. Alles in mir dreht sich wie bei einem Karussell und ich wünschte mir, es wäre bereits morgen.

Kapitel 10

»Komm runter, Phi«, sage ich zu mir selber. Zum wiederholten Mal. Ich stehe mit meinem kleinen Auto seit bestimmt zehn Minuten vor dem Haus und hoffe einfach nur darauf, dass Isaac jemand ist, der nie aus dem Fenster schaut. Das Haus ist ein flaches Gebäude mit ein bisschen Garten, so wie alle in dieser Straße. Ein Hurrikan und nichts würde übrig bleiben, zum Glück sind wir in dieser Gegend davor gefeit.

Tief atme ich ein und aus. Ich weiß nicht, wieso ich am Rande eines Nervenzusammenbruchs stehe. Vielleicht, weil allein die Vorstellung von Sex mit Isaac ziemlich nervenaufreibend ist. Ich habe die ganze letzte Nacht darüber fantasiert, gleichzeitig schleichen sich düstere Gedanken in mein Hirn und sie sind es, die mich nicht nur kribbelig machen, sondern meine Hände zum Zittern und mich zum Schwitzen bringen.

Offenbar bin ich keine Bombe im Bett, das hat die Rückschau meines Lebens gezeigt. Eigentlich hätte Isaac der Mann sein sollen, der mir *hilft*, mich zu verbessern, stattdessen ist er plötzlich der Mann, den ich wirklich beeindrucken will. Ich will kein Fall für die Nachhilfe sein, ich will, dass er genauso verrückt nach mir ist wie ich nach ihm. Ich war gestern kurz davor, ein paar pornografische Skizzen zu machen, um mir einen Schlachtplan zurechtzulegen.

So oder so, im Auto sitzen zu bleiben, wird mir nicht helfen.

Ich steige also aus und laufe auf Isaacs Haustür zu. Selbstbewusst, voll bei der Sache, mit mir im Reinen ... wem will ich eigentlich etwas vormachen? Trotzdem schaffe ich es, mit ruhigem Finger auf die Klingel zu drücken. Es dauert keine halbe Minute, da hat er mir schon geöffnet. Er trägt ein schwarzes, legeres Hemd und eine dunkle Jeans. Die Ärmel sind hochgekrempelt, doch seine Unterarme werden von den Ofenhandschuhen verdeckt.

»Hey, ich wollte gerade die Lasagne aus dem Ofen nehmen.«

Der kaum vorhandene Flur führt gleich in ein großes Wohnzimmer, aber Isaac geht nach links und ich folge ihm. Die Küche erreicht man durch eine Doppeltür, aus der die Türen ausgehängt sind, vielleicht auch nie eingebaut wurden. Isaac bewegt sich zielstrebig auf den Ofen zu und holt eine Lasagne heraus, die oben perfekt goldbraun gebrannt ist, und deren Duft mir sofort das Wasser im Munde zusammenlaufen lässt. Vielleicht werden wir doch etwas essen, bevor wir übereinander herfallen, und irgendwie beruhigt mich das. Ich merke, wie meine Schultern sich wie von selbst lockern.

»Ich würde vorschlagen, im Wohnzimmer zu essen. Weniger vorbildlich, aber gemütlicher.«

Er schaufelt zwei gleichgroße Stücke auf die Teller. Ich mag es, dass er nicht automatisch davon ausgeht, dass ich weniger esse als er.

»Klingt gut.«

Neugierig betrachte ich die Umgebung, während ich meinen Teller ins Wohnzimmer trage. Es ist gemütlich hier. Die Möbel sind hell gehalten und machen das Zimmer optisch noch größer. So gut wie alle Möbelstücke passen zueinander, obwohl sie dem ersten Blick nach nicht aus einem Laden stammen. Der erste Gedanke, der mir durch den Kopf schießt, ist, dass ihm eine Frau geholfen hat, sich hier einzurichten und mein Herz zieht sich schmerzhaft zusammen. Es könnte seine Mom gewesen sein, oder seine Schwester. Oder auch eine Ex-Freundin. Isaac und ich haben jeder eine Vergangenheit, daran ist nichts Merkwürdiges. Vielleicht hat Isaac einfach Stil und ich zu viele Klischees im Kopf. Meine Erfahrungen begrenzen sich schließlich auf Brian und Henry. Brians Wohnung war eine Leder- und Stahlhölle, bei der jeder einzelne Einrichtungsgegenstand »Seht her, ich bin ein Mann!« geschrien hat. Bei Henry dagegen war es eine Ansammlung aller Möbel, die er mal irgendwie bekommen hat – inklusive seines alten Kinderzimmers – und zwar hoffnungslos zusammengewürfelt. Und ich würde meine Hand dafür ins Feuer legen, dass Justins erste eigene Wohnung katastrophal aussehen wird, wenn er nicht Mom oder mich helfen lässt.

Schnell setze ich mich auf die Couch, ehe Isaac mich fragen kann, worüber ich nachdenke und ich es ihm aufgrund des Deals sagen müsste. Der Tisch hat genau die richtige Höhe zum Essen und ich frage mich, ob Isaac jemals in der Küche isst. Ich tippe auf nein.

»Wow, du kannst wirklich kochen«, stelle ich anerkennend nach dem ersten Bissen fest.

»Nun ja. Ich kann Lasagne«, sagt er mit einem Zucken in seinem Mundwinkel.

Also ist er nicht vollkommen perfekt? Sag bloß.

»Sonst nichts?«, frage ich lachend. Wer eine Lasagne hinkriegt, der kriegt sicher auch anderes in der Küche hin.

»Doch, ich verpflege mich schließlich selbst.«

Also wer immer ihm half, das kleine Haus einzurichten, er kocht ihm nichts ...

»Abgesehen von der Lasagne kann ich wirklich nichts Beeindruckendes. Vielleicht liegt es am alten Rezept meiner Oma.«

»Italienischer Seite?«

»Genau.«

»Vielleicht kannst du auch Pizza und Köttbullar und hast es nur nie versucht«, scherze ich.

Isaac lacht so sehr, dass er ein Stück Lasagne zurück auf den Teller prustet, was mich wiederum zum Kichern bringt. Daraufhin wirft er mir einen solch feurigen Blick zu, dass ich mich an dem nächsten Bissen fast verschlucke. Unauffällig schiele ich zur Couch. Sie hat genau die richtige Größe, dass wir beide darauf eng aneinander gekuschelt liegen könnten. Eine wirklich fantastische Couch.

Ich helfe Isaac, das Geschirr in den Geschirrspüler zu räumen, danach landen wir mit einem Glas Wein wieder auf besagter Couch. Aber der Wein könnte mich nicht weniger interessieren. Sobald ich das Glas in den Händen halte, stelle ich es wieder ab. Isaac tut es mir gleich. Seine nun freie Hand tastet nach meiner, verschränkt sich dort mit meinen Fingern. Mit wild klopfendem Herzen sehe ich auf unsere Hände, die miteinander verschlungen sind. Dieser Mann bringt mich um den Verstand.

»Das nächste Mal koche ich für dich«, flüstere ich. Keine Ahnung, warum ich nichts Besseres sage. Oder wieso ich überhaupt reden muss.

»Ich werde mich nicht dagegen wehren.«

Er führt unsere Hände zu seinem Mund und haucht mir einen Kuss auf den Knöchel meines Zeigefingers, den ich bis in meine Fußspitzen spüre.

»Bei drei Brüdern kannst du bestimmt gut kochen.«

Ich lache. »Ja, das musste ich auch. Mom war nicht so oft zuhause. Und ehrlich gesagt war Dad auch immer derjenige, der besser kochen konnte.«

Ich schlucke. Ich merke, dass meine Erinnerungen viel zu verschwommen sind. Panisch stelle ich fest, dass ich mich spontan nicht daran erinnern kann, was ich am liebsten von ihm gegessen habe. Das ist kein gutes Thema. Tief atme ich ein und aus. Ich brauche schnell etwas Unverfängliches, Banales.

»Wie war er so? Dein Dad.«

Ich schließe die Augen. Isaacs Instinkte sind wie ein verdammter Spürhund. Diesmal passt mir das ganz und gar nicht.

»Lass uns über etwas anderes reden.«

Isaac liebkost meinen Handrücken. Erinnert mich daran, dass unsere Finger immer noch miteinander verschränkt sind wie bei zwei Teenagern, die sich noch nicht weiter vorwagen.

»Wieso?«

Ich weiche seinem Blick aus. Er hat mir schon vorher Fragen gestellt, die mir unangenehm waren, aber das hier ist etwas vollkommen anderes. Isaac dringt zu einem düsteren Punkt vor, der nur mir allein gehört.

»Ich rede nicht gerne mit anderen über meinen Dad. Ich finde, es geht sie nichts an. Sie kannten ihn nicht und können nur ihr Beileid ausdrücken. Ich habe diese Phrase damals so oft gehört, dass sie nur noch hohl und bedeutungslos ist.«

Das ist zumindest ein Teil der Wahrheit und ich bin stolz, es ausgesprochen zu haben. Der andere Teil ist wie ein kalter, dunkler Keller, in dem ich mich kaum vorwage. Und schon gar nicht lasse ich mich zwingen, dort hinabzugehen.

Ich versuche, ihm meine Hand zu entziehen, aber Isaac umfasst sie entschlossen.

»Okay, das verstehe ich.«

Tut er das? Ich würde gerne herausfinden, ob Isaac mich das erste Mal meines Wissens nach anlügt, aber dann müsste ich ihm in die Augen schauen und das halte ich für keine gute Idee.

»Sprichst du denn mit deiner Familie über ihn?«

Ich werfe ihm einen äußerst kurzen, gereizten Blick zu, ehe ich wieder nach vorne starre. Die alte Großvateruhr passt als einziges nicht so gut zum Rest der Möbel und ich könnte darauf wetten, dass es ein Erbstück ist. Vielleicht erzählt er mir die Geschichte dazu, wenn ich danach frage. Ich bin mir ziemlich sicher, dass er es als Ablenkungsmanöver erkennen wird – denn wenn ich eins von ihm gelernt habe, dann, dass dieser Mann nicht auf den Kopf gefallen ist – vielleicht geht er trotzdem darauf ein. Mir zur Liebe.

Ich öffne meinen Mund, der sich staubtrocken anfühlt. »Wieso ist dir das so wichtig?«, hake ich nach, statt ihn auf die Uhr anzusprechen. Ich klinge ein bisschen zickig und hasse mich dafür. Ich schließe die Augen. Genau deswegen mag ich es nicht, wenn Leute mich auf meinen Dad ansprechen. Ich atme erneut tief durch und versuche, mein inneres Gleichgewicht wieder zu finden. *Reiß dich zusammen, Phi. Benimm dich nicht peinlich.*

»Du hast einen Verlust erlitten, der dich offenbar immer noch tief trifft. Ich will nur sicher sein, dass du jemanden hast, mit dem du darüber reden kannst.«

Seine Hand drückt meine erneut und auf einmal kommt er mir wie ein Anker vor, auf den ich mein Leben lang gewartet habe. Aber ich habe Angst, dass es Mitleid ist oder – noch schlimmer – er denkt, ich sei irgendwie labil. Zu labil, als dass er mich in seinem Leben wollen würde. Männer mögen keine komplizierten Frauen, oder?

Ich werfe ihm einen Blick zu, der ziemlich verzweifelt aussehen muss und ihn wahrscheinlich in allem bestätigt, was er über mich denkt.

»Es ist armselig, dass mich das immer noch so trifft, oder?«, frage ich kleinlaut.

Verdammt sein dieser Mann und seine Menschenkenntnis. Es ist zwölf verdammte Jahre her. *Zwölf.* Die Zahl erschreckt mich. Das ist so alt wie Joshua. Logisch, es ist immer so alt, wie Joshua ist, abzüglich ein paar Wochen. Ein Jahrzehnt, in dem ich mir gewünscht habe, er wäre bei meinen Schulaufführungen, meinem Collegeabschluss und bei der Gründung meiner Firma dabei gewesen.

Isaac schüttelt traurig den Kopf und schafft es, dabei überzeugend auszusehen. »Nein, das ist nicht armselig, Phi. Ganz im Gegenteil.«

Ich schnaube, weil ich ihm nicht glaube, und wende meinen Blick ab. Gleichzeitig kann ich nicht fassen, wie eklig ich mich ihm gegenüber verhalte. Meine Hand rutscht aus seiner und ich ziehe sie zu mir. Ich sollte wohl gehen. Ich habe die Stimmung vollkommen versaut. Das ist mir bisher noch nie passiert, aber es gibt wohl für alles eine Premiere. Isaac hat mich schon in so vielen verrückten Momenten meines Lebens gesehen, ich hatte mir eigentlich vorgenommen, dass er ab jetzt nur noch die guten Seiten an mir erblickt.

Ich verspanne mich, als er sich näher zu mir beugt. Seine Finger tasten nach meinem Gesicht und zwingen mich, in seine Richtung zu schauen. Seine Augen sind nur noch ein paar Zentimeter von mir entfernt und taxieren mich aufmerksam. Seltsamerweise sieht er kein bisschen verärgert oder auch nur angespannt aus. Isaac strahlt diese Ruhe und Freundlichkeit aus, sodass ich mich in seiner Nähe sofort wohlfühle, obwohl streng genommen bei einem so großen und starken Mann zumindest etwas Vorsicht geboten sein müsste.

»Phi, er war dein Dad und offenbar standet ihr euch nah«, spricht er mit leiser Stimme auf mich ein. Die Tiefen seines Baritons, vibrieren in meinem Brustkorb und verursachen dort kleine Wellen, die mein Herz direkt abfängt. »Ich habe das Glück, dass meine Eltern noch leben, dennoch werde ich total fertig sein, wenn es so weit ist. Aber ich werde erwachsen sein. Du warst noch ein Kind.«

Scheiße, es passiert. Die erste Träne kullert meine Wange runter. So schnell es geht, wische ich sie fort, obwohl es unwahrscheinlich ist, dass er sie nicht bemerkt hat. Außerdem sind meine Augen wahrscheinlich unschön gerötet. Sexy, Phyllis, wirklich sehr sexy.

»Ich war immerhin schon vierzehn«, sage ich bestimmt und versuche damit, meine Fassung wiederzuerlangen.

Wenn einer ein Kind war, dann Justin mit seinen gerade mal sieben Jahren. Logan und Joshua waren noch ein Kleinkind und ein Baby. Die beiden haben kaum mitbekommen, was passiert ist. Bei Logan war es am schlimmsten. Er hat immer wieder nach Daddy gefragt und fast ununterbrochen geweint, weil er die Situation kaum verstand. Wie macht man auch einem Dreijährigen die Bedeutung des Todes klar? Obwohl ich nicht sonderlich an Gott glaube, habe ich ihm etwas vom Himmel erzählt, aber es ist schwer, so zu tun, als wäre Dad jetzt an einem fantastischen Ort, wenn um einen herum alles schlechter geworden ist. Obwohl wir wussten, dass es so kommen würde, war keiner von uns darauf vorbereitet. Vielleicht kann man sich auf den Tod eines geliebten Menschen einfach nicht vorbereiten. Vor allem da mein Dad bis zum Schluss relativ klar war. Es waren seine Organe, die versagt haben, in seinem Gehirn hatte sich der Krebs nicht niedergelassen. Er hat bis zum Ende versucht, mit uns Späße zu machen. Alles positiv zu sehen. Als er weg war, nahm er auch alles Positive mit sich.

»Mit vierzehn ist man noch ein Kind, Phi.« Isaac Stimme klingt, als dulde er keinen Widerspruch und irgendwie nimmt das eine Last von meinen Schultern, statt mich zu ärgern. Ich muss nicht widersprechen. Nicht darauf bestehen, dass alles nur halb so schlimm war. Es ist okay.

Sein Arm schlingt sich um mich und zieht mich zu ihm. Ich pralle gegen die warme Wand seines Körpers. Kuschle mich an seine Brust, mache mich ganz klein. Atme seinen Duft aus Seife, Aftershave und Isaac ein.

»Ich vermisse ihn schrecklich«, gestehe ich mir zum ersten Mal überhaupt ein. Ich bin eine erwachsene Frau, die mitten im Leben steht. Insgeheim plane ich, eine eigene Familie zu gründen. Es passt nicht, dass ich innerlich immer noch um meinen Daddy weine wie Logan damals.

»Das ist okay.« Isaac drückt mir einen Kuss auf den Scheitel, der mich von innen wärmt.

Er ist wirklich jemand, an den man sich in einer Krise anlehnen kann. Vielleicht ist es das, was ich seit damals am meisten vermisse. Ich versteife mich. Es ist nicht fair,

Isaac dafür auszunutzen. Egal, was er sagt, ich kann mir nicht vorstellen, dass diese Situation für ihn angenehm ist. Nur, weil es sich für mich gut anfühlt, muss ich ihn nicht damit belasten.

So schnell es geht, rücke ich von ihm ab. Ich springe von der Couch auf und suche mit verquollenen Augen meine Tasche. Wo ist das dämliche Ding nur? Die kleine Handtasche, in die ich eine Zahnbürste und Unterwäsche gequetscht habe, in der Hoffnung, wir würden heute Abend etwas anderes tun.

Ich bin schon halb im Flur, weil mir eingefallen ist, dass sie irgendwo in der Küche liegen muss, da spüre ich Isaac dicht hinter mir. Behutsam dreht er mich zu sich um.

»Was soll das, Phi, wo willst du hin?«

Wieder weiche ich zwanghaft seinem Blick aus. Ich will nicht mein eigenes Spiegelbild in seinen Augen sehen. Wie konnte ich nur derart das Gesicht verlieren?

»Das alles ist sehr peinlich geworden. Ich werde verschwinden. Aber … aber können wir uns wiedersehen, wenn ich mich wieder im Griff habe?«

Ich bezweifle, dass er sich darauf einlässt, doch Isaac hat mich schon öfter positiv überrascht. Und ich mag ihn so, so sehr, dass ich es zumindest versuchen muss.

Isaac blinzelt verwirrt. Verdammt, ich hätte nicht danach fragen sollen, sondern einfach nur verschwinden. »Wenn du dich wieder im Griff hast? Phi, du bist nicht bei der Arbeit, du musst dich nicht im Griff haben.«

Nun liegt es an mir, verwirrt zu sein. »Heißt das, du willst gar nicht, dass ich gehe?«

»Wie kommst du auf so einen Blödsinn? Natürlich will ich nicht, dass du gehst.«

Seine Arme schließen sich um mich. Machen mich wahnsinnig rührselig. Schon wieder laufen die Tränen über meine Wangen.

»Auch wenn ich nicht weiß, wann ich wieder aufhören kann zu weinen?«, schniefe ich.

Ein Lachen dringt tief aus Isaacs Brust. »Auch dann nicht.«

Er löst seine Arme von mir und kurz durchflutet mich Panik, aber er hebt sie nur an, um mein Gesicht in beide Hände zu nehmen. Sanft küsst er meine Tränen fort. Erst auf der linken, dann auf der rechten Seite.

»Soll ich dir sagen, wieso es dir nicht peinlich sein muss?«

»Ja bitte.« Ganz, ganz dringend. Denn im Moment würde ich nichts lieber tun, als in einem großen Loch im Boden zu versinken.

»Du weinst, weil du ihn geliebt hast. Und für Liebe sollte man sich nie schämen.«

Ich schniefe wieder. Merke, wie ich kurz davor bin, vollkommen zu zerbrechen und mich im Salzwasser meiner Tränen aufzulösen. Wieso macht dieser Mann das mit mir? Ist das Teil seines Helferkomplexes? Nein. Nichts an Isaac ist schlecht. Ich werde nicht anfangen, alles Gute, was er tut, in einem schlechten Licht zu sehen. So ein Mensch will ich nicht sein.

»Es ist nur ... Menschen mögen keine Trauer. Es ist ihnen unangenehm und sie fühlen sich dann hilflos.« Brian hat immer die Augen verdreht, wenn ich bei einem Film weinen musste, ich will mir gar nicht ausmalen, wie er diese Situation gehandhabt hätte. Henry hätte wahrscheinlich den Raum verlassen, um mir Freiraum zu geben. Wobei ich mich zum ersten Mal frage, ob es eine Rolle gespielt hätte, ob ich diesen Freiraum überhaupt will. Ich hätte ihn nie gebeten zu bleiben, wenn ich doch weiß, wie unbehaglich die Situation für ihn ist.

»Ich weiß nicht, vielleicht liegt es an meinem Beruf, aber ich kann das ab. Und ich fände es unangenehmer, wenn du nicht hier wärst. Willst du mir ein bisschen von damals erzählen? Was immer du willst. Du musst auch nicht.«

Tränenverschmiert sehe ich zu ihm auf. »Ist das dein Ernst? Willst du es wirklich hören?«

Als Antwort greift er nach meinem Arm und zieht mich zurück zur Couch. Ich dränge mich in meine Ecke und Isaac setzt sich ans andere Ende, aber unsere Beine berühren sich und ich habe nicht das Gefühl, dass Distanz zwischen uns herrscht. Meine Gedanken schweifen in die Vergangenheit, dabei bemühe ich mich stets nach vorne zu sehen. Immer nur nach vorne. An der Vergangenheit kann man sowieso nichts ändern, oder?

»Ich weiß gar nicht, was ich erzählen sollte«, sage ich und zucke hilflos mit den Schultern. »Es war schwer. Er war schon die letzten Monate im Krankenhaus, daher wussten wir eigentlich, was auf uns zukommt, aber als es dann so weit war, war es trotzdem anders.«

Ich starre auf Isaacs schwarzes Hemd und lasse Bilder vor meinem inneren Auge ablaufen.

»Inwiefern?«

»Mom …« Ich schlucke. Das ist etwas, was ich noch niemanden gesagt habe und ich zögere, es auszusprechen. Es ist nicht fair ihr gegenüber. »Mom ging es danach nicht gut.« Ich atme tief ein und aus. »Sie war depressiv. Hat es an schlechten Tagen nicht einmal aus dem Bett geschafft.«

Ich habe das Gefühl, sie zu verraten, weil ich das einem Fremden erzähle, was wir normalerweise innerhalb der

Familie totschweigen. Absolut niemand weiß davon und nun weiß es Isaac, ein örtlicher Polizist. Gleichzeitig fühlt es sich so an, als sei eine große Last von meinen Schultern gefallen. Und ich vertraue Isaac, dass er es nicht weiterplaudert.

»Also hast du an dem Tag plötzlich beide Elternteile verloren«, murmelt er.

Ich schüttle den Kopf. »So war das nicht. Also ... vielleicht ein halbes Jahr lang. Höchstens. Danach war Mom voll wieder da, hat zwei Jobs geschoben und als das Makler-Business lief, war alles viel leichter.«

Obwohl ich mir etwas angespart hatte, hat Mom das ganze College für mich bezahlt, sodass ich mich aufs Studieren konzentrieren konnte und danach keinen Berg an Schulden hatte, den ich erst einmal abbezahlen musste. Ich verdanke ihr so viel.

»Phi, nur weil es nicht leicht war, heißt das nicht, das irgendwer seine Sache schlecht gemacht hätte. Aber du warst allein mit deinen Brüdern. Ich wäre in deinem Alter heillos überfordert gewesen. Genaugenommen habe ich in deinem Alter allen möglichen Scheiß gebaut, nur weil meine Eltern sich haben scheiden lassen. Ich war kaum in der Lage, für mich selbst Verantwortung zu übernehmen.«

Mein Mundwinkel zuckt, weil ich mich an den Isaac aus dieser Zeit erinnere, es mir aber immer noch schwerfällt, ihn mit der Person zu vereinbaren, die mir jetzt gegenübersitzt. Dann zucke ich wieder mit den Schultern. »Das ging schon.«

»Hattest du überhaupt Gelegenheit, um deinen Vater zu trauern?«

Ich blinzle. Überlege. Sicher stand ich an seinem Grab bei seiner Beerdigung und habe getrauert. Aber außerhalb davon? Wollte ich unbedingt stark sein, für alle um mich herum. Mom war schon vollkommen fertig, meine Brüder hätten es nicht ertragen, wenn ich mich auch hätte gehen lassen. Ich habe versucht, in Dads Fußstapfen zu treten. Alles positiv sehen, doch ich habe das nie so gut hinbekommen wie er.

Isaac liest die Antwort aus meinem Schweigen. »Phi, es wird nicht weniger wehtun, nur weil du dir verbietest, daran zu denken.«

Erschrocken sehe ich ihn an. Wie macht er das? Wie macht er das, so tief in meine Seele zu schauen? »Warum nicht?«, frage ich trotzig. »Es wäre so viel einfacher.«

Wieder ein leises Lachen. Es tut so gut, dass wir trotz der Schwermut nicht die Leichtigkeit zwischen uns verloren haben. Davor hatte ich Angst.

Ich krabble weiter auf ihn zu. Isaac kommt mir auf halber Strecke entgegen, umschlingt mich und zieht mich mit ihm, bis wir beide auf der Couch liegen, ich halb auf ihm drauf.

»Manchmal stelle ich mir vor, wie es wäre, wenn er noch da wäre«, gestehe ich leise. Ich weiß nicht, ob Isaac mich versteht, ich habe mich so an seine breite Brust gekuschelt, dass mein Mund von ihm abgewandt ist. Seine Finger streichen stetig über meinen Arm. »Einerseits hilft es, wenn ich mir vorstelle, dass er gerade dies oder jenes zu mir sagen würde, um mich aufzubauen. Andererseits ist da auch dieses Loch in mir, in das ich drohe hineinzufallen. Denn er ist nicht mehr da und er wird nicht mehr zurückkommen und ich weiß nicht, wie ich dieses Loch füllen kann.«

Atmen ist mir noch nie so schwergefallen. Ich erwarte irgendwelche gut gemeinten Ratschläge oder einen Satz darüber, dass mein Vater über mich wacht, aber Isaac bleibt stumm und hört einfach nur zu. Für dieses Loch in mir gibt es kein Pauschalrezept und das wissen wir beide.

»Wenn ich mir die Zukunft in rosaroten Farben ausmale ... das ist so schön. Dafür lohnt es sich darauf zuzuarbeiten. Aber er wird fehlen. Er wird mir *immer* fehlen. Es tut weh zu wissen, dass er mich nie zum Altar führen kann. Dass er nie seine Enkelkinder kennenlernen wird. Ich weiß, er hätte sie so gerne kennengelernt. Er wäre ein toller Großvater geworden.«

»Das wäre er ganz sicher.«

Er hätte sicher gerne auch Isaac kennengelernt, obwohl es viel zu früh ist, so etwas zu denken. Außerdem wird mein Dad nie wieder irgendwen kennenlernen.

Die Tränen sind wieder da und zum ersten Mal halte ich sie nicht auf. Ich schluchze, viel zu laut, aber es ist auch ein Laut der Befreiung. Ich halte nichts mehr zurück. Weder den Schmerz in mir, den ich sonst so gut vergrabe, noch meinen Verlust, noch die blöden Zukunftsszenarien, die vollkommen schwachsinnig sind. Und Isaac hält mich fest, sodass ich nicht ins Bodenlose falle. Ich weine, bis sein Hemd nass ist. Ich weine, bis ich körperlich vollkommen erschöpft bin und irgendwann alles schwarz wird.

Kapitel 11

Ich schlage die Augen auf. Ich habe keine Ahnung, wo ich bin. Kurz bekomme ich Angst, weil ich mich nicht richtig bewegen kann, aber sie wandelt sich sofort in Wohlbefinden: Ich liege immer noch in Isaacs Armen. Auf seiner Couch, die zwar bequem ist, doch nicht wirklich darauf ausgelegt, dass zwei Leute darauf schlafen könnten. Hat uns nicht geschert.

Er hält mich so fest umschlossen, als hätte er Angst, dass ich sonst herunterfallen könnte. Seine Atmung ist tief und regelmäßig, seine schwarzen Wimpern liegen auf seinen Wangen wie Fächer. Ich folge mit den Augen seinem Bartschatten bis zu seinem Mund. Er ist zu schön, als das es noch zu ertragen wäre.

Ich schaue mich vorsichtig um, ohne ihn aufzuwecken. Das Licht im Wohnzimmer ist noch an, weil keiner von uns aufgestanden ist, um es auszumachen. Dennoch ist das Licht anders als am Abend und ich begreife, dass bereits der Morgen graut. Die Tage sind zurzeit lang, ich schätze die Uhrzeit deswegen auf circa fünf Uhr morgens. Ich habe also doch die Nacht bei Isaac verbracht, wenn auch anders als geplant.

Schwerfällig lasse ich meinen Kopf zurück auf seine Brust fallen und inhaliere seinen Duft. Ich hätte so gerne ein Duftbäumchen, das nach Isaac riecht. Ich würde es überall aufhängen, bei mir im Auto und in jedem Zimmer meiner Wohnung.

Er bewegt sich und ich halte den Atem an. Seine Hand streicht über meinen Rücken. Träge, aber eindeutig zu koordiniert für jemanden, der noch schläft. Ich sehe zu ihm hoch. Sehe, wie er blinzelt und seine Augen immer weiter aufmacht.

»Hi.«

»Hi.« Ich muss so breit lächeln, dass es fast schmerzt, ich kann nicht anders.

Isaac beugt sich vor und ich komme ihm entgegen, bis unsere Lippen aufeinandertreffen. Keine Ahnung, wie ich es gestern ausgehalten habe, ohne ihn zu küssen. Wie ging das?

Normalerweise würde ich mir Gedanken darüber machen, ob ich so kurz nach dem Aufwachen Mundgeruch habe, vor allem, da ich mir, bevor ich eingeschlafen bin, nicht die Zähne geputzt habe. Heute ist es mir scheißegal. Isaac wirkt herrlich zerknautscht, seine Küsse sind träge, seine Hand wandert zu meinem Hinterkopf und zieht mich noch näher. Die Bewegung erinnert mich daran, dass ich halb auf ihm liege. Dass sein Arm mich an ihn presst. Dass ich die Muskeln unter seinem Hemd spüren kann. Es kribbelt mir in den Fingern. Ich will diese geballte Männlichkeit in voller Aktion erleben.

Mein Atem stockt, zum einen, weil Isaac mir ihn raubt, zum anderen, weil ich kurz überwältigt bin. Von meinen Gefühlen, von einfach allem.

»Ist was?«, fragt er. Seine Atemzüge sind tiefer und schneller als sonst.

»Würdest du ... würdest du mir einen großen Gefallen tun?«

»Jeden«, kommt es wie aus der Pistole geschossen, gleich darauf tasten seine Lippen wieder nach meinen.

Lächelnd ziehe ich meinen Kopf ein wenig zurück. Offenbar wird Isaac am Morgen leichtsinnig.

»Könntest du mir eine ... oder nein, besser ein paar Sachen nennen, die nicht perfekt an dir sind?«

»Was?« Seine halb geschlossenen Augen öffnen sich ganz. Eigentlich schade, der Schlafzimmerblick hat mir gefallen.

»Ja, ich meine, du musst Fehler haben. Jeder Mensch hat Fehler.«

»Klar, hat jeder Mensch Fehler. Ich verstehe nur nicht, wie du gerade jetzt darauf kommst.« Er lässt seinen Kopf wieder nach hinten auf die Couch fallen, mein Gesicht ist nur wenige Zentimeter von seinem entfernt und mir ist, als würde Isaac sich gerade alles davon einprägen, so wie sein Blick darüberstreicht. Seine Hand dagegen streicht unendlich zart eine Strähne hinter mein Ohr und ich schließe kurz die Augen, um es besser zu fühlen.

»Ich frage das ... weil ich es brauche. Mein Kopf schreit mir die ganze Zeit Warnhinweise zu. Denn wenn etwas zu gut erscheint, dann ist der Haken meist umso größer.«

Dann erwischt man seinen Freund plötzlich beim Fremdgehen oder wird von einem Tag auf den anderen verlassen. Normalerweise wäre das auch etwas, das ich lieber nicht ausgesprochen hätte, aus Angst, Probleme entstehen zu lassen. Aber ich habe das Gefühl, nach gestern Abend gibt es nichts, mit dem ich Isaac abschrecken kann.

»Also wieso sagst du mir nicht einfach, was es ist? Dann weiß ich zum einen, dass du ein ganz normaler Mensch bist, und kann mich zum anderen geistig darauf vorbereiten. Eine Win-win-Situation.«

Isaac schmunzelt. »Weißt du, für gewöhnlich heißt ›win-win‹ nicht, dass eine Person zweimal gewinnt …«

Ich verdrehe die Augen. »Okay, ich schreibe ›Klugscheißer‹ auf die Liste.«

Plötzlich wird er ganz ernst und mir wird klamm ums Herz. Vielleicht hätte ich das nicht fragen sollen. Isaac packt mich an der Taille und setzt sich zusammen mit mir auf. Rittlings auf ihm bin ich ausnahmsweise etwas größer als er. Mein Herz wummert, als er mir abermals übers Gesicht streift.

»Ich bin alles andere als perfekt, Phi.«

Ich halte den Atem an, während ich abwarte, dass er weiterredet.

»Weißt du noch, als wir über Herzschmerz gesprochen haben?«

Ich nicke. Ich erinnere mich daran, dass es eine oder mehrere Frauen gegeben hat, die ihm das Herz gebrochen haben.

»Ich hab das nicht nur erleben müssen, ich habe auch dafür gesorgt. Ein perfekter Mensch hätte das wohl kaum.«

In meinem Kopf rattert es. Ich frage mich, warum er von allen Dingen mir ausgerechnet das erzählt. Ich sehe die Reue in seinem Blick. Ich denke, es ist das, wofür er sich selbst am meisten hasst. Aber ich frage mich auch, ob da eine Botschaft für mich dahintersteckt. Ich glaube nicht, dass er von seinen rebellischen Jugendzeiten redet, von dem Jungen, der er einmal war. Es war der Mann von heute, der anderen Frauen das Herz gebrochen hat.

Er schluckt schwer. »Ich habe sie benutzt. Nicht absichtlich, aber im Nachhinein glaube ich, dass ich versucht habe, etwas zu flicken. Oder vielleicht auch, mir etwas zu beweisen.«

»Was beweisen?«, frage ich leise.

Isaac lächelt kurz, aber es ist das kälteste Lächeln, das ich bisher bei ihm wahrgenommen habe. Und die ganze Zeit über schaut er mich nicht an, obwohl ich immer noch auf seinem Schoß sitze und seine Hände mich fest und sicher halten.

»Dass ich es kann. Dass ich eine Beziehung führen kann. Dass es nicht nur die eine Frau auf der Welt gibt. Und so armselig das auch klingt ... nein, so armselig das auch *ist*, dass ich begehrenswert bin.«

In meinem Kopf rattert es. In meiner Welt macht es keinen Sinn, dass Isaac sich irgendetwas beweisen müsste. Vor allem nicht, dass Frauen ihn wollen. Sie sind ihm scharenweise in der Schule hinterhergelaufen. Zum Teil buchstäblich. Ich hatte zwei Freundinnen, die seinen Stundenplan in Erfahrung gebracht haben, um ihm *zufällig* über den Weg zu laufen. Aber was ich auch heraushöre, ist, dass es diese eine Frau gab, die ihm das Herz gebrochen hat. Sie ist die Quelle allen Herzschmerzes, den Isaac je hat erleiden müssen. Ich sollte sie nicht hassen, wenn ich sie weder kenne noch weiß, was vorgefallen ist, trotzdem tue ich es.

»Es war unfair«, redet Isaac weiter, »weil ich im Gegenzug den Frauen nicht geben konnte, was sie von mir wollten.«

»Du meinst, sie waren in dich verliebt, aber du nicht in sie?«, versuche ich, es auf den Punkt zu bringen.

Er nickt langsam, wirkt ein wenig entrückt. Meine Hände in seinem Nacken versteifen sich. Dafür kann er nichts, sage ich mir. Niemand kann vorhersehen, in wen man sich verliebt. Und so, wie Isaac davon redet, bezweifle ich, dass er absichtlich mit ihren Herzen gespielt hat. Dennoch schrillen bei mir alle Alarmglocken. Denn eins ist sicher: Ich bin Hals über Kopf dabei, mich in Isaac zu verlieben.

Ich dachte schon oft, ich sei verliebt und im Nachhinein war ich mir nicht mehr so sicher. Bei Titus war es aus heutiger Sicht eher die Aufregung, die meine Hände in seiner Nähe zum Schwitzen gebracht hat. Die Schmetterlinge bei Brian waren mein geschmeicheltes Ego, denn bis dahin hatte mich noch niemand so dermaßen umworben wie er. Bei Henry war es die Aussicht, dass ich mir den Traum einer perfekten Familie mit ihm erfüllen könnte. Vielleicht stelle ich bei Isaac auch irgendwann fest, dass es etwas anderes war. Vielleicht ist Verliebtheit generell eine Mischung aus Aufregung und positiven Gefühlen. Aber im Moment ... es fühlt sich an, als würde jederzeit mein Herz überquellen. Isaac hat sich in meinen Gedanken ausgedehnt, sodass für nichts anderes mehr Platz ist. Ob ich will oder nicht, meine Gedanken eilen immer wieder zu ihm zurück. Wie er riecht, wie er schmeckt, wie er sich an mir anfühlt, was er wohl denkt ... Und wie ich mich erst fühle, wenn er bei mir ist ... Doch hier sitze ich auf seinen Schoß und er teilt mir indirekt mit, dass das ein Spiel mit dem Feuer ist. Ich fühle mich so gut wie noch nie zuvor in meinem Leben, zeitgleich laufe ich Gefahr, mich zu verbrennen.

Da ist er, der riesengroße Haken, nachdem ich gesucht habe.

Ich schlucke, mein Mund fühlt sich auf einmal ausgedörrt an. »Wie ist denn eine Frau, in die du dich verlieben könntest?« Ich will meiner Tonlage etwas Spielerisches geben und scheitere gnadenlos. Ich klinge unsicher wie ein kleines Mädchen. Dieser blöde mündliche Vertrag zwischen uns ist in mein Blut übergegangen.

»Phi …« Seine Stirn lehnt an meiner. Natürlich hat er sofort mitbekommen, warum ich frage. Ich fühle mich so entblößt, dass ich mich unruhig auf ihm winde, aber seine Hände an meiner Taille halten mich bei ihm. »Da gibt es kein Pauschalrezept. Entweder es passiert, oder es passiert nicht.«

Toll. Es gibt also nichts, das ich tun könnte. Nur entscheiden, ob ich den Sprung wagen will oder nicht. Ich frage mich, ob Isaac deswegen so bedacht darauf war, es langsam und *richtig* angehen zu lassen. Vermutlich will er vermeiden, noch ein Herz zu brechen. *Mein* Herz.

Seine Hand streicht über mein Haar. »Phi … bitte mach dir darüber keine Gedanken.«

Leichter gesagt als getan. Dennoch nicke ich. Immer einen Schritt nach dem anderen. Die Frage ist nur, ob ich gewillt bin, so viele Schritte zu gehen, um vielleicht nie ans Ziel zu kommen. Ich weiß, dass es schneller und einfacher geht. Titus und ich waren nach dem ersten Kuss fest zusammen, ohne je großartig darüber reden zu müssen. Bei Henry ging es auch schnell. Selbst bei Brian, nachdem ich klargemacht habe, dass ich entweder für eine monogame Beziehung zu haben bin oder eben gar nicht.

Zwischen Isaac und mir wird es anders laufen.

Trotzdem habe ich die Option abzulehnen. Ich *muss* nicht darauf warten, dass sich Isaac vielleicht – vielleicht auch nicht – in mich verliebt … Doch, muss ich. Wenn nur die geringste Chance besteht, dass sich dieser Mann in mich verliebt, dann werde ich sie nutzen. Vielleicht nicht die klügste meiner Entscheidungen und sicher nicht die rationalste. Aber ich sitze gerade auf seinem Schoß, die Arme um ihn gelegt und auf gar keinen Fall lasse ich ihn demnächst wieder los.

»Okay«, sage ich deswegen nur und presse meine Lippen fast verzweifelt auf seine. Ich will nicht mehr reden. Ich habe mich entschieden und jetzt möchte ich alles Gute dieser Entscheidung ernten.

Isaac kommt mir ebenso verzweifelt entgegen. Seine Zunge erobert meinen Mund, seine Hände schieben sich unter mein Shirt. Ein Schauer durchläuft mich, als ich seine Finger an meinem Rückgrat spüre, warm und kräftig. Jede seiner Berührungen ruft eine Kaskade an kribbelnden Gefühlen aus, die heiß und glühend durch mein Nervensystem rasen und ich wünschte mir, er könnte seine Finger gleichzeitig an jeder Stelle meines Körpers haben. Er zieht mich näher zu sich und ich vergrabe meine Hände in seinen Haaren, um den Kuss zu vertiefen.

Es fühlt sich toll an, durch seine Haare zu fahren und sie herrlich durcheinanderzubringen. Ich bewege meine Hüften auf ihm und er stöhnt in meinen Mund, ein Geräusch, das sofort mein Verlangen anwachsen lässt. Es brennt sich wie Feuer durch mich hindurch, das sich in meinem Unterleib sammelt. Ich brauche mehr. Mehr Haut auf Haut, mehr Isaac. Mein Mund rutscht an seinem ab, streift die raue Haut seiner Wange, saugt sich schließlich an seinem Hals fest. Ich lasse ihn kurz meine Zähne spüren, seine Finger graben sich dabei stärker in mich. Ich glaube, es gefällt ihm. Und mir gefällt es, wenn er mich so anfasst. Unruhig reißt er an meinem Shirt herum und ich hebe die Arme, damit er es mir ausziehen kann. Es landet irgendwo weit hinter uns. Seine Hände umfassen meine Taille und ziehen mich zu ihm.

»Gott, Phi …«

Mein Mund findet seine Unterlippe, zupft daran, bis Isaac ein vernehmbares Knurren von sich gibt. Seine Hände wandern zu meinem Hintern, dann merke ich, wie wir uns zusammen erheben. Erschreckt kralle ich mich an seinen breiten Schultern fest. Doch es bereitet Isaac absolut keine Mühe, mich quer durchs Wohnzimmer zu tragen. Zwischen zwei Räumen – ich nehme an, einer ist das Bad und der andere das Schlafzimmer – drückt er mich gegen einen Holzbalken. Drückt mich so dagegen, dass ich seinen Körper deutlich an meinem spüre. Ich merke, wie erregt er ist, und will nichts lieber als ins Schlafzimmer, mich splitterfasernackt ausziehen.

»Wieso hast du noch so viel an?«, wimmere ich.

»Du hast auch zu viel an, aber das beheben wir gleich.«

Wir legen die restlichen Meter zum Schlafzimmer zurück und Isaac schmeißt mich fast aufs Bett. Bevor ich auch nur nachfedern kann, ist er bereits über mir. Seine Zunge gleitet an mir herab, neckt meine Halsbeuge, sodass ich meinen Rücken durchbiege und mich ihm entgegenstrecke. Meine Hände tasten nach den Knöpfen seines Hemdes, einer nach dem anderen, bis ich es endlich von ihm abstreifen kann. Ich verschlinge den Anblick seines nackten Oberkörpers. Die klar definierten Muskeln, kräftig, männlich. Wahrscheinlich bricht dieser Mann schon Herzen, wenn er oberkörperfrei irgendwo langjoggt.

Seine Oberarme stützen sich neben mir ab, ich bin von seiner puren Kraft eingekesselt, statt eingeengt, fühle ich mich sicher und geschützt. Sein Kopf kommt meinem näher, bis sein Mund genau neben meinem Ohr ist. »Dir gefällt also, was du siehst, ja?«

Hitze schießt mir in die Wangen. Offenbar habe ich ihn sehr offensichtlich angestarrt. Aber dann wiederum ... Isaacs Stimmlage ist so erotisch, ich will, dass er noch mehr zu mir sagt.

»V-vielleicht.«

Ich hätte diese pornografischen Skizzen zeichnen und probeweise vertonen sollen, dann wäre meine Darbietung nicht so dilettantisch.

»Nur vielleicht?« Ich merke seine Zähne leicht an meinem Ohrläppchen.

»Mir gefällt alles an dir.« Wieder starre ich hin. Nun ganz ungeniert. Und ich registriere, wie Isaacs Blick sich auf den BH richtet. Ich greife zu meinem Rücken und löse ihn. Streife ihn ab und beobachte dabei, wie Isaacs Augen sich auf meine Nippel richten, die sich prompt verhärten.

Sein Mund senkt sich auf meine linke Brust. Liebkost, spielt, treibt mich in den Wahnsinn. Gleitet dann zur anderen Seite und entlockt mir ein tiefes Stöhnen.

»Mach das noch mal für mich, Baby.«

Statt zu antworten – was eine Art der Artikulation vorausgesetzt hätte, zu der ich nicht mehr fähig bin – schiebe ich seinen Kopf weiter nach unten. Isaac versteht. Er öffnet den Reißverschluss meiner Jeans, zieht sie viel zu langsam an meinen Beinen herunter, bis er sich schließlich dazwischen schiebt. Er haucht seinen Atem auf das seidige Ding von Unterwäsche, das ich mir extra für heute ... gestern angezogen habe. Ein Zittern durchläuft meinen Körper.

»Isaac«, wimmere ich.

Es bewirkt Wunder, denn sofort legt sich sein Mund auf meine empfindlichste Stelle und fühlt sich selbst durch die Unterwäsche himmlisch an. Er zupft am Stoff, lässt seine Zunge mal mehr und mal weniger stark darüber wandern. Wieder entweicht mir ein Stöhnen und Isaac packt mich an der Hüfte und zieht mich näher. Der Stoff der Unterwäsche schiebt sich beiseite, seine Zunge malträtiert und quält mich, bis ich meinen Kopf tiefer ins Bett stemme, als mich der Orgasmus überrollt.

Erst jetzt streift Isaac meinen Slip von meinen Beinen und arbeitet sich in Küssen wieder zu mir hoch. Alles in mir zuckt noch, als er meinen Mund mit seiner Zunge erneut erobert. Verzweifelt kralle ich mich an ihm fest, schlinge meine Beine um ihn, presse mich an ihn. Fluche, dass er immer noch seine verdammte Jeans anhat.

»Bitte.« Wieder ein Wimmern. »Bitte Isaac.«

»Was bitte?« Seine Augen glühen regelrecht. Er will mich genauso sehr wie ich ihn.

»Du weißt genau was.« Meine Hände tasten nach seiner Jeans. Mit zitternden Fingern gelingt es mir immerhin, den obersten Knopf zu öffnen, ehe Isaac nach meinen Handgelenken greift und sie über mir auf die Matratze drückt.

»Sprich es aus, Phi.« Er senkt sich weiter auf mich. Lässt mich alles spüren, was ich noch tiefer in mir spüren will. So nah und doch so fern.

Ich beiße mir auf die Unterlippe, während Isaac sich weiter an mir reibt. Schließlich befreie ich mich energisch aus seiner Umklammerung, auch wenn ich nicht leugnen kann, dass es mich ebenso antörnt, Isaac vollkommen ausgeliefert zu sein.

Ich ziehe seinen Kopf ganz nah zu mir, damit er mich genau versteht, denn ich werde es nicht besonders laut sagen.

»Bitte fick mich, Isaac.«

Sein Atem stockt kurz, entlädt sich dann in einem Keuchen.

»Ich will dich in mir spüren.«

Isaac greift nach unten. Zieht Hose und Unterhose soweit herunter, bis er sein bestes Stück befreit hat, das den Proportionen seines restlichen Körpers um nichts nachsteht. Er ist so sichtbar scharf auf mich, dass ich mich frage, wie er es ausgehalten hat, mit mir zu spielen. Isaac ist eine reizvolle Mischung aus Wildheit und Disziplin.

In Rekordgeschwindigkeit greift er ein Kondom aus dem Nachtischschrank und streift es sich über. In freudiger Erwartung spanne ich mich an, während er sich platziert. Ich kann ihn bereits an mir spüren und suche seinen Blickkontakt. Isaac sieht mich die ganze Zeit an, als er langsam und immer tiefer in mich eindringt. Es fühlt sich so verdammt gut an, so richtig. Als er mich schließlich ausfüllt, umschlinge ich ihn eng mit meinen Beinen. Ich schließe die Augen, genieße das Gefühl, ihn so in mir zu spüren. Isaac küsst meinen Hals. Unendlich sanft, während sein erster Stoß mich erschüttert. Ich taste nach dem Ende des Bettes, um mich dort abzustützen, während Isaac sich aus mir herauszieht, um sich wieder in mir zu versenken. Immer und immer wieder, bis ich ein zweites Mal explodiere und Isaac keuchend auf mir zusammenbricht.

Sein schweißbedeckter Körper reibt sich an mir, sein typischer Geruch, der mich ein wenig an Wald erinnert, hüllt mich intensiver ein als zuvor. Ich vergrabe mein Gesicht an seiner Haut, um noch mehr davon zu inhalieren. Die Sonne kriecht immer mehr über die Bettdecke und erinnert mich daran, dass eigentlich schon Morgen ist. Aber ich weiß jetzt schon, dass ich nicht eher aus diesem Bett steigen werde als nötig.

Isaac hält mich in seinen Armen. Ich kuschle mich rücklings an seinen Bauch und genieße das Gefühl, vollkommen von ihm umschlossen zu sein. Nach der zweiten Runde fantastischen Sex fühle ich mich diesig und schwer und absolut zufrieden. Alles ist gut und die Welt ist toll. Ich merke, wie Isaac sich hinter mir bewegt, automatisch presse ich mich enger an ihn. Ein wohlwollendes Geräusch dringt tief auf seiner Kehle. Seine Hand auf meiner Hüfte schiebt sich gefährlich nah zwischen meine Beine. Halte ich noch eine Runde durch? Ein Lächeln huscht über mein Gesicht.

Isaac richtet sich leicht auf seinem Ellenbogen auf. »Dreh dich zu mir um«, sagt er. »Ich will dein Gesicht sehen.«

Ich folge seinem Wunsch. Es ist schwer, einem Mann etwas abzuschlagen, wenn er einem drei Orgasmen an einem Tag beschert hat.

»Da ist es ja, dein bezauberndes Lächeln.« Er haucht einen Kuss auf meinen Mundwinkel. Manchmal sagt er Dinge zu mir, die ich unter anderen Umständen kitschig fände. Aber jedes seiner Worte wirkt stets so ehrlich, dass alles Phrasenhafte von ihnen abfällt. Und macht, dass mein Lächeln noch breiter wird.

»Sag, bin ich dafür verantwortlich?« Er grinst diabolisch und küsst meinen anderen Mundwinkel.

Ich lache. »Du bist so selbstgefällig!«

»Sag schon. Unser Ehrlichkeits-Deal steht noch, oder?«

Ich nicke. »Ja, der steht noch.« Diese verquere Abmachung ist vielleicht das Beste, was mir bisher passiert ist.

»Also?«

»Könnte sein, dass du eventuell etwas damit zu tun hast.«

Isaac strahlt übers ganze Gesicht, sodass ich ihm fast sage, dass das der beste Sex meines Lebens war. Aber ich lasse es. Zum einen muss er nicht noch mehr abheben, zum anderen befürchte ich, dass er zu viel hineininterpretieren würde. Wir lassen es langsam angehen. Ein Mantra, das ich immer wieder in meinem Kopf wiederholen muss.

Ich frage mich, wo auf Isaacs Skala ich wohl rangiere. Es ist eine schwachsinnige Frage.

»Dir geht doch irgendetwas durch den Kopf«, meint er.

Ich vergrabe mein Gesicht im Kissen. »Hör auf, mich immer sofort zu durchschauen!«, befehle ich ihm.

Ein leises Lachen. »Dann hör auf so durchschaubar zu sein. Deine Mimik verrät einem immer alles. Und gerade sind deine Wangen leicht rot geworden.«

Oh Gott, wirklich? Wieso hatte ich bisher immer das Gefühl, ein gutes Pokerface zu haben? Vielleicht beschließen andere Menschen im Gegensatz zu Isaac, es nicht anzusprechen.

Er beugt sich weiter über mich. Schon sein Gewicht auf mir reicht, dass alles kribbelt. »Bitte hör nicht auf damit, ich mag das.« Ein kratziger Kuss landet auf meiner Wange. »Und nun sag mir, was du gedacht hast.«

»Ich ähm ... wollte quasi zu der berühmten ›Wie war ich?‹-Frage ansetzen«, gestehe ich. Ich bin immer noch der Meinung, dass der Mensch danach streben sollte, besser zu sein. Von daher kann ich aus seiner Antwort noch etwas lernen. Und es ist gut, wenn Probleme gleich am Anfang angesprochen werden, damit sie mir später nicht auf die Füße fallen.

»Phi ...« Er küsst meine Schulter. Seine Zähne streifen meine Schulter und wieder durchströmt es mich prickelnd. »... hattest du zu irgendeinem Zeitpunkt das Gefühl, dass ich es nicht genieße?«

Ich drehe mich zu ihm um. »Du kannst eine Frage nicht durch eine Gegenfrage beantworten!«, protestiere ich. Dann denke ich nach. »Heißt das ... ich war gut?«

Isaac stützt sich über mir ab. Seine Haare stehen in alle möglichen Richtungen ab und ich liebe es. In seinen Augen liegt wieder dieser Ausdruck. Dieser Ausdruck, als würde er mich liebsten sofort verschlingen. Unwillkürlich presse ich meine Schenkel zusammen. Das Ziehen zwischen ihnen wird stärker.

»Du machst mich wahnsinnig«, sagt er so ernst, dass es wie ein Geständnis klingt.

»Auf eine gute Weise?«, frage ich verunsichert.

»Auf die beste Weise.«

Er senkt sich etwas mehr auf mich. Ich merke deutlich seine Erektion. »Spürst du, wie wahnsinnig du mich machst?«

Ich kann nur nicken. Mein Atem geht zu schnell für Worte. Ich taste zu dem Nachtschränkchen. Inzwischen weiß ich, wo die Kondome liegen.

»Du unersättliches Biest.« Isaac küsst mich. Erst meinen Mund, dann so gut wie alles andere, bis ich mich unter ihm winde.

Schließlich begegnet sein Blick wieder meinem. So unwahrscheinlich das auch klingt, das ist mein Lieblingsteil, wenn seine Augen so dicht vor meinen auftauchen, dass ich fast nichts anderes sehe.

»Gibt es noch etwas, was du mir sagen willst?«, fragt er, seine Hand streicht über meinen Kopf. »Ich will alles wissen. Alles, was da drin ist.«

Mir schießt noch ein Gedanke durch den Kopf, aber den kann ich beim besten Willen nicht aussprechen. Ich schlage die Hände vors Gesicht und schüttle den Kopf.

»Phi?«

»Das kann ich nicht aussprechen.«

»Ich denke, es geht ganz gut. Versuch es mal.«

Ich lasse meine Hände vor den Augen. »Ähm, mir ist der Gedanke gekommen, dass ich deinen Hintern nicht richtig gesehen habe.«

Er hat mich bei der zweiten Runde schon ausgiebig von hinten betrachtet, aber mir blieb das verwehrt. Ist doch unfair, oder?

Isaac lacht auf. So laut, dass ich glaube, die Nachbarn haben auch etwas davon. Ich taste nach dem Zipfel der Bettdecke und ziehe sie mir über den Kopf. Ich bleibe jetzt hier drunter und komme nie wieder hervor. Nie wieder.

Isaac greift nach der Decke und zieht sie mir weg. Ich halte dagegen, doch er ist unerbittlich und dezent stärker.

»Unter der Decke kannst du nichts sehen.«

Er bewegt sich langsam rückwärts vom Bett.

»Bist du bereit?«

»Ich weiß immer noch nicht recht, was du vorhast, aber ich wurde bereit geboren«, sage ich leichthin.

»Es gab einen besonderen Hörerwunsch.« Isaacs Stimme klingt beinahe wie die eines Radiomoderators. Verdammt, mit so einer Stimme sollte er über einen Berufswechsel nachdenken, ich bin mir sicher, dass ich nicht die Einzige wäre, die stundenlang an diesem Sender kleben würde. »Phi, das hier ist für dich.«

Er dreht sich um und wackelt mit dem Hintern.

Ich lache auf, während gleichzeitig mein Blick daran kleben bleibt. Ich habe schon gespürt, dass er knackig ist. Sein Anblick ... hach, ich will ein Foto davon machen und es überall als Bildschirmhintergrund einstellen. Dieser Hintern sollte über dem Times Square strahlen.

Belustigt wirft mir Isaac einen Blick über seine Schulter zu. »Ich würde ja noch twerken, aber ich glaube, das kann ich nicht.«

»Dass dir überhaupt so ein Gedanke durch den Kopf schießt, ist bizarr.«

»Hast du dich satt gesehen?«, fragt er und wackelt wieder lasziv damit. Mein Grinsen ist bereits dauerhaft so breit, dass ich Muskelkater im Gesicht bekommen werde.

»Niemals. Aber deine Vorderseite ist auch nicht zu verachten, also komm gefälligst wieder her.«

Ich schlage die Decke zurück, damit uns nichts mehr trennt. Mehr Aufforderung braucht Isaac nicht, innerhalb eines Wimpernschlages spüre ich ihn an mir, glatte Haut und feste Muskeln.

»Es wird hart, hier wieder wegzufahren«, seufze ich.

Seine Lippen legen sich sanft auf meine. »Es wird hart, dich wieder gehen zu lassen.«

Mein Herz schwillt an. Er meint das ehrlich, das ist unser Deal. Also geht es ihm genauso wie mir. Diese Sehnsucht nach ihm und seiner Nähe ist nicht einseitig, ein tolles Gefühl.

»Aber uns trennen nur fünf Tage voneinander.« Wieder ein sanfter Kuss. Trotzdem halte ich mich an seinen Armen fest, als hätte ich Angst, sonst wegzufliegen. »Wie wäre es, wenn ich diesmal zu dir kommen würde?«, fragt er. »Es ist doch unfair, wenn du immer diejenige bist, die rausfahren muss.«

Ich blinzle überrascht. »Ist das dein Ernst?«

»Klar.«

»Das fände ich toll.« Ich lächle. Ich weiß auch nicht, wieso ich die Vorstellung so gut finde, Isaac in meinem Revier zu haben. Vielleicht weil es sich anfühlt, als würden wir beide Raum für den anderen in unserem Leben machen.

»Und bis dahin können wir heißen Telefonsex haben«, schlage ich vor, bevor ich mich stoppen kann. Was rede ich denn da? Ich hatte noch nie heißen Telefonsex, ich weiß nicht einmal, wie das geht.

»Werden wir.« Isaac haucht die Worte direkt in mein Ohr, tief und leicht kratzig und ein Schauer durchfährt mich. Plötzlich bin ich mir sicher, dass wir das hinkriegen können. Aber bis dahin werde ich auskosten, dass ich ihn noch in Fleisch und Blut zwischen meinen Schenkeln habe.

»Was ... was würdest du denn zum Beispiel zu mir sagen?«, frage ich unschuldig.

Und dann erzählt er es mir. Und wie er es mir erzählt.

Kapitel 12

Wieder und wieder starre ich aus dem Fenster. Schließlich merke ich Magrits stechenden Blick auf mir. Ich bin mir keiner Schuld bewusst. Ich habe alle angehäuften Aufgaben erledigt, auch wenn mir kein Arbeitstag so lang vorgekommen ist. Nur noch Magrit und ich sind im Büro, weil sie noch etwas zusammenräumen muss und ich auf Isaac warte. Sicher könnte ich ihn mit dem Auto auch direkt zu meiner Wohnung lotsen, aber es ist ein zu gutes Gefühl, von der Arbeit abgeholt zu werden.

»Rück schon raus mit der Sprache, irgendwas ist in letzter Zeit mit dir los. Und jetzt siehst du so gehetzt aus dem Fenster ... sind die Steuereintreiber hinter dir her? In dem Fall geht es mich ja auch etwas an.«

Magrit, Tina und ich haben die Firma zusammen aufgebaut. Inzwischen sind noch Fred und Lorene, die Empfangsdame, dazugekommen. Sie sind ein bisschen älter als ich, aber noch nie hat jemand meine Autorität deswegen infrage gestellt. Allerdings bin ich auch immer konzentriert, bis auf letzte Woche. Es ist mir ein bisschen peinlich, dass man mir das derart anmerkt.

»Nein, nein ich warte nur auf ...« Ich stocke. Ich weiß nicht, als was ich Isaac bezeichnen soll. »... einen Freund. Er will mich hier abholen.«

Magrit zieht amüsiert ihre Augenbrauen nach oben. »Einen Freund, so, so. Phyllis Moore, du bist ja verliebt. Ein Wunder, dass ich das noch erleben darf.«

Die ganze Woche habe ich mir mehr oder weniger erfolgreich eingeredet, dass ich gar nicht so stark in Isaac verliebt bin. Noch nicht zumindest. Es ist nur eine harmlose Schwärmerei, bis wir beide wissen, wohin das führt. Aber selbst meine Kollegen erkennen gleich, was Sache ist, also was mache ich mir eigentlich vor?

Und dann erspähe ich ein dunkles Auto, das sich am Straßenrand einen Parkplatz sucht. Ein Mann mit breiten Schultern und dunklen Haaren steigt auf der Fahrerseite aus. Eindeutig Isaac. Sofort schlägt mein Herz höher und macht Purzelbäume. Er sieht sich kurz um, dann kommt er zielstrebig auf unser Gebäude zugelaufen. Er trägt nur Jeans, T-Shirt und irgendeine Jacke, sieht aber dennoch umwerfend aus.

Magrit tritt neben mich. Ich hatte sie schon vergessen. »Holla, sag bloß, das ist die Sahneschnitte, die dich abholt?«

Ich werfe ihr einen kurzen, gereizten Blick zu, den sie zum Glück nicht wahrnimmt, weil sie jede von Isaacs Bewegungen verfolgt ... so wie ich gerade. Ich weiß auch nicht, wieso ich so zickig bin, aber mir gefällt nicht, wie sie über Isaac redet.

»Ja, das ist er.«

Isaac hat den Eingang gefunden und entschwindet aus unserem Blickfeld. Magrit zwinkert mir zu. »Na von dem würde ich mich auch jederzeit abholen lassen.«

Ich zucke diffus mit den Schultern, weil ich nicht recht weiß, was man darauf erwidert.

»Seid ihr exklusiv? Oder ...« Sie spricht nicht weiter, aber wir beide wissen, was gemeint ist. Und nein, sie kann sich ihn gewiss nicht ausleihen, »wenn ich mit ihm fertig bin«. Am liebsten hätte ich ihr an den Kopf geschmissen, dass er allein mir gehört, aber das wäre nicht die Wahrheit. Stattdessen presse ich die Lippen aufeinander, bis sie nur noch ein hauchdünner Strich sind.

»Verstehe, du teilst nicht gerne.«

Zumindest erspart sie es mir, eine Erklärung zusammenzubasteln, die ohne zu lügen klarmacht, dass sie ihn gefälligst nicht anflirten soll. Ich weiß nicht, warum ich so anfällig bin, ich halte sonst sehr viel von gegenseitigem Vertrauen in einer Beziehung. Aber das mit Isaac und mir ist eben noch keine Beziehung.

Das *Pling* des Fahrstuhls lässt uns beide herumfahren. Der Eingangsbereich, in dem normalerweise Lorene sitzt, ist von den Büro- und Besprechungsräumen durch eine Glastür getrennt, und Isaac entdeckt mich sofort. Ein Lächeln huscht über sein Gesicht, das sich in meinem widerspiegelt. So eilig wie noch nie packe ich meine Tasche und stürme regelrecht zu ihm.

»Bye«, verabschiede ich mich kurz angebunden von Magrit.

Isaac hebt ebenfalls grüßend die Hand und lächelt freundlich, aber sobald ich bei ihm bin, schlingt er besitzergreifend den Arm um meine Taille. Daran könnte ich mich gewöhnen. Nur zu gern lasse ich mich von ihm zum Fahrstuhl bugsieren.

»Wie war dein Tag?«, fragt er so dicht an meinem Ohr, dass ein Kribbeln durch meinen Körper rauscht. Seiner Stimmlage nach hat er gerade etwas gefragt, das weitaus weniger unschuldig ist.

»Unwichtig«, sage ich und presse meine Lippen auf seine.

Sofort erwidert er den Kuss, seine Finger vergraben sich dabei fester in meiner Taille. Alles in mir steht unter Strom.

»Sag mir, dass deine Wohnung nicht weit weg ist«, verlangt er mit rauer Stimme.

»Mit dem Auto weniger als fünf Minuten.«

»Ich schaffe es in einer.«

Ich kichere und drücke mich enger an ihn. Ich hoffe, er hält sein Versprechen.

Wir taumeln mehr in meine Wohnung, als das wir gehen.

»Nett hast du es hier.«

»Als ob du irgendwas bisher gesehen hättest.«

»Ich sehe das Wichtigste.« Wieder schnappt Isaac nach meinen Lippen. Als würden wir beide sterben, wenn wir uns nicht jede Sekunde berühren. Letztendlich hätte meine Wohnung reines Chaos sein können und er hätte es nicht bemerkt, solange ich keine aufgespießten Köpfe in meinem Flur horte.

Ich kann mir recht gut vorstellen, wie unser Wochenende ablaufen wird, und ich habe nichts dagegen.

Die Ecke meines Schuhregals bohrt sich in meinen Rücken, allerdings ist da etwas anderes, das mich mehr stört.

»Isaac kann ich dich ... kann ich dich was fragen?« Nur schweren Herzens löse ich mich von ihm. Aber Magrit hat diesen bösen Samen in mir platziert und ich kann nichts dagegen machen, dass mir unschöne Bilder von ihm und anderen Frauen durch den Kopf schießen. Frauen wie die Blondine im Restaurant. Plötzlich frage ich mich, wie oft er das macht. Ein nettes Wochenende mit irgendeiner Frau.

»Alles«, sagt er. Er sieht zu mir herunter, ein dreckiges Lächeln in seinem Mundwinkel, das meine Knie weich werden lässt. Ich will die Stimmung nicht zwischen uns verderben, aber ich kenne mich inzwischen gut genug, um zu wissen, dass sie zum Teil schon verdorben ist, wenn ich das nicht vorher loswerde.

»Das mit uns. Ist das exklusiv?«

Sein leicht verhangener Blick klärt sich auf und er tritt einen Schritt von mir zurück. Schützend schlinge ich meine Arme um mich. Bereite mich innerlich auf jedwede Antwort vor.

»Du meinst, ob ich andere Frauen date?«, fragt er.

Ich nicke.

»Nein.«

Ein riesengroßer Felsbrocken so groß wie Arizona fällt von meinem Herzen ab.

»Nein, tue ich nicht und habe ich auch nicht vor. Datest du andere Männer?«

Sofort schüttle ich den Kopf. Isaac hat sich so groß in meinen Gedanken ausgedehnt, dass es mir schwerfällt, generell andere Menschen wahrzunehmen. An andere Männer kann ich nicht einmal denken. Verblüfft stelle ich fest, dass nicht einmal Henry eine Chance hätte, wenn er vor meiner Tür stände und mich anflehen würde, ihn zurückzunehmen. Etwas, was ich mir lange vorgestellt habe, und jetzt lässt es mich vollkommen kalt, selbst wenn er einen Ring dabei hätte.

»Wie wäre es, wenn das so bleibt?«, fragt er.

Ich lächle. »Das fände ich toll.« Ich bin mir sicher, meine Augen strahlen ihn an wie die eines verliebten Teenagers.

»Gut.« Und damit liegt sein Mund wieder auf meinem. Wie bei Ping-Pong bewegen wir uns durch den Flur, rammen dabei fast eine Vase, aber selbst wenn sie zerbrochen wäre, wäre es mir egal. Schließlich landen wir in der Küche. Vermutlich die erste offene Tür, gegen die wir gefallen sind. Isaac presst mich mit seinem Körper gegen die Anrichte, ein paar Sekunden später sitze ich darauf. Ich weiß schon, wieso ich mich heute für einen Rock entschieden habe. Isaac schiebt ihn mir hoch bis auf die Hüften, damit er sich besser zwischen meinen Beinen platzieren kann. Seine Erektion presst sich gegen mich und ich stöhne auf. Ich will ihn so sehr. Ungeduldig schält er mir die Unterwäsche von den Beinen, während ich an dem Verschluss seiner Jeans herumnestle. Seine eine Hand löst sich von mir und fischt aus seiner Hosentasche ein Kondom heraus. Ich schmunzle. Dann presse ich meine Hände gegen ihn und schiebe ihn ein paar Zentimeter von mir weg.

»Ich muss dich noch etwas fragen.«

Isaacs glühende Augen sind auf mich gerichtet, vom Flur bis in die Küche habe ich es bewerkstelligt, dass sein Haar vollkommen zerzaust ist.

»Phi, es gibt nicht viele Dinge, die ich lieber tun würde, als mich mit dir zu unterhalten.«

Der Satz lässt mein Herz höherschlagen, denn mir geht es ähnlich.

»Aber können wir das um Gottes Willen auf später verlegen?!«

»Nein, ich bin mir ziemlich sicher, dass jetzt der richtige Zeitpunkt dafür ist.«

Seufzend stößt sich Isaac von der Anrichte ab, um sich mir gegenüber an den Kühlschrank anzulehnen. »Schieß los.«

»Ich hab mich gefragt, ob du, nun ja ...« Mein Gott, ich habe Sex, ich sollte auch über alles, was das betrifft, reden können. »... dich schon mal auf Geschlechtskrankheiten hast testen lassen?«

»Ich mache routinemäßig jedes Jahr einen. Der letzte ist nicht lange her. Ich bin clean.«

»Wie es sich so trifft, bin ich auch clean. Und ich nehme die Pille. Also hab ich mich gefragt ...« Mein Puls beschleunigt sich, ich schaue auf den Boden und baumle mit den Beinen. Isaac zieht scharf die Luft ein. Der Gedanke schoss mir letzte Woche durch den Kopf, als Isaac tatsächlich anfangen hat, Dirty Talk am Telefon zu betreiben und nachdem ich habe lachen müssen, hat es mich ziemlich angetörnt. Ich habe vorher nie mit jemandem ohne Kondom geschlafen. Aber bei Isaac ... ich will ihn so dicht bei mir spüren wie niemanden zuvor.

Im Nu ist Isaac wieder bei mir, stützt sich an den Küchenschränken ab und kesselt mich mit seinen starken Armen ein.

»Sag es, Phi.«

»Ich will dich in mir, ohne etwas zwischen uns«, keuche ich an seinen Lippen.

Kurz darauf spüre ich seine Zunge in meinem Mund und seine Hände fest an meinen Oberschenkeln. Er zieht mich bis zur Kante, gleitet dann zu meinen Innenschenkeln. Ich schließe die Augen, damit ich mich auf seine elektrisierenden Berührungen konzentrieren kann. Seine Fingerkuppen sind leicht rau und fühlen sich dennoch denkbar angenehm auf meiner Haut an. Je weiter sie nach oben gleiten, desto intensiver merke ich sie.

»Bitte«, flehe ich ihn an.

Isaac zieht seine Hose und Unterhose nach unten. Er taucht in mich ein und meine Nervenenden schreien entzückt auf. Unerträglich langsam schiebt sich Isaac in mich hinein, bis er mich schließlich ausfüllt.

Schwer atmend sehe ich zu ihm auf. Unsere Blicke verhaken sich ineinander. Quälend langsam zieht er sich wieder aus mir heraus, stößt schneller wieder in mich hinein.

»Gib mir mehr.«

Isaacs Lippen saugen mir die Worte direkt vom Mund, dann steigert er das Tempo. Immer weiter, bis ich Sterne sehe und mich verzweifelt an seinen Schultern festhalte, als würde ich Gefahr laufen herunterzufallen. Warme Flüssigkeit sammelt sich zwischen meinen Beinen und das erste Mal ist es mir ziemlich egal, ob wir eine Sauerei angerichtet haben. Isaac wird schon keinen Rotwein ejakulieren.

Ich lache fast hysterisch auf und lehne meine Stirn an seine. »Machen wir das jetzt in jedem Raum?«, frage ich.

»Oh ja. Als nächstes kommt das Bad dran, mein Schatz.« Ein Kuss landet auf meiner Nasenspitze.

Ich stocke. Es ist das erste Mal, dass er mich bei diesem Kosewort nennt. Er hat mich bereits *Baby* genannt, aber noch niemals *mein Schatz.* Und es löst viel mehr in mir aus, als es sollte. Henry hat mich oft »Schatz« genannt, aber bei Isaac verstehe ich zum ersten Mal die Bedeutung. Als sei ich etwas Kostbares. Und sein.

»Hast du eine Dusche oder eine Wanne?«

»Mh?«

»Dusche oder Wanne?«

Die Augen offen zu halten, fällt mir schwer, aber in Isaacs Stimme schwingt ein Lächeln mit.

»Wanne.«

»Sehr gut. Weißt du, was wir dann machen?« Seine Hände fassen nach meiner Bluse. Eine Seite wurde schon von meiner Schulter gezerrt, aber weiter sind wir bei unserer Eile noch nicht gekommen. Isaac holt das nun nach. Einen Knopf nach dem anderen.

»Was?«

»Wir werden uns splitterfasernackt ausziehen und uns ein schönes Bad gönnen. Ich werde dich einseifen.«

»Das klingt toll.«

»Finde ich auch.«

Statt Isaac mit meinen Kochkünsten zu beeindrucken – wie ich es eigentlich vorhatte – koche ich Spaghetti und Soße, weil das am schnellsten geht. Ich bin mir sicher, seine italienischen Gene wissen das zu schätzen. Ansonsten verbringen wir den Freitag mit Sex und Reden, in variabler Reihenfolge. Bis ich schließlich in seinen Armen einschlafe.

Als ich erwache, liegt Isaac nicht mehr neben mir. Verschlafen blinzle ich zu meinem Wecker. Ach du Schreck, es ist ja schon um elf! Vermutlich sucht er in der Küche nach irgendetwas Essbarem, weil er sonst verhungert. Ich erhebe mich und begebe mich auf die Suche nach ihm. Als ich an meinem Wohnzimmer vorbeikomme, mache ich noch einmal einen Schritt zurück. Isaac sitzt oberkörperfrei auf meinem Sessel, mein Fotoalbum auf seinem Schoß. Ein Geräusch muss mich verraten haben, denn plötzlich sieht er auf.

»Tut mir leid, ich war auf der Suche nach einem Buch, ich wollte dich nicht wecken, und habe das hier im Regal gefunden.« Er wirkt sehr zerknirscht und ich horche kurz in mich rein, ob ich sauer bin, weil er in meiner Privatsphäre herumgewühlt hat. Nein, eigentlich bin ich das nicht. Zum einen stand es offen im Regal und war nicht in irgendeiner Schublade vergraben, zum anderen mag ich es, Isaac in meiner Privatsphäre zu haben.

Ich komme zu ihm und setze mich auf die Lehne, er schlingt seinen Arm um mich und zieht mich auf seinen Schoß. Deckt uns anschließend beide mit der Decke zu.

Ich und Isaac und eine Decke. Letztendlich scheinen wir immer da zu landen, es gibt Schlimmeres im Leben.

Ich richte meinen Blick auf die Bilder, die gerade aufgeschlagen sind, und versteife mich. Henry und ich lächeln in bester Pärchenmanier in die Kamera. Es ist wahnsinnig seltsam, dass Isaac sich die Bilder der Griechenlandreise anschaut. Obwohl wir beide eine Vergangenheit haben, würde ich ungern Bilder von ihm mit einer anderen sehen wollen. Nervös streiche ich mir durchs Haar und bemerke dabei, dass diese so durcheinander sind, als hätte ich ein Vogelnest auf dem Kopf. Sogar die Farbe würde stimmen. Ganz wunderbar.

»Willst du einen ehrlichen, aber hässlichen Gedanken von mir?«, fragt er.

Ich nicke.

»Du bist bei Weitem zu hübsch für ihn. Irgendwie beruhigt mich das, als ob er deswegen keine Konkurrenz wäre. Dumm, oder?«

Ich vergrabe meine Nase an seiner Halsbeuge. Er ist weder geduscht noch rasiert und riecht trotzdem so unglaublich gut. Es freut mich irgendwie, dass er überhaupt von Konkurrenz spricht. Absolut alles, was er sagt und tut, fühlt sich so an, als ob wir ein Pärchen wären. Ich bin mir ziemlich sicher, dass es nur ein wenig Zeit braucht, bis er das auch so sieht. Die Frau, die ihn einmal tief enttäuscht haben muss, ist Vergangenheit und Isaac wird merken, dass ich anders bin. Ich könnte mir nicht vorstellen, ihm jemals bewusst wehzutun.

Seine Hand streicht über meinen Arm. »Darf ich dich etwas fragen?«

»Alles.«

»Offensichtlich bis du nicht oberflächlich, doch ... wonach suchst du aus, welche Männer du datest? Mir ist klar, dass Aussehen irgendwann kaum noch eine Rolle spielt, weil man nur noch den Menschen vor sich sieht, aber hat nicht jeder für sich irgendein Auswahlverfahren?«

Ich denke kurz nach. Um dann unruhig auf seinem Schoß rumzurutschen, weil mir schnell einfällt, wonach ich potenzielle Männer aussiebe. »Vermutlich sind wir alle oberflächlich, nur auf andere Art«, meine ich.

Interessiert schießen seine Augenbrauen nach oben. »Erzähl.«

»Ich habe im Prinzip eine Checkliste im Kopf. Ich nenne sie mal ›gut auf dem Papier‹.«

»So, so. Welche Männer machen sich denn gut auf dem Papier?«

»Na ja, ich habe darauf geachtet, ob sie mir mental stabil erscheinen, ob sie einen festen Job haben – oder früher eben nicht allzu schlecht in der Schule waren, ob sie mir wie Aufreißer erscheinen, ob sie emotionalen Ballast mit sich rumschleppen wie Ex-Frauen oder Kinder aus früheren Ehen ...«

Noch während ich es aufliste, fühle ich mich dabei schlimmer und schlimmer. Plötzlich kommt mir gutes Aussehen als Auswahlkriterium viel humaner vor.

Ich merke sofort, wie Isaac sich unter mir versteift.

»Hältst ... hältst du mich jetzt für einen schrecklichen Menschen?«, frage ich zaghaft.

»Natürlich nicht.« Er sagt es, ohne zu zögern und mit fester Stimme, aber zum ersten Mal zweifle ich seine Worte an.

Ich frage mich, ob er sich für *nicht gut auf dem Papier* hält, wegen seiner unruhigen Jugend oder etwas anderem, von dem ich bisher noch nichts weiß. Aber es ist mir so was von egal. Isaac ist ein guter Polizist und selbst wenn nicht, das hat keine Bedeutung mehr für mich. Wir haben uns anders kennengelernt und ich liebe alles daran. Die ganzen Parameter, die mir früher bedeutsam erschienen, sind es nicht mehr.

Ich will ihm das klarmachen, als ein komisches Klingeln mich herumfahren lässt. Ich überlege gerade, ob mein Feuermelder sich so anhören könnte, da höre ich ein leises Fluchen von Isaac.

»Das ist mein Diensthandy.« Sachte lässt er mich von sich runtergleiten, ehe er aufspringt. Ich vernehme seine Stimme aus meinem Schlafzimmer, seine Antworten fallen nur kurz aus, der größte Teil des Gespräches findet auf der anderen Seite statt.

Nach nicht mal fünf Minuten kommt er zurück zu mir ins Wohnzimmer. Sein Gesichtsausdruck ist besorgt, die dunklen Augenbrauen dicht zusammengeschoben.

»Sorry, das war die Arbeit, ich muss weg.«

Ich nicke und erhebe mich langsam. Er kann nichts dafür, dennoch bin ich enttäuscht. Ich habe mich so auf das Wochenende gefreut.

»Darf ich fragen, wieso?« Ich folge ihm, während er eilig seine Sachen zusammensucht.

Er stockt mitten in der Bewegung, scheint kurz zu überlegen, dann sieht er zu mir. »Es gibt einen Dieb in Paxdale. Er hat schon dreimal zugeschlagen und wurde bisher nicht erwischt. Er geht ziemlich aggressiv vor, beim zweiten Mal hat er den Hund der Besitzer getötet und das letzte Mal hat es ihn nicht mehr gestört, dass die Besitzer noch da waren und sie mit einer Waffe bedroht.«

Entsetzt schlage ich die Hände vor den Mund. Es muss schrecklich sein, in seinen eigenen vier Wänden um sein Leben zu fürchten. Und an den Hund mag ich gar nicht erst denken.

»Warum hab ich davon bisher noch nichts gehört?«

»Es hat zum Glück noch keine hohen Wellen geschlagen. Wir hoffen ihn zu kriegen, bevor das passiert. Und natürlich, bevor der Kerl noch weiter geht. Wir haben einen wichtigen Hinweis, deswegen muss ich weg, das ist mein Fall.«

Ich nicke. Ärzte und Polizisten sollte man nicht aufhalten.

Isaac verschwindet im Bad und kommt erstaunlich frisch heraus, obwohl er nur ein paar Minuten darin verbracht hat.

»Es tut mir so leid, Phi.« Ehrliches Bedauern steht in seinem Blick.

»Nun geh schon.« Ich lehne mich an ihn. Er ist so warm, ich wünschte, ich könnte das Gefühl aufsaugen und für immer bei mir behalten. Meine Lippen legen sich auf seine.

»Ich mache es irgendwie wieder gut«, raunt er.

Mein Magen flattert. »Ich bin mir sicher, dir wird etwas Geeignetes einfallen.«

Und dann ist er auch schon weg und ich stehe allein und einsam in meinem Flur.

Kapitel 13

»Mom, woher weißt du das?«, frage ich empört und klemme mir die Abschminktücher unter den Arm, für die ich überhaupt hergekommen bin. Eine Packung, die gut in eine größere Handtasche passt, mit der ich neuerdings immer unterwegs bin. Meine Mutter kennt anscheinend auch den Grund und ich weiß noch nicht, ob mir das recht ist.

»Ich habe so meine Quellen. Nun sag schon: Was ist das für ein Polizist, den du neuerdings datest?«

Ich sehe mich um, aber es ist kurz vor Ladenschluss und ich bin so gut wie die Einzige hier. Isaac ist vorgegangen, als mein Handy klingelte, und sitzt vermutlich bereits im Auto. Langsam bewege ich mich auch Richtung Kasse, damit niemand dank mir länger arbeiten muss als nötig.

»Weiß es die ganze Stadt?« Nervös nage ich an meiner Unterlippe herum. Zwei Monate geht das jetzt mit Isaac und mir. Und es läuft gut. Mehr als gut. Aber wir haben nach wie vor noch kein Label, mit dem man uns bezeichnen könnte.

»Nein, Schatz. Ich kenne nur jemanden, der euch zusammen im Restaurant gesehen hat. Ihr wirktet ziemlich vertraut.«

Taten wir das? Ich lege die Abschminktücher auf das ansonsten leere Laufband.

»Erzähl mir doch was über ihn. Warte, ich habe eine bessere Idee: Ich mache mir selbst einen Eindruck, wenn du ihn mit zum Essen bringst.«

»Mom! Das geht nicht … wir … wir sind noch nicht offiziell zusammen.«

Meine Wangen erhitzen sich, weil meine Mutter nicht denken soll, ich hätte irgendwelche zwanglosen Sexbeziehungen am Laufen. Was weder schlimm noch ihr etwas ausmachen würde, aber irgendwie ist es mir wichtig. Vielleicht auch, weil Mrs Clemens' aufmerksame Augen mich neugierig musterten. Es macht mir nichts aus, da diese Frau immer alles erfährt. Früher haben sie und meine Mom zusammengearbeitet. Ich habe meine ersten Tampons und meine ersten Kondome bei ihr gekauft.

»Bring ihn trotzdem mit. Ich werde ihn schon nicht fragen, ob er für die Hochzeit spart.«

Genervt stöhne ich auf. »Ich werde es ansprechen.« Mist, jetzt werde ich das auch tun müssen. »Aber ich kann nichts garantieren!«

»Gut, ich freu mich drauf.«

Noch ehe ich etwas erwidern kann, legt sie auf.

Mrs Clemens' Blick durchbohrt mich regelrecht. Inzwischen weniger neugierig, sondern mehr wissend.

»So, so, du und der De Laurentiis-Junge.«

Nur Mrs Clemens konnte jemanden wie Isaac noch als *Junge* bezeichnen.

»Schaut so aus.« Leugnen ist zwecklos, zumal sie mich ohnehin mit ihm zusammen im Laden gesehen hat.

Piepsend – und meiner Auffassung nach sehr langsam – zieht Mrs Clemens die Abschminktücher durch.

Es scheint ihr auch ein Anliegen zu sein, sie mir persönlich in die Hand zu drücken.

»Pass bloß auf, Mädchen, dass er dir nicht das Herz bricht.«

Perplex sehe ich Mrs Clemens an. Ich will ihr gerne sagen, dass Isaac nicht mehr der Rüpel von damals ist. Aber mich beschleicht das ungute Gefühl, dass sie gar nicht davon redet.

Ich will nachhaken, aber da sehe ich aus den Augenwinkeln, wie die Schiebetür wieder aufgeht und Isaac hereinkommt.

»Ich dachte schon, ich muss einen Suchtrupp nach dir schicken«, meint er breit grinsend.

»Nein. Nein, ich bin hier fertig.« Ich lasse die Packung in meine Tasche gleiten, streiche mir fahrig die Haare hinters Ohr und werfe Mrs Clemens ein nervöses Lächeln zu.

Auch Isaac schenkt ihr ein Lächeln, aber mir entgeht nicht die greifbare Anspannung zwischen den beiden. Bisher war mein Eindruck, dass so gut wie jeder in Paxdale Isaac vergöttert, aber das scheint nicht der Fall zu sein. Zumindest Mrs Clemens ist offensichtlich kein Fan. Ausgerechnet die herzliche Mrs Clemens. Ich weiß noch nicht, was ich davon halten soll.

Schweigsamer als sonst verlassen wir den Laden und steigen in sein Auto. Innerlich bereite ich mich darauf vor, dass Isaac mir eine unliebsame Frage stellt, so wie er es immer tut. Ich spanne mich an und gleichzeitig warte ich die Erleichterung ab, weil nach unseren Gesprächen normalerweise immer alles besser ist. Aber er sagt nichts.

Ich werfe ihm einen Seitenblick zu. Er schaut starr nach vorne und umfasst das Lenkrad weniger locker als sonst. Ist es möglich, dass *er* diesmal derjenige ist, der Angst vor einer Frage hat?

Ich kratze all meinen Mut zusammen. Hole tief Luft. »Was ist das mit dir und Mrs Clemens?«

Ein Lächeln zuckt über Isaacs Gesicht. »Das ist dir aufgefallen, hä?« Seine Finger trommeln auf dem Lenkrad.

»Ja. Ist es.«

»Ich bin mal mit ihrer Nichte ausgegangen. Ist nicht so gut gelaufen.«

Ich nicke. Das erklärt einiges. Trotzdem entgeht mir nicht, dass er nicht davon spricht, dass sie zusammen waren oder dass sie seine Ex-Freundin ist. Ich frage mich, ob wir das auch nur tun. Miteinander ausgehen. Ich wehre mich gegen den Gedanken. Wir telefonieren so gut wie jeden Tag miteinander. Erzählen uns, wie unser Tag war, selbst wenn im Prinzip überhaupt nichts passiert ist.

»Meine Mom fragte ... ob du eventuell zu uns zum Essen vorbeikommen würdest.«

Er wirft mir einen kurzen Blick zu. Wenn er jetzt absagt, wird es wehtun, egal wie sehr ich mich auf diese Abfuhr vorbereitet habe.

»Wenn du das willst?«

Ich runzle die Stirn. Seit wann beantwortet Isaac Fragen mit Gegenfragen? Ist das seine Art, mich davon abzubringen, damit ich einen Rückzieher machen kann, bevor es für uns beide unangenehm wird?

»Ich fände es toll.«

Die Verlockung ist groß, aber ich werde keinen Rückzieher machen, ich will jetzt wissen, was Sache ist.

Er sieht kurz zu mir. »Okay, dann nenne einen Tag und ich werde da sein.« Inzwischen lächelt er wieder und es wirkt aufrichtig.

Ich entspanne mich auf meinem Sitz und lasse mich tiefer sinken. Alles ist gut. Nur Sexfreunde lernen nicht die

Familie des anderen kennen. Nicht mal, wenn sie exklusiv sind.

Aber dann wird mir klar: Isaac wird meine Familie kennenlernen. Werden sie ihn mögen? Wird er sie mögen? Schaffen es meine Brüder, sich für einen Abend zu benehmen? Und sofort bin ich wieder nervös.

Als ich Mom Bescheid gebe, schiebt sie sich das nächste Wochenende frei. Ich plane sofort das Menü und mache mir gedanklich eine Stichpunktliste, über welche Themen wir sprechen könnten, sollte es zu peinlichem Schweigen kommen. Ich befürchte, dass es besonders zwischen Justin und Isaac komisch wird, aber als der Abend dann da ist, ist es überhaupt nicht komisch. Die Jungs hängen alle an seinen Lippen, wenn er von der Polizeiarbeit erzählt. Vor allem, wenn eine Verfolgungsjagd auf dem Highway darin vorkommt. Ich kann meine gedankliche Stichpunktliste also in den Papierkorb schieben und meine Hirnkapazität wieder sinnvoller nutzen.

»Das Essen war wirklich extrem lecker, Debra«, sagt Isaac an meine Mom gewandt. Ein breites Lächeln umspielt meinen Mund.

»Da musst du dich bei meiner Tochter bedanken. Phyllis hat alles gemacht, ich bin erst ein paar Minuten vor dir angekommen.«

So bin ich immerhin dazu gekommen, Isaac meine Kochkünste vorzuführen. Dem leergekratzten Teller nach hat er es nicht nur aus Höflichkeit gesagt.

Mit großen Augen sieht er mich an. »Vorspeise, Hauptspeise und Nachspeise?«

Ich winke ab. »Das war nur Fertigpudding und nicht mal halb so gut wie im *Mortimer's.*«

Pulver in Milch einzurühren, ist wirklich keine große Herausforderung.

»Mom, du hast versprochen, wir verpassen unsere Sendung nicht«, sagt Logan, der bereits seit einer Viertelstunde mit seinem Hintern unruhig auf seinem Stuhl hin und her rutscht.

Mom seufzt. »Das stimmt, geht ruhig. Aber wir sprechen noch mal darüber, was wir vor Gästen aussprechen und was nicht.«

Logan und Josh springen vom Tisch auf und rasen zum Fernseher.

»Dann kann ich ja jetzt Julia anrufen«, meint Justin. Er hat seit zwei Wochen eine Freundin und er hängt fast ständig vor dem PC und skyped mit ihr.

Mom nickt träge, während sie ihre Gliedmaßen ausstreckt. »Nehmt es mir nicht übel, ich werde auch bald ins Bett. Der Flug war lang und eine Stunde Zeitverschiebung kommt hinzu. Es war sehr nett, Isaac, lass uns das bei Gelegenheit wiederholen.«

Mir wird ganz warm ums Herz. Alle mögen sich, keine Stolpersteine. Ich beginne, das Geschirr zu stapeln, damit ich es besser tragen kann.

»Ist das euer Ernst?«, fragt Isaac laut und deutlich in den Raum.

Verwundert sehe ich zu ihm und nicht nur ich. Mom steht noch vor ihrem Stuhl, Justin war schon halb die Treppe hoch und dreht sich um und Joshua und Logan drehen ihre Köpfe vom Fernseher zu ihm. Isaac lächelt nun nicht mehr und ich versteife innerlich. Ich spüre regelrecht, wie er jetzt etwas Unangenehmes sagen wird. Mit eindringlichen Blicken versuche ich ihn zum Schweigen zu bewegen, doch er sieht abwechselnd zu meinen Geschwistern und meiner Mom.

»Phi hat das ganze Abendessen vorbereitet und jetzt darf sie auch noch abwaschen?«

»Isaac, wir haben einen Geschirrspüler, das ist doch kein Ding.« Ich lache nervös. »Ich werde nur schnell die Töpfe einweichen und …«

»Es geht ums Prinzip, Phi.«

Es ist totenstill in dem großen Raum und mir ist, als könnte ich die Anspannung mit den Händen greifen. Unruhig verlagere ich mein Gewicht von einem Bein aufs andere. Es lief alles so gut, wieso passiert das jetzt? Dafür hatte ich keine Stichpunktliste.

»Phi macht doch immer den Abwasch, wenn sie hier ist«, sagt Logan kleinlaut von der Couch. Er hat sich zusammengekauert und ist sichtlich eingeschüchtert. Ich balle die Fäuste. Ich könnte Isaac dafür schlagen. Meine kleinen Brüder brauchen kein schlechtes Gewissen haben.

»Und das ist für euch alle okay?«, fragt Isaac perplex.

Justin kommt ein paar Stufen die Treppen herunter. An seinen verschränkten Armen erkenne ich, dass er auf Abwehrhaltung gegangen ist. So viel dazu, dass sich alle mögen, das wäre wohl hiermit erledigt. Kalter Schweiß tritt mir auf die Stirn.

»Phi ist ja nicht dauernd hier, also wäscht sie auch nicht dauernd für uns ab«, sagt mein Bruder barsch. Es ist klar, dass er damit die Diskussion beenden will, um endlich mit seiner Freundin telefonieren zu können. Ich hoffe, es klappt.

»Euch ist schon bewusst, dass sie nicht euer Hausmädchen, sondern eure Schwester ist, oder?« Er scheint jeden mit seinen Augen zu erdolchen.

»Isaac, bitte, du reagierst vollkommen über«, raune ich ihm zu. So leise, dass vermutlich nur er es hören kann und eventuell noch Mom.

Sein Blick streift nun mich. Er sieht wahnsinnig enttäuscht von mir aus und es trifft mich mitten ins Herz. Gleichzeitig werde ich auch wütend, denn wenn hier jemand das Recht hat, von wem enttäuscht zu sein, dann bin ich das wohl. Es war der perfekte Abend. Es hat mich so unglaublich glücklich gemacht und nun ist alles ein einziges Desaster.

Isaac pfeffert die Serviette auf den Tisch, die er in seiner Hand zusammengeknüllt hat. Dann stürmt er raus. Klappernd fällt die Tür hinter ihm ins Schloss.

Erdrückende Stille dehnt sich aus. Ich suche nach Worten, mit denen ich alles wieder locker und entspannt machen kann, aber mir fallen keine ein. Am liebsten würde ich ebenso fliehen. Aber ich muss das irgendwie kitten. Tief atme ich ein und aus. Schließe kurz die Augen und suche die Ruhe in mir. Sie ist da, ich weiß das. Ich kann das. Ich habe schon ganz andere Situationen in den Griff bekommen.

Ich lache kurz auf und hoffe, dass es nicht hysterisch klingt. »Na, das war ja mal was«, sage ich beschwingt. So rasch wie möglich packe ich das bereits gestapelte Geschirr und trage es zum Geschirrspüler, wo ich es mehr schlecht als recht einsortiere. Ich lasse auch Wasser in die verkrusteten Töpfe und die Auflaufform und drehe mich erst wieder rum, als Justin die Treppe hochpoltert und der Fernseher laut läuft.

Lediglich meine Mom sitzt nachdenklich am Tisch.

»Mom, bitte, das war nur so dahergesagt«, meine ich und drücke ihr einen Kuss auf die Wange. Immer wieder huscht dabei mein Blick zur Eingangstür, doch Isaac kommt nicht zurück. Ob er überhaupt noch da ist, oder ist er längst nach Hause gefahren?

Mom nickt ganz langsam. Ich tätschle ihr noch einmal die Schulter, dann halte ich es nicht länger aus. »Ich schnappe mal eben frische Luft«, sage ich so lapidar wie möglich und gehe nach draußen.

So ein Bullshit, die Luft draußen könnte mir nicht egaler sein. Ich würde eine dicke Smogschicht einatmen für die Aussicht, das mit Isaac wieder ins Reine zu bringen.

Mein Herz hüpft, als ich sein Auto sehe. Und Isaac, der davor hin und her tigert, als könnte er sich nicht entscheiden, was er nun machen soll. Ich schlucke meine Wut auf ihn herunter. Das hilft niemandem.

Ich gehe weiter auf ihn zu, aber er scheint so in Gedanken zu sein, dass er mich nicht bemerkt.

»Hey«, sage ich sanft, als ich ihm eine Hand auf seine Schulter lege.

Er zuckt zusammen und sieht mich an, als sei ich ein Geist. Ich bemühe mich, ihm aufmunternd zuzulächeln. Das hier war eine kleine Lappalie. Nichts, was man nicht geradebiegen könnte.

Allerdings schwinden meine Hoffnungen, als sich Isaacs Augenbrauen skeptisch zusammenschieben und er einen Schritt von mir weg macht.

»Was ist los, Phi?«

Hilflos zucke ich mit den Schultern. »Ich weiß nicht, ich dachte ... vielleicht können wir das Ganze einfach vergessen.«

»Wieso willst du es vergessen?«

Herrgott er stellt vielleicht auch Fragen. Jedem normalen Menschen erschließt sich das doch automatisch.

»Weil ich aus einer kleinen Sache keinen Riesenstreit machen will?«

Und wieso sollte er es tun? Es ist hässlich, sich zu streiten, niemand tut sich so etwas freiwillig an.

»Ich versteh nicht, wieso es vollkommen okay für dich ist, die ganze Hausarbeit zu machen, obwohl du zu Besuch bist.«

»Ich bin kein normaler Besuch, ich bin Familie.«

Isaac schüttelt den Kopf und ich presse fest die Lippen aufeinander, um nicht ausfällig zu werden. Weil ich wirklich nicht verstehe, wieso er sich dermaßen daran aufhängt. Wieso ihn das überhaupt irgendetwas angeht.

»Tu mir einen Gefallen: Wenn du mich anschreien willst, dann schrei mich wenigstens an.«

»Was?! Du willst, dass ich dich anschreie?« Für einen Moment bringt er mich vollkommen aus dem Konzept.

»Ich will, dass du sagst, was du wirklich denkst, egal in welcher Form. Im Moment veranstaltest du irgendein Theater, aber das bist nicht du.«

Plötzlich schießen mir die Tränen in die Augen. Seine Worte treffen mich tief, dabei finde ich es viel schlimmer, wenn er meine Familie als Rabeneltern und -geschwister darstellt.

»Ich veranstalte kein ... *Theater.* Vielleicht ist das nur eine Seite an mir, die du bisher nicht kanntest.«

»Es ist die Seite, die du gerne allen anderen zeigst. Und du hast recht, Phi, mit der komme ich nicht besonders gut klar. Weißt du, was ich glaube?«

»Was? Was glaubst du?«, frage ich genervt. Bald hat er mich genau da, wo er mich haben will, und ich schreie ihn an. Wahrscheinlich schauen alle Nachbarn schon zu und genießen die Show, damit es morgen jeder in Paxdale weiß.

»Diese Seite bewirkt, dass Leute dich langweilig finden. Denn bisher konnte ich mir das nie erklären.«

Seine Worte treffen mich so hart, als hätte mich eine Abrissbirne erwischt. Die Luft wird regelrecht aus meinen

Lungen gedrückt und es fällt mir schwer, neuen Sauerstoff einzuatmen.

»Phi ... es tut mir leid, ich wollte damit nicht sagen ...« Plötzlich wird seine Stimme ruhiger. Als sei ihm bewusst geworden, dass er zu weit gegangen ist. Er macht einen Schritt auf mich zu, doch ich weiche zurück.

Er lässt die Arme hängen. »Ich finde nur ... du musst dich nicht so stark anpassen.«

»Sich anzupassen, ist nichts Schlechtes, Isaac«, fauche ich. »Genaugenommen ist es eine ziemlich gute Eigenschaft.« Ganze Spezies haben so überlebt. Nun gut, ich bin keine aussterbende Rasse, aber auch im Berufsleben wird Anpassung als Kernkompetenz angesehen. Ach was, im Leben. Es war immer eine Eigenschaft, auf die ich sehr stolz war, und ich lasse mir das von Isaac nicht madig machen.

»Und wenn du ehrlich wissen willst, was ich denke, hier hast du es: Ich finde, du hast kein Recht, über mich und meine Familie zu urteilen. Und schon gar nicht nach nur einem Abendessen. Bitte geh jetzt.«

»Phi, bitte.«

Nein. Er kann meinen Namen so oft aussprechen, wie er will. Er ist zu weit gegangen. Ich drehe ihm den Rücken zu und laufe aufs Haus zu. Ich höre, wie er einsteigt. Den Motor startet. Wegfährt.

Kapitel 14

Ich schaffe es nur bis zu der klapprigen Bank neben dem Eingang. Sie macht keinen besonders guten Eindruck mehr, aber Dad hat sie damals selbst gebaut und keiner von uns könnte es übers Herz bringen, sie dem Sperrholz zu überlassen. Ich lasse mich darauf nieder und ziehe die Beine an. Plötzlich fühle ich mich schrecklich allein, dabei müsste ich nur ein paar Schritte ins Haus machen und da wären meine Mom und meine Brüder.

Ich weiß nicht, wie lange ich dort gesessen habe, aber auf einmal höre ich die Tür aufklappen und Mom setzt sich neben mich. Vorerst, ohne etwas zu sagen. Wir schauen schweigend zu Mrs Beauchamps gepflegtem Garten auf der anderen Straßenseite.

»Weißt du ... er hat nicht ganz unrecht«, beginnt sie schließlich.

Vehement schüttle ich den Kopf. »Doch, hat er. Er kennt uns nicht. Er hätte sich kein Urteil erlauben dürfen.«

Ich merke Moms Hand an meinen nackten Oberarm. »Phi, er ist nicht mehr hier, du musst uns nicht weiter verteidigen.«

Irritiert sehe ich sie an. »Das tue ich nicht nur wegen ihm.«

Mom nickt. »Ich weiß, Schatz. Du würdest uns immer gegenüber allen wie eine Löwenmutter verteidigen.

Aber... *ich* bin die Löwenmutter. Und du bist mein Junges. Und ich glaube, irgendwann, irgendwie haben wir das aus den Augen verloren.«

»Mom, wir ... wir kommen doch gut klar, oder?«, frage ich sie fast ängstlich.

»Natürlich. Sogar mehr als gut. Und das nicht zuletzt wegen dir. Aber er hat völlig recht. Wenn du nach Hause kommst, solltest du dich verwöhnen lassen und nicht uns verwöhnen.«

Wieder schüttle ich den Kopf. Isaac hat ihr Flausen in den Kopf gesetzt. Am Ende glaubt sie noch, irgendetwas falsch gemacht zu haben, dabei ist sie die beste Mutter der Welt. Zwar sehne ich mich nach der idealen Familie, aber das liegt nicht an ihr. Es liegt daran, dass Dad fehlt. Und dafür kann sie nichts. Dafür kann niemand etwas.

»Mir macht das nichts aus. Ich mache das gern.«

»Phi, jetzt hör mir mal zu.«

Erstaunt sehe ich sie an. Sie redet mit der autoritären Mom-Stimme. Die ist eigentlich für die Jungs reserviert, ich habe sie schon seit Jahren nicht mehr vernommen.

»Du hast dein eigenes Leben und ich bin sehr stolz auf dich. Wie selbstständig du bist und was du dir in deinem jungen Alter bereits aufgebaut hast. Ich will, dass du dich darauf konzentrierst. Ich weiß, dass ich immer auf dich zählen kann, und ich verspreche dir hiermit hoch und heilig, dass ich dich anrufen werde, wenn ich dich brauche.«

Ich blinzle. Wenn ich sie recht verstehe, entbindet sie mich hiermit aus meinen Pflichten, aber ... will ich das? Es fühlt sich nicht an, als hätte man einen Vogel aus seinem Käfig gelassen, viel mehr, als hätte man einer Marionette die Fäden durchtrennt, die jetzt nutzlos herumhängt, unfähig, sich zu bewegen.

»Du kannst immer so oft vorbeikommen, wie du willst. Wir freuen uns sehr darüber. Nur, dass die Jungs jetzt mehr Verantwortung übernehmen müssen.«

»Das tun sie doch«, murmle ich. Meine Brüder sollen nicht sauer auf mich sein, wenn Mom sie schärfer rannimmt. Und ich will nicht, dass sie irgendwie weniger lange Kind sein können.

»Und das nicht besonders gut und das wissen wir beide.«

Ich lache leise auf, weil es zwecklos wäre, das zu leugnen.

Spielerisch schunkelt Mom kurz gegen mich. »Hey, wir wollen doch nicht, dass sie später verwöhnte Schwestersöhnchen werden, die ihre Frau alles machen lassen, oder?«

Mir wird ein wenig leichter ums Herz. Sie hat recht. Sie sind nicht weniger Kind, wenn sie öfter den Geschirrspüler anschmeißen oder die Wäsche waschen. Was mich vorschnell erwachsen hat werden lassen, war nicht der Haushalt, sondern der Verlust und die Verantwortung.

Mom seufzt. »Und auch ich werde im Beruf ein wenig kürzertreten, solange die Jungs noch im Haus sind.«

»Mom ...«

»Nein, Phi. Ich weiß, dass ich zu selten da war. Es ist nur ... die Arbeit macht mir verdammt viel Spaß, verstehst du?«

Ich nicke vage. Ich liebe meine Arbeit, ich kann mich auch darin versenken ... aber gerade in den letzten Wochen habe ich gemerkt, dass mein Herz nicht dafür schlägt. Im Moment schlägt es für die Zeit, die ich allein mit Isaac verbringe. Nur dass nun ein bitterer Beigeschmack dabei aufsteigt. Offenbar sind wir beide nicht besonders alltagstauglich, wenn wir nicht einmal ein Familienessen überstehen.

»Ich habe mich auf deine Kosten ausgelebt. Das war nicht okay.«

»Jetzt mal ernsthaft Mom, so ist das …«

Moms Hand umschließt meinen Unterarm. »Wirklich Phi, wir haben doch geklärt, dass ich die Löwenmama bin, nicht du.«

»Also muss ich zulassen, dass du dich zu Unrecht im schlechten Gewissen suhlst?«

»Schaut wohl so aus.«

Sie klingt nicht schwermütig, deswegen lasse ich es darauf beruhen. Wieder starren wir nach vorne, in die Nacht. Bei Mrs Beauchamp gehen die letzten Lichter aus.

»Einen wirklich guten Mann hast du dir da geangelt.«

Ich fahre herum. Redet sie wirklich von Isaac? Nach allem, was an diesem Abend geschehen ist?

»Wie meinst du das?« Mom ist nicht für ihren Sarkasmus bekannt.

»Ich hab gesehen, wie er dich während des Essens immer wieder zum Lachen gebracht hat. Und das, was er gesagt hat, dazu gehörte Mut.«

Trotzig verschränke ich die Arme vor der Brust. »Es stand ihm nicht zu, irgendetwas zu sagen.«

»Vielleicht nicht. Abgesehen davon hat er nur versucht, sich für dich einzusetzen, auch wenn du das nicht zugelassen hast. Ihr passt gut zusammen. Ihr beide kümmert euch gerne um andere Menschen.«

Nachdenklich nage ich an meiner Unterlippe. »Wir sind nicht zusammen. Noch nicht richtig.«

Und ob das nach dem Abend geschehen wird, ist fragwürdig.

»Bist du dir da sicher?« Ich höre das Lächeln aus Moms Stimme.

Ich will widersprechen, stattdessen macht mein Herz einen freudigen Satz.

Ich bin immer noch sauer auf Isaac, doch jetzt erkenne ich auch, dass er das alles wegen mir gesagt hat. Ich bin kein Aschenputtel, das vor der bösen Stieffamilie gerettet werden muss, aber dass er sich für mich einsetzt … im Prinzip gibt es Schlimmeres.

Vor Isaacs Haustür angekommen, bin ich mir nicht mehr sicher, ob zu ihm zu fahren, eine gute Idee war. Inzwischen ist es nach Mitternacht und ich weiß nicht, ob er mich überhaupt hineinlässt. Aber es brennt noch Licht. Und ich kann sowieso nicht schlafen, bevor ich das mit ihm geklärt habe. Also kratze ich all meinen Mut zusammen und drücke auf die Klingel.

Es dauert nur Sekunden, dann wird die Tür aufgerissen und Isaac steht vor mir. Er hat immer noch die gleichen Sachen an. Für meine Familie hat er extra ein Hemd aus dem Schrank gekramt. Seine Haare sind inzwischen zerzauster, deuten darauf hin, dass er mehrmals mit seinen großen Händen dadurch gefahren ist, und bringen mich zu einem kurzen Schmunzeln, das mir sofort wieder vergeht.

»Phi!« Zwei Sekunden später finde ich mich in seinen Armen wieder. Meine Hände schnellen nach vorne und verhaken sich hinter seinem Nacken, während ich meine Nase in sein Hemd drücke und seinen Geruch in vollen Zügen inhaliere. Er umschlingt meine Taille und dreht mich in einem Halbkreis in seine Wohnung, ehe er die Tür hinter uns zuschlägt.

Es ist lediglich ein paar Stunden her und mir ist bereits, als hätte ich ihn schmerzlich vermisst. Wie ist so was nur möglich?

»Es tut mir leid«, murmelt er immer wieder an meinem Ohr. »Ich wollte deine Familie nicht beleidigen ... ich wollte nur ... keine Ahnung, sicherstellen, dass es dir gut geht. Ich bin wohl zu weit gegangen.«

Ich rücke so weit von ihm ab, dass ich sein Gesicht sehen kann. Ich nehme es in beide Hände, merke die Bartstoppeln auf seinen Wangen. »Als Erstes musst du wissen, dass meine Familie großartig ist und mir nie was Böses wollen würde.«

Entsetzt reißt er die Augen auf. »Das habe ich nie sagen wollen! Oh Gott, glauben sie etwa, dass ich das über sie sagen wollte?«

»Na ja, zumindest meine Mom tut es nicht.«

Was meine Brüder denken, kann ich nicht einschätzen.

»Und ich weiß, warum du es getan hast. Aber ...« Da gibt es noch eine Sache, die an mir nagt. »Isaac, sag ehrlich: Findest du mich langweilig?«

Mein Herz schlägt im Akkord, während ich diese Frage stelle.

»Alles, was ich mit dieser dummen Aussage wollte, war zu sagen, dass die anderen Typen dumm waren, wenn sie sich nur mit deiner Oberfläche abgegeben haben. Weil darunter noch so viel mehr steckt.«

Ich nicke. Muss aufpassen, dass mir vor Rührseligkeit nicht die Augen überlaufen. Doch würde ich heute noch einen Mann suchen, hätte ich nicht mehr meine *gut auf dem Papier*-Checkliste. Ich würde mir jemanden suchen, der zu mir passt. Jemand, der mich zum Lachen bringt und dem ich auch die dunkelsten meiner Gedanken anvertrauen kann, ohne mich dabei schlecht zu fühlen. Eigentlich hoffe ich darauf, nie wieder suchen zu müssen, weil ich ihn schon gefunden habe.

»Ehrlich gesagt, weiß ich gar nicht, was sich alles darunter versteckt.« Wer bin ich eigentlich, wenn ich nicht den Haushalt meiner Familie schmeiße oder die Firma manage, die ich mitunter aufgebaut habe? »Ich … ich habe noch so wenig in meinem Leben getan …«

Plötzlich habe ich Panik, ich könnte mein eigenes Leben verpassen. Ich sollte mir eine Liste anlegen mit Dingen, die man als Mensch getan haben sollte.

»Ich sollte Bungeespringen ausprobieren, oder so.«

Isaac lacht. »*Willst* du denn Bungeespringen ausprobieren?«

Mir dreht sich schon der Magen um, allein, wenn ich daran denke. Ich verziehe das Gesicht. »Nein, eigentlich nicht.«

Ich bin wirklich langweilig.

»Phi, du solltest nur das ausprobieren, was du auch ausprobieren willst. Und du hast jede Menge Zeit für alles, auf das du Lust hast.«

Ich sehe ihn an, diesen schönen Mann, der wirklich an mir interessiert ist. »Gerade habe ich Lust darauf, dich zu küssen. Ist das okay?«

»Das ist sehr okay, das deckt sich zufällig mit meinen eigenen Plänen.«

Ich grinse und dann setze ich mein Vorhaben in die Tat um. Und verdammt fühlt sich das gut an. Isaac schmeckt nach einem erfüllten Leben.

Kapitel 15

Kurz bevor ich von der Arbeit losfahren will, klingelt mein Telefon. Als ich sehe, dass es Isaac ist, schwant mir Böses. Wieso sollte er mich anrufen, wenn wir uns in gut einer Stunde sehen?

»Jaaa?«

»Hi Phi. Mir ist leider etwas dazwischen gekommen. Also heute können wir uns nicht mehr sehen. Aber morgen!«

»Was ist denn dazwischen gekommen?«, frage ich verwundert.

Isaac seufzt. »Meine Schwester. Ihr Babysitter ist ausgefallen und sie findet so schnell keinen neuen. Sie und ihr Mann haben sich schon ewig auf das Konzert gefreut, deswegen kann ich sie nicht hängen lassen.«

»Na klar, das verstehe ich. Wie alt sind denn die beiden?«

»Vier und sechs.« Er klingt leicht gequält dabei.

Ich lache. »Alles in Ordnung?«

»Man kann Kinder in dem Alter nicht so leicht kaputt machen, oder?«

Nun lache ich noch lauter, auch wenn ich versuche, es rechtzeitig mit der vorgehaltenen Hand zu ersticken. »*Kaputt* machen?! Was hast du denn mit ihnen vor?«

»Keine Ahnung, ich war noch nie mit ihnen allein. Was, wenn sie vollkommen durchdrehen, wenn Marie nicht mehr in Sichtweite ist und ich es nicht schaffe, sie zu beruhigen?« Er klingt tatsächlich ängstlich. Niedlich. Ein Schwerverbrecher mit Knarre? Kein Problem. Zwei kleine Kinder? Ausnahmezustand.

»Isaac, es ist keine Raketenwissenschaft. Sie werden nicht zu Monstern mutieren, sobald deine Schwester nicht mehr da ist.«

»Oh, Kinder können sehr wohl zu kleinen Monstern mutieren. Ich weiß das, ich war selbst eins. Und ein paar Gene davon haben die beiden auch abbekommen. Bleibt nur zu hoffen, dass sie nicht dominant sind.«

Ich kichere. »Soll ich trotzdem vorbeikommen und dir helfen? Es ist zwar schon eine Weile her, dass ich mich um Kinder in diesem Alter gekümmert habe, aber ich glaube, so etwas verlernt man nicht.«

Es bleibt eine Weile still am Telefon und ich frage mich nicht zum ersten Mal, was in seinem Kopf vor sich geht.

»Würdest du das tun?«

Ich zucke mit den Schultern, auch wenn ich mir bewusst darüber bin, dass er das nicht sehen kann. »Klar.« Ich habe ohnehin nichts anderes geplant, als zu Isaac zu fahren, dann kann ich auch zu ihm fahren, wenn er bei seiner Schwester ist.

»Das würde mich wirklich sehr freuen.«

Er klingt förmlicher als sonst und ich frage mich, ob das Isaacs Art ist, sich demütig zu bedanken.

»Weil du dann nicht allein verantwortlich bist, wenn die Kinder kaputt gehen?«

»Kein Kommentar.«

Ich gebe die Adresse in mein Navi ein, die Isaac mir durchgibt. Seine Schwester wohnt an einem anderen Ende von Paxdale als ich oder Isaac, dennoch finde ich mich schnell zurecht. Optisch sieht es aus wie überall in der Stadt, sobald man den Kern verlässt: nette Einfamilienhäuser.

Schon nach dem ersten Klingeln, reißt er die Tür auf. »Sie gucken gerade Fernsehen«, raunt er mir zu, als hätte er Angst, dass seine Stimme sie aus ihrem momentanen Zustand reißen könnte. Wie eine Bombe, die bei leisester Erschütterung losgeht.

»Was gucken die beiden denn?«

»Irgendeinen Hannibal-Lector-Film.«

Entsetzt sehe ich ihn an, bis mir das verräterische Zucken an seinem Mundwinkel auffällt.

»Also wirklich, für einen Moment habe ich dir das geglaubt!«, sage ich und haue ihn spielerisch gegen den Arm.

»Ich weiß, deswegen konnte ich nicht widerstehen. Wer weiß was passiert wäre, wenn mir Marie nicht genau aufgeschrieben hätte, was sie schauen dürfen.«

Offenbar kennt Marie ihren Bruder recht gut. Schmunzelnd streife ich mir die Schuhe ab und sehe mich dabei unauffällig um. An den Wänden des Flurs hängen Familienbilder, auch welche von Isaac, auf denen er jünger ist. Seine Schwester sieht ihm überhaupt nicht ähnlich. Sie hat dunkelblonde Haare, dafür braune Augen. Wenn man die Augen zusammenkneift, kann man sich einreden, dass Nase und Mund sich ein bisschen gleichen. Es hängen auch Bilder von ihren Eltern dort, zum Beispiel von Maries Abschlussball und auf denen erkennt man eindeutig, von wem sie was geerbt haben.

Isaac führt mich ins Wohnzimmer, wo zwei Kinder auf der Couch lümmeln und sich einen Trickfilm anschauen. Ich kenne den Disneyfilm, den es schon zu meiner Zeit gegeben hat, und lasse ihnen die letzten fünf Minuten.

»Hey, darf ich euch Phi vorstellen? Sie ist eine Freundin von mir«, sagt Isaac, als der Abspann läuft.

Die beiden drehen ihre Köpfe zu mir. Beide haben blonde Haare und braune Knopfaugen. Das Mädchen ist die Ältere, ihre Haare sind glatt und lang, bei dem Jungen sieht man ein paar Wellen und angedeutete Locken, als könnten sich seine Haare noch nicht entscheiden, welche Struktur sie mal haben wollen.

»Phi, das sind Ian und Paula.«

»Hallo Phi«, sagen die beiden und schütteln mir die Hand. Beide wirken schüchtern, während Ian sich hinter seiner Schwester versteckt, mustert Paula mich verhalten neugierig. Sie sind so goldig, ich weiß wirklich nicht, wie Isaac darauf kommt, dass da irgendwo ein Monsterchen drinstecken könnte.

Isaac sieht auf einen Zettel. »So, da muss jemand jetzt bettfertig gemacht werden.«

Offensichtlich ist es der Spickzettel, dem ihm seine Schwester geschrieben hat.

»Ian muss ins Bett, ich darf eine Stunde länger!«, sagt Paula sofort.

Ian sieht sogleich ziemlich enttäuscht aus, obwohl ihm diese Info nicht neu sein dürfte.

»Komm, wir machen uns ganz viel Spaß im Bad«, sage ich zu dem Vierjährigen. »Zeigst du mir mal, wie lange du Zähne putzen kannst?«

Ian strahlt über das ganze Gesicht. »Total lange!«

»Echt? Also das musst du mir beweisen.«

Ich strecke meine Hand nach ihm aus und er ergreift sie. Seine Schüchternheit ist schneller überwunden, als ich es erwartet hätte.

»Das Bad ist die Treppe rauf rechts«, souffliert mir Isaac, bevor ich mich auf den Weg machen kann, greift Paula nach meiner anderen Hand.

»Liest du mir nachher was vor?«, fragt sie.

»Klar.« Ich nicke. »Wenn du willst.«

Und dann grinst auch sie mich an. Sie teilen wirklich gewisse Gene mit Isaac, denn sie alle haben die Gabe, dass man sie innerhalb kürzester Zeit ins Herz schließt.

Isaac und ich sinken erschöpft auf die Couch, obwohl die Kinderbetreuung wie am Schnürchen gelaufen ist. Wir hatten eine kurze außerplanmäßige Wasserschlacht im Bad, aber nun sind keine Spuren mehr davon zu sehen, außer vielleicht, dass das Bad etwas sauberer ist als vorher. Dann haben Isaac und ich Paula etwas vorgelesen, mit wechselnden Rollen und verstellten Stimmen, das ganze Programm. Wobei ich am liebsten die Augen geschlossen und mich neben Paula gelegt hätte, um nur Isaacs Stimme zu lauschen.

»Du musst mir auch mal etwas vorlesen«, platzt es aus mir heraus.

Isaac lacht. »Was? Wieso? Du konntest das doch ganz gut alleine.«

»Ich höre dir so gerne zu«, gestehe ich und kuschle mich an ihn. Seine Wärme. Sein Geruch. Mehr brauche ich nicht, um mich wohlzufühlen.

»Tust du das, ja?« Seine Lippen streifen über meine Schläfe.

»Mhm. Manchmal, wenn wir telefonieren, höre ich dir kaum zu, aber ich könnte dir stundenlang lauschen.«

Ups. Habe ich das gerade wirklich gesagt?

»Das merke ich mir. Aber weißt du was? Manchmal, wenn du da bist, stelle ich mir dich nackt vor und dann höre ich dir auch nicht mehr so gut zu.«

Ich kuschle mich enger. »Das ist in Ordnung, dann sind wir ja quitt.«

»Phi?«

»Mh?«

»Danke, dass du gekommen bist. Ich bin zwar aus unerfindlichen Gründen total erledigt, aber der Abend war schön.«

»Fand ich auch.«

»Und ich hoffe ... ich hoffe du weißt, dass ich dich gerne hier habe, nicht nur, weil du mir mit den Kindern geholfen hast.«

Ich blinzle und schaue ihn nun doch an. »Geht es immer noch um die Sache bei mir zuhause? Isaac, ich habe angeboten zu helfen, das ist kein Ausnutzen. Und meine Familie nutzt mich auch nicht aus.«

»Ich weiß. Tut mir leid.«

Meine Finger zeichnen Kreise über seinem T-Shirt. Erst unbewusst, bis seine Muskeln sich dabei anspannen und ich habe große Lust, ohne T-Shirt weiterzumachen. Doch wir sind immer noch auf der Couch seiner Schwester, also bleibe ich jugendfrei.

»Ich habe letzte Woche viel darüber nachgedacht. Ich glaube, ich habe immer überall versucht, meinen Nutzen zu beweisen. Dabei schätze ich ... dass die Leute mich auch so mögen würden?«

Ich schaffe es nicht, den letzten Satz nicht als Frage zu formulieren. Denn ich weiß es einfach nicht. Meine engsten Freunde sind meine Arbeitskollegen, also sind sie von meinem Nutzen abhängig.

»Die, die es nicht tun, sind es nicht wert.«

Das sagt sich einfacher, als dass es wirklich im Herzen ankommt. Aber das ist ein Punkt auf meiner neuen Optimierungsliste. Statt zu versuchen, ein besserer Mensch zu werden, möchte ich erst einmal herauszufinden, was für ein Mensch ich überhaupt bin. Und vermutlich wird nicht jeder diesen Menschen leiden können und das wird hart. Ich werde Dinge sagen und tun, die einigen nicht passen. Und das gefällt mir schon jetzt nicht. Aber Isaac hat recht, das ist es wert, das habe ich jetzt begriffen.

»Es gibt noch so viele Dinge, die ich dir sagen will«, murmelt Isaac. Ich schiele zu ihm hoch und sehe, dass sein Blick irgendwo ins Nichts geht, als sei er gedanklich gerade woanders.

Doch dann reißt das Türklappen uns beide aus unseren Gedanken. Wie ertappt fahren wir auseinander, dabei waren in keiner verfänglichen Position. Trotzdem bringt Isaac Abstand zwischen uns, indem er auf der Couch ein wenig nach rechts rutscht. Ich höre die Stimmen von zwei Erwachsenen, kurz darauf stehen schon Marie und ihr Mann im Wohnzimmer.

»Huch«, sagt Marie, als sie mich erblickt. Sie sieht genauso schön aus wie auf ihren Hochzeitsfotos, auch wenn sie jetzt ein blaues Kleid trägt. »Du bist definitiv keins meiner Kinder, oder waren wir länger weg als gedacht?«

Ich grinse und reiche ihr die Hand. »Ich bin Phi, ich habe Isaac ein wenig ausgeholfen.«

Marie ergreift meine Hand und schüttelt sie herzlich. Dabei schaut sie an mir vorbei zu ihrem Bruder. »Du bist so ein Feigling, Is. Es sind nur Kinder!«

Ich schüttle auch ihrem Mann die Hand. »Sie schlafen bestimmt schon, oder?«, fragt er uns und ich bejahe. Daraufhin schleicht er die Treppen hoch.

Marie verdreht die Augen, sobald er außer Sichtweite ist. »Ich weiß genau, wie die Sache ausgeht«, sagt sie. »Er kann nicht widerstehen, sie zu wecken, um ihnen Gute Nacht zu sagen, daraufhin überreden sie ihn zu einer Geschichte und wenn ich mich einmische, heißt es, es ist ja Freitag, da können die Kinder ruhig länger aufbleiben.«

Ich muss lächeln. Auch wenn sie sich gerade theoretisch über ihn beschwert, hört man dennoch die Liebe aus jedem Wort heraus. Die beiden sind ein tolles Paar.

»Phi und ich werden uns auf den Weg machen«, teilt Isaac seiner Schwester mit. Ich spüre, wie er relativ dicht hinter mir steht, als hätte ich bereits einen extra Sinn für ihn entwickelt.

»Na klar, eure Pflicht ist getan. Aber lasst uns irgendwann zu etwas treffen, das speziell für Erwachsene ist. Ich denke an Wein.«

»Das klingt gut«, meine ich und frage mich gleichzeitig, ob ich nicht vorschnell reagiert habe. Auch wenn Isaac dazu bereit war, meine Familie kennenzulernen, weiß ich nicht, ob er schon so weit ist, mich offiziell seiner vorzustellen.

»Wir verabreden mal was«, sagt Isaac und drückt Marie einen Kuss auf die Wange.

Ich gehe bereits vor in den Flur, da fragt Marie Isaac noch, ob er ihr bei etwas helfen kann. »Es dauert auch nicht lang.«

Isaac wirft mir einen Blick zu, aber ich nicke nur. Ich ziehe mir die Schuhe an und lehne mich dann gegen die Flurwand, um auf Isaac zu warten.

Es braucht nicht lange, da höre ich durch die halb angelehnte Tür Isaacs und Maries Stimmen wieder im Wohnzimmer.

»Warum stellst du es auch so hoch, wenn du eh nicht rankommst?«, fragt er.

»Pfff, ich habe das da nicht hochgestellt, wahrscheinlich warst du das, als wir umgezogen sind.«

»Und du hast keinen einzigen Hocker?«

»Brauche ich nicht, ich habe einen großen kleinen Bruder.«

Die Stimmen kommen näher und ich stoße mich von der Wand ab. So nett es hier auch ist, ich kann es kaum abwarten, Isaac in seinen eigenen vier Wänden zwischen die Finger zu bekommen.

»Wer ist eigentlich diese Phi?«, fragt Marie und mir wird schlagartig klar: Ich hätte draußen warten sollen, zum Beispiel in meinem Auto.

Ich schiele zur Haustür. Ich könnte mich unbemerkt rausschleichen, das wäre kein Problem und vermutlich für alle angenehmer. Aber meine brennende Neugier hält mich wie ein Lasso zurück, dass sich glühend und unerbittlich um mich geschlungen hat. Ich muss einfach hören, was Isaac darauf antwortet.

»Was meinst du? Phi ist Phi.«

Ich verdrehe die Augen und kann mir ziemlich gut vorstellen, dass Marie das auch tut. Es passt zumindest zu dem ungeduldigen Ton, den sie anschlägt.

»Jetzt tu nicht auf ahnungslos, Is. Ich bin nicht blöd und sehe, wie ihr euch anschaut. Ist sie jemand Besonderes in deinem Leben?«

Mit angehaltenem Atem und wild klopfendem Herzen warte ich ab.

»Jetzt mach kein großes Fass auf, Marie, sie ist nur eine Freundin.«

Seine Worte treffen mich wie ein Peitschenhieb. Ich taste nach der Klinke der Haustür und drücke sie so langsam wie möglich herunter, um keine verräterischen Geräusche zu machen. Das Wesentliche habe ich gehört und ich brauche nun definitiv frische Luft.

Wie in Trance laufe ich zu meinem Auto und setze mich hinter das Lenkrad, während sich in meinem Kopf Isaacs Antwort in einer Dauerschleife wiederholt.

Ich sage mir, dass das nichts zu bedeuten hat, dass das nichts zwischen uns ändert, aber es fühlt sich anders an.

Wir haben noch nicht geklärt, wie unser offizieller Status inzwischen aussieht, da kann ich schlecht verlangen, dass er mich ausgerechnet vor seiner Schwester seine Freundin nennt, oder? Ich selbst habe ihn meiner Familie nur unter seinen Namen vorgestellt, ohne irgendwelche Betitelungen. Und dennoch ... es liegt daran, wie Marie die Frage formuliert hat. Auch wenn ich nicht offiziell seine Freundin bin, so will ich trotzdem etwas Besonderes für ihn sein. Aber ich bin *nur* eine Freundin. Dieses eine kleine, winzige, unbedeutende Wort schneidet sich in meine Eingeweide wie ein in Säure getränktes Messer.

Mein Kopf fährt hoch, als die Tür aufgeht. Isaac kommt mit beschwingtem Schritt heraus und grinst breit, als er mich entdeckt. Für einen Moment habe ich ein schlechtes Gewissen, weil sich für ihn nichts verändert hat. Er hat keine Ahnung, wie es gerade in mir drin aussieht und ich überlege, inwiefern ich es ihn überhaupt wissen lassen soll.

Er steigt in sein eigenes Auto und fährt vor. Ich lasse ihm etwas Abstand, ehe ich meinen Motor starte. Ich will nicht, dass er meinen Gesichtsausdruck durch den Rückspiegel analysiert.

Im Schneckentempo zuckle ich die vertrauten Straßen von Paxdale entlang. Wie kann ich mich in Isaacs Armen als die besonderste Frau der Welt fühlen, während er mich gleichzeitig vor seiner Schwester lapidar leugnet? Ich habe gerade das Gefühl, eine vollkommen andere Seite an Isaac entdeckt zu haben. Als wäre alles eine Lüge, wenn wir zusammen sind. Dabei fühlt es sich so echt an wie noch nie und jedes Wort aus seinem Mund scheint absolut ehrlich zu sein. Das ist immerhin auch der Deal. Aber Marie und Isaac wirken so vertraut miteinander, ich verstehe nicht, wieso er sie anlügen sollte.

Trotz meines Bummelfahrstils stehe ich bald vor Isaacs Haus. Innen brennt schon das Licht, er wartet auf mich. Ich überlege, was ich tun soll. Mir schießen lächerliche Lösungsvorschläge durch den Kopf, wie so zu tun, als würde ich eine Erkältung ausbrüten und mich bei meiner Familie einnisten. Und am besten sage ich es nicht mal persönlich, sondern schicke eine Textnachricht, sonst durchschaut er mich sofort. Tut er vermutlich sowieso.

Seufzend lehne ich mich zurück, meine Finger tänzeln nervös über das Lenkrad. Ich weiß, was passiert, wenn ich da reingehe. Ich werde alle Sorgen beiseiteschieben, sobald ich ihn sehe, rieche, schmecke. Nach dieser Wirkung sehne ich mich sogar. Ich will die lästigen Gefühle auf Eis legen und nur den Moment genießen. Auch wenn ich mich mit ihnen rumplagen werde, sobald er weg ist.

Schließlich steige ich aus und gehe langsam auf Isaacs Haus zu. Ich werde es dem Schicksal überlassen, ob Isaac merkt, dass mir etwas durch den Kopf geht oder nicht.

Kaum trete ich durch die Tür, reißt Isaac mich in seine Arme und wirbelt mich herum. Ich glaube, er hat jetzt einen Schuhabdruck von mir an seiner Wand, aber er hat nur Augen für mich, die sich glimmend und hungrig auf mich richten. Mein Herz macht einen heftigen Sprung und wirft alle Zweifel mit Freuden über Bord. Da ist nur noch ein lästiger Post-It-Zettel, der irgendwo in meinen hintersten Gedanken haften bleibt und mich leise daran erinnert, dass Isaac nicht dasselbe fühlen könnte wie ich.

Isaac streicht mir über die Haare, bis er schließlich seine Finger darin vergräbt. Die besitzergreifende Geste steht im starken Kontrast zu den federleichten Küssen, mit denen er mein Gesicht überdeckt.

»Weißt du eigentlich, wie sexy du heute wieder aussiehst?«, fragt er mich leise raunend.

Ich lache auf. Ich trage eine alte ausgewaschene Jeans, ein schlabbriges T-Shirt und die Wasserschlacht mit den Kindern hat ihr übriges zu meinem derangierten Aussehen beigetragen.

»Lach nicht, ich meine das vollkommen ernst.« Er küsst meinen linken Mundwinkel, dann meinen rechten. Seine großen, kräftigen Hände gleiten unter mein Shirt und jagen angenehme Schauer über mein Rückgrat. »Ich weiß nicht, was es ist. Vielleicht weil du so wunderbar mit den Kindern umgegangen bist. Vielleicht war es auch diese erotische Stimme von Prinzessin Blueberry.«

Ich kichere und haue ihm gegen die Brust. Na ja, eigentlich lege ich nur meine Hand auf seine Brust und lasse sie da. Verkralle mich in seinem Shirt und ziehe ihn noch näher.

Es ist nicht möglich, dass er so was sagt und nicht auch so meint, oder? Oder dass er es so meint, aber nichts für mich empfindet?

»Was stellst du nur mit mir an, Phi?«, fragt er ganz dicht an meinem Ohr. Seine Stimme klingt tief und kratzig und beinahe atemlos und das ist der Punkt, wo sich mein Gehirn vollkommen verabschiedet und meinem Körper die Führung überlässt.

»Ich weiß nicht?«, frage ich ihn bestimmt genauso atemlos, während mein Mund an seiner Haut entlangwandert. »Was stelle ich denn mit dir an?«

»Ich werde es dir zeigen.«

Oh ja. Bitte.

Kapitel 16

Ich komme mir ein wenig heuchlerisch vor, als ich mit Kuchen vor dem Polizeirevier aus dem Wagen steige. Aber ich dachte mir: Isaac hat mich bereits von der Arbeit abgeholt, dann kann ich auch dasselbe für ihn tun.

Was mache ich mir vor? Ich bin neugierig darauf, wie er mich seinen Kollegen vorstellt. Und nebenbei habe ich einen Kuchen dabei, um sicher zu stellen, dass jeder mich mag. Inzwischen halte ich das nicht mehr für eine gute Idee, mit dem Kuchen und dem Sommerkleid sehe ich wahrscheinlich aus, als sei ich geradewegs aus Stepford gestolpert.

Ich schraube mir ein dazu passendes Lächeln aufs Gesicht und betrete das Revier. Ich war erst einmal hier, weil Joshuas Fahrrad geklaut wurde, von dem wir später festgestellt haben, dass er nur vergessen hat, wo er es abgestellt hatte. Es ist ein flacher Bau und lässt sich leicht überblicken, weswegen ich davon ausgehe, dass ich Isaac finden werde, zumal ich weiß, dass er bald Schichtende hat.

Ich entdecke ihn auch ziemlich schnell. Er steht bei einem Kollegen am Tisch, der kaum älter aussieht als Justin und nach so gut wie jedem von Isaacs Sätzen eifrig nickt. Vor ihnen sitzt ein Mann, von dem ich nur den Rücken erkennen kann, aber seine Kleidung ist schmuddelig und seine Haare sehen aus, als wären sie ein Jahr lang nicht gewaschen worden.

Ich schlucke noch einmal meine Unsicherheit herunter. Das hier ist Isaacs Revier. Im wahrsten Sinne des Wortes. Vermutlich sollte ich nicht einfach hereinspazieren.

Da hebt er den Kopf und sofort breitet sich ein Lächeln auf seinem Gesicht aus, sodass ich meine Unsicherheit einfach beiseiteschiebe. Genau wie nach dem Abend bei seiner Schwester. Ich gebe mir einen Ruck und gehe weiter auf ihn zu. Inzwischen habe ich das Gefühl, alle Blicke sind auf mich gerichtet. So habe ich mir das nicht vorgestellt.

»Hi. Ich wollte dich überraschen«, sage ich. Ich würde mir zu gerne die Haarsträhne hinters Ohr streichen. Sie hängt mir zwar nicht direkt ins Gesicht, aber das ist wohl so ein Tick von mir, wenn ich nervös bin.

»Ich bin überrascht. Das ist dir also gelungen.«

Ich deute ein Lächeln an, während ich noch versuche herauszufinden, ob er positiv oder negativ überrascht ist.

»Stanson, kriegst du das hin, seine Personalien allein aufzunehmen? Zumindest so viel, wie er dir freiwillig sagt.«

»Klar, auf jeden Fall! Das ist überhaupt kein Problem, Mr De Laurentiis.« Stanson überschlägt sich fast mit seiner Motivation.

»Gut. Falls du Probleme hast, frag bitte einen Kollegen. Chief Rodgers bringt ihn danach persönlich in seine Zelle.«

Bei *Zelle* zucke ich kurz zusammen und ich werfe einen Blick zurück auf den Mann. Schmutziges Gesicht, eingefallene Wangen, der Blick wirkt leicht vernebelt. Eigentlich keine Gestalt, wie man sie oft in Paxdale sieht.

Kurz darauf richte ich meine Aufmerksamkeit wieder nach vorne. Isaac ist nur ein paar Schritte weitergegangen, offenbar ist das hier sein Schreibtisch. Nichts Persönliches darauf verrät das. Nun ja, ein eingerahmtes Pärchenfoto von uns wäre auch zu viel verlangt.

»Ich hätte hier nicht so reinplatzen dürfen, oder?«, frage ich ihn leise, weil ich das Gefühl habe, dass jeder uns belauscht, auch wenn alle geschäftig tun.

»Du bist nicht reingeplatzt, du bist in normaler Lautstärke zur Tür hereingekommen«, sagt Isaac schmunzelnd. Er schielt auf den Kuchen. »Was ist das für einer?«

»Käsekuchen. Ohne Rosinen aber mit Erdbeeren oben drauf.«

»Ich nehme an, nicht der ganze Kuchen ist für mich?«

»Du darfst ihn mit deinen Kollegen teilen, wenn du magst.«

Isaac setzt gerade zu einer Erwiderung an, als ich nach hinten gerissen werde. Der Kuchen gleitet mir aus den Händen und klatscht auf den Boden. Für einen Moment bedaure ich seinen Verlust. Von hinten werde ich an jemanden gepresst. Ich will mich aus seiner Umklammerung befreien, aber sie bleibt eisern. Der Unterarm drückt gegen meine Kehle, ein säuerlich unangenehmer Geruch hüllt mich ein und langsam wird mir klar, dass es kein Versehen war. Ich spüre Metall an meiner Schläfe. Ich sehe zu Isaac und erkenne das pure Entsetzen in seiner Mimik. Und erst da wird mir klar, dass ich wirklich in Schwierigkeiten stecke. Und was das an meiner Schläfe ist.

Eine Waffe.

Ich habe eine Waffe an meinem Kopf.

Ich höre auf zu zappeln, es ist, als würde alles an mir erstarren, weil die Verbindungen zu meinem Gehirn gekappt wurden. Atmen, erinnere ich mich. Versuche, wenigstens zu atmen. Nur ein bisschen.

»So ist gut, Mädchen. Mach keine falsche Bewegung«, zischt eine Stimme in mein Ohr. Gänsehaut überzieht meinen Körper.

Ich werde weiter nach hinten gezogen. Weiter weg von Isaac. Ich will nicht. Ich will bei ihm bleiben. Jeder Zentimeter weiter weg heißt weniger Sicherheit.

»Ich gehe jetzt zur Tür und keiner von euch Scheißbullen wird mich aufhalten, ansonsten verteile ich den Inhalt ihres hübschen Kopfes.«

Entsetzt schnappe ich nach Luft. Er hätte das ruhig weniger grafisch ausmalen können. Mein Zittern wird stärker.

Wir bewegen uns weiter nach hinten. Ich versuche, dagegen zu halten, ohne, dass es als Gegenwehr gelten könnte, denn ich möchte diesen Typen wirklich nicht provozieren. Ich muss mich wahnsinnig konzentrieren, um beim Rückwärtsgehen nicht zu stolpern. Am liebsten würde ich mich gar nicht mehr bewegen, sondern in meiner Schockstarre verharren, aber die Angst bringt mich dazu, einen Schritt nach dem anderen zu setzen. Auch mein Geiselnehmer hat keine ruhige Hand, das Metall an meiner Schläfe bohrt sich so hart dagegen, dass ich jede Bewegung davon merke. Ich habe keine Ahnung, ob das Ding entsichert ist. Ich habe keine Ahnung, wie groß die Erschütterung sein muss, bis der Auslöser losgeht. Um mein Leben auszulöschen.

Statt mein bisheriges Leben im Schnelldurchlauf zu erleben, sehe ich, wie ein Polizist meiner Mutter die traurige Nachricht überbringt. Wie meine Freunde und Verwandte an meinem Grab stehen.

Und dann sehe ich wieder Isaac vor mir. Sein Gesichtsausdruck ist von Entsetzen zu Entschlossenheit gewechselt. Seine Hand wandert zu seiner Hüfte und er holt seine eigene Pistole hervor.

Es durchfährt mich heiß und kalt. Ob das eine gute Idee ist? Was, wenn ihn das zu nervös macht? Aber Isaacs Bewegungen sind unaufgeregt. Nur sein starrer Gesichtsausdruck verrät, dass er konzentriert und angespannt ist.

»Stickley, du kommst hier nicht raus«, ruft er dem Geiselnehmer zu. »Die Frage ist nur, ob du kooperierst oder einen Kopfschuss riskieren willst.«

Inzwischen hat er die Waffe direkt auf mich gerichtet. Zusätzlich zu der an meinem Kopf blicke ich jetzt noch in den Lauf einer anderen. Mein Körper ist kurz davor zu kollabieren. Ein wenig hoffe ich darauf, ohnmächtig zu werden. Selbst wenn ich dann sterbe, bekomme ich wenigstens nichts davon mit.

Die Kanten der Waffe drücken sich stärker an meine Schläfe. »Dann stirbt sie auch.«

Isaac deutet ein Schulterzucken an. »Dann heißt es nicht nur bewaffneter Raubüberfall, sondern auch Mord in der Anklageschrift. Ich habe nichts dagegen, wenn du so lange hinter Gittern kommst wie möglich. Wer weiß? Vielleicht ist sogar die Todesstrafe drin.«

Er blufft. Ich weiß, dass er blufft. Trotzdem läuft es mir eiskalt den Rücken herunter.

»Du lügst! Du willst genauso wenig, dass ich ihr die Birne wegschieße!« Stickley fuchtelt mit der Pistole in Isaacs Richtung und ich halte die Luft an. Ich weiß, dass seine normale Dienstkleidung keine kugelsichere Weste beinhaltet, ich durfte sie ihm bereits ausziehen.

Etwas Schweres knallt gegen mich. Mit einem Aufschrei falle ich zu Boden und schlage hart auf. Der Arm auf meiner Kehle wird weggerissen und ich robbe von dem säuerlichen Geruch weg. Chaos ist ausgebrochen. Ich wage einen Blick zurück und sehe, wie eine Kollegin von Isaac auf Stickley kniet und ihm Handschellen anlegt. Ein anderer bringt die Waffe schnell aus seiner Reichweite.

Jemand zerrt mich hoch. Ich kreische auf und will um mich schlagen, dann registriere ich den Geruch nach Wald. *Isaac.* Ich bin in Sicherheit. Ich sacke gegen ihn, als mich auf einmal sämtliche Körperspannung verlässt, aber er hält mich so fest, dass ich nicht umfallen kann. Meine Finger krallen sich in sein Hemd, während ich hemmungslos schluchze.

Immer wieder streicht er mir über Haar und Rücken und murmelt beruhigende Worte, deren Bedeutung ich instinktiv wahrnehme. Alles ist gut. Oder wird es zumindest werden.

Hinter mir herrscht immer noch Trubel, als wäre das Revier plötzlich doppelt so voll.

»Wo hat er die Waffe her?«, brüllt eine ältere Männerstimme über alle anderen hinweg.

»Es ... es tut mir leid, Sir ... ich ... ich hab ihm die Handschellen abgenommen, damit er schreiben kann, und da hat er sich meine geschnappt ...«

»Sie sind umgehend suspendiert, Stanson, wir sprechen uns später noch.«

Bei der Härte der Worte zucke ich zusammen.

»Ich bringe dich jetzt nach Hause«, dringt Isaacs Stimme zu mir durch.

Es tut so gut, sein Gesicht zu sehen, auch wenn sich eine Falte zwischen seine Augenbrauen gebohrt hat, die sonst nicht da ist.

»Zu dir nach Hause?«

»Ja, das meinte ich. Es sei denn, du willst zu dir. Wohin du willst.«

Ich schüttle den Kopf. »Nein, ich will zu dir.« Meine Stimme klingt schwach, aber Isaac versteht mich und nickt.

Bis nach Phoenix ist es mir viel zu weit und zu meiner Familie kann ich nicht. Sie würden Fragen stellen, was passiert ist und sich Sorgen machen und nichts davon kann ich gerade ertragen.

»Okay, Baby, dann bringe ich dich weg.« Seine Arme schieben sich unter meinen Körper. Bereitwillig schlinge ich meine Arme um seinen Hals und vergrabe das Gesicht an seiner Halsbeuge. Es ist mir ein wenig peinlich, dass Isaac den starken Helden für mich spielen muss, gleichzeitig bin ich froh darüber. Isaac bringt mich innerhalb von einer Minute zu seinem Auto und lässt mich dort auf den Beifahrersitz gleiten. Ein Lächeln huscht kurz über mein Gesicht, als er mich sogar anschnallt. Doch als er sich auf den Fahrersitz niedergelassen und die Tür hinter sich geschlossen hat, bleibt er bewegungslos hinter dem Lenkrad sitzen. Ausdruckslos starrt er nach vorne.

»Isaac?«

Er schaut zu mir, aber ich habe das Gefühl, er schaut direkt durch mich hindurch. Das macht mir Angst, denn das bin ich von ihm nicht gewohnt.

»Vermutlich sollte ich dich zu einem Arzt bringen, oder? Du hast bestimmt einen Schock.« Seine Stimmlage erinnert mich daran, wie er geklungen hat, als er nicht so recht wusste, wie er mit den Kindern umgehen soll, nur zehnfach verstärkt. Ich begreife, dass es Unsicherheit ist. Er weiß nicht, was er tun soll, nur diesmal weiß ich es auch nicht.

Ich horche in mich hinein. Ich fühle mich seltsam taub, als hätte sich mein Geist von meinem Körper gelöst und wäre nicht wieder richtig angewachsen. Ist das ein Schock? Möglicherweise. Aber ich will in vier Wände, die mir einigermaßen vertraut sind. Und mit denen ich positive Sachen verbinde. Ich habe Angst davor, dass die vier Wände nicht bewirken, was ich mir von ihnen erhoffe – nämlich, dass ich mich wieder wie ich selbst fühle – und daraufhin in Panik gerate.

»Ich will wirklich zu dir«, sage ich mit Nachdruck.

Isaac nickt, es wirkt seltsam verzögert und ich frage mich, ob wir nicht beide unter Schock stehen. Routiniert greift er zum Schlüssel und startet den Motor. Schweigend fahren wir bis zu seinem Haus, das nicht weit von seiner Arbeitsstelle entfernt liegt. Ebenso schweigend gehen wir ins Haus und wie mechanisch setzen wir uns auf seine Couch.

Nichts hier hat sich verändert, alles ist noch genauso wie beim letzten Mal. Trotzdem ist alles so ... seltsam.

Isaacs Hosen sind bekleckert mit irgendwelchem Zeug und langsam wird mir klar, dass es Reste des Kuchens sind, den ich habe fallen lassen, vor ungefähr drei Leben.

»Ich hätte helfen sollen, den Kuchen aufzuwischen.«

»Darüber mach dir mal keine Gedanken.«

Ehrlich gesagt mache ich mir lieber darüber Gedanken als über alles andere. Ich sehe zu Isaac, weil sein Anblick immer ein guter Anker für mich ist. Aber der leere Blick macht es schlimmer, weil es sich anfühlt, als sei er direkt neben mir und doch unendlich weit weg.

Als hätte man einen Schalter in ihm umgelegt, fängt er an zu zittern. Und plötzlich ist es, als würde mich eine Welle der Zuneigung übergießen, als würden in einem Schlag alle meine Gefühle wiederkehren. Ich bin überwältigt und gleichzeitig erleichtert, weil ich Angst davor hatte, mich auf ewig so abgekapselt zu fühlen. Aber Isaac ist da und auch wenn er mein persönlicher Held ist und es immer bleiben wird, ist er auch nur ein Mensch.

Ich schlinge meinen Arm um ihn und halte ihn ganz fest. Sein Zittern geht auf mich über.

»Scheiße Phi, was wenn ...«

»Pscht.« Ich unterbreche ihn. Kein Was-wäre-wenn. Ich bin hier und ich lebe und mir ist nichts passiert.

Ich nehme sein Gesicht in meine Hände und übersäe ihn mit Küssen, bis ich das Gefühl habe, dass er gedanklich wieder bei mir ist, im Hier und Jetzt.

»Ich habe noch nie auf jemanden geschossen.«

»Hast du diesmal auch nicht.«

Endlich wendet er mir sein Gesicht vollkommen zu, sein Blick ist immer noch starr. »Aber ich hätte. Ich hätte ihn noch ein paar Mal gewarnt und wenn ich dann die Gelegenheit bekommen hätte, ohne dich zu verletzen ...«

Ich schlucke und unterdrücke einen Schauer. Ich bin froh, dass es nicht so weit gekommen ist.

»Ich bin Polizist geworden, um Menschen zu beschützen und nicht, um sie zu erschießen ...«

Ich verschränke meine Finger mit seinen, damit er mir nicht wieder entgleitet. Ich brauche ihn hier bei mir. »Erzähl mir davon, wie du Polizist geworden bist.«

Ein Lächeln huscht über sein Gesicht, das mein Herz erwärmt. Ich kuschle mich enger an ihn.

»Eigentlich war das kein konkreter Berufswunsch. Aber nach der Schule hing ich furchtbar in der Luft, ich hab nur Scheiße gebaut und dachte irgendwann: Okay, wenn du nicht so weiter machen willst, musst du entweder zum Militär oder zur Polizei. Irgendwohin, wo dir Disziplin beigebracht wird.«

Ich bewundere, dass er von sich aus die Notbremse gezogen hat. Das schaffen die wenigsten.

»Ich habe mich dann für die Polizei entschieden, vermutlich erschien es mir als das geringere Übel. Und dann ... keine Ahnung, hat es irgendwie *klick* gemacht. Es war voll mein Ding, ich habe plötzlich Bedeutung für mein Leben gefunden, ohne, dass ich danach gesucht habe. Ich wusste, das ist es, was ich machen will.«

Es fällt mir nicht schwer, mir das vorzustellen. Selbst ohne Uniform scheint das Wort *Polizist* quasi auf Isaacs Stirn zu stehen. Er ist der Erste, der sich irgendwo dazwischen wirft.

»Vielleicht ist es die Verantwortung, die mir so gutgetan hat. Ich hatte nie zuvor Verantwortung. Meine Schwester war die Große und meine Eltern hatten nach der Scheidung so ein schlechtes Gewissen, dass sie mir alles durchgehen ließen.«

»Und weißt du was? Du bist ein toller Polizist.« Ich halte es nicht länger aus und rutsche auf seinen Schoß. Ich spüre seinen Körper an meinem und ergötze mich an der Wärme, die er ausstrahlt.

Aber Isaac hält mich an den Oberarmen fest und hält mich auf Abstand. »Heute habe ich Mist gebaut. Ich hätte Stanson besser einweisen müssen, bisher hatte er es höchstens mit Teenagern und Ladendiebstahl zu tun. Dass das passiert ist, ist im Prinzip meine Schuld.«

»Nein, es ist meine«, sage ich leise. Das schlechte Gewissen nagt an mir. »Ich bin mit dem dämlichen Kuchen vorbeigekommen und habe dich abgelenkt.«

Isaacs Hände bohren sich fester in meine Arme. »Wie kannst du so etwas nur sagen, Phi? Es ist ganz sicher nicht deine Schuld.«

»Dann ist es auch nicht deine.«

Für einen Moment will er mir widersprechen, dann fällt ihm wohl ein, dass er dieses Wortgefecht nicht gewinnen wird. Nicht, wenn er es darauf hinauslaufen lassen will, dass alles an ihm hängt, denn es ist Fakt, dass er wegen mir abgelenkt war. Dass das alles nicht passiert wäre, wenn ich dort nicht aufgekreuzt wäre. Und das alles nur, weil ich schrecklich unsicher bin.

»Nennen wir es eine Verkettung unglücklicher Umstände«, knurrt Isaac, offenbar nicht zufrieden mit dem Ergebnis. Ich nicke, während ich genau weiß, dass sich jeder von uns Vorwürfe machen wird.

»Was wird nun mit Stanson?«, frage ich verunsichert. Auch für sein Schicksal bin ich irgendwie verantwortlich.

»Er hat Mist gebaut und wird dafür seine Strafe bekommen, aber ich werde mit dem Chief reden, damit er ihm noch eine Chance gibt. Der Junge wird garantiert nie wieder fahrlässig sein. Und ich sage, dass ich ihn besser hätte einweisen müssen.«

Ich schlucke. »Wird das Konsequenzen für dich haben?«

Isaac zögert kurz, ehe er mir antwortet. »Das wird sich zeigen. Aber es wäre der erste grobe Patzer innerhalb von fünf Jahren, deswegen hoffe ich auf Milde ...« Plötzlich stößt er ein Lachen aus. »Sieh uns beide nur an. Sitzen hier und reden über Konsequenzen, dabei haben wir kaum alles verdaut.«

Ich beuge mich nach vorne, um mich enger an ihn zu kuscheln, und diesmal lässt er es zu. »Wenn wir alles im Schnelldurchlauf besprechen, können wir es vielleicht auch im Schnelldurchlauf vergessen«, sage ich hoffnungsvoll, weil ich wirklich nichts lieber tun würde.

Isaac Finger streichen sanft über meinen Rücken. »Das wird nicht passieren. Und das ist okay so, weil solche

Dinge ... gegenüber denen sind wir eben nicht abgestumpft. Und ich werde diesen Moment sicherlich wieder und wieder im Kopf durchgehen, voller Schrecken.«

Ich fröstle. Seine Worte beschwören Bilder in meinen Kopf herauf, die ich lieber verdrängen würde. Isaacs panischer Gesichtsausdruck. Das Gefühl, als mir bewusst wurde, was da an meinen Kopf gehalten wird. Meine eigene Beerdigung, die ich so klar vor mir gesehen habe, als sei es unabwendbar. Mein Grabstein direkt neben Dads.

»Auf einmal wird einem sehr klar, was wichtig ist im Leben.«

Da hat er recht. Es hat mir gezeigt, dass ich nicht viel bereue, und damit kann ich mich sehr glücklich schätzen. Aber in dem Moment, wo ich den Tod schon auf der Zunge schmecken konnte, habe ich bereits die verlorene Zeit vermisst. Zeit mit meiner Familie. Zeit mit Isaac.

»Phi, du weißt, alles, was ich zu dem Kerl gesagt habe, war nur, um ihn abzulenken, oder?«

»Natürlich weiß ich das.«

»Gut.« Er wirkt kurz in sich gekehrt. »Das ist gut.« Isaac sieht mich wieder an. Seine Lippen nähern sich meinen. So langsam, als wäre es in Zeitlupe.

Jede seiner Bewegungen ist so bedächtig, als wollte er sich alles genau einprägen. Ich schließe die Augen, auch wenn ich seinen Anblick vermisse, und gebe mich den Berührungen hin. Diesmal sind wir nicht hastig oder hungrig. Wir sehnen uns nacheinander, jede Berührung ist um ihrer selbst willen wert. Ich schmiege mich an ihn, aber Isaac erhebt sich, greift meine Hand und führt mich ins Schlafzimmer. Wir legen uns zusammen aufs Bett und ertasten den jeweils anderen, Stück für Stück. Manchmal entledigen wir uns dabei eines Kleidungsstücks. Jedes ein kleiner Sieg. Bis wir vollkommen nackt voreinander liegen.

»Du bist so schön. Ich glaube, ich sage dir das nicht oft genug«, haucht Isaac, als hätte er Angst, durch Reden den Moment kaputtzumachen. »Ich meine nicht nur außen, ich meine auch hier.«

Er legt seine Hand auf mein Herz.

Ich halte es nicht mehr aus und rutsche so nah es geht, um Haut auf Haut zu spüren. »Du auch«, flüstere ich zurück, so nah an seinen Lippen, dass es fast ein Kuss ist.

Wieder beginnen seine Hände damit, mich zu erkunden, und ich tue dasselbe. Keine Ahnung, wie viel Zeit wir damit verbringen, es fühlt sich nach einer Ewigkeit an und gleichzeitig viel zu kurz. Bereitwillig öffne ich meine Beine, als Isaac sich dazwischenschiebt. Genauso langsam und bedächtig, wie er bisher alles andere getan hat, gleitet er in mich hinein. Mein Körper kribbelt, als würde Strom über ihn tanzen, diesmal geht es nicht um Reibung und reine Bedürfnisbefriedigung. Es geht einzig und allein darum, beieinander zu sein, so eng wie möglich. Ich spüre ihn ganz in mir, wie er mich ausfüllt und dort verharrt, ohne sich wieder zurückzuziehen und in mich zu stoßen. Alle meine Sinne sind darauf ausgerichtet, dieses Gefühl von körperlicher und seelischer Intimität und Verbundenheit in mich aufzunehmen und zu verarbeiten. Ich will es für immer bewahren. Ich will es nie verlieren.

Kapitel 17

Als ich aufwache, muss ich mich erst einmal orientieren, aber inzwischen erkenne ich Isaacs Schlafzimmer recht schnell. Ich drehe mich zur Seite, doch Isaac liegt nicht mehr neben mir. Ich gähne, ohne mir die Hand vor den Mund zu halten, eher aus Gemütlichkeit, müde bin ich nicht mehr. Nach den gestrigen Ereignissen habe ich damit gerechnet, überhaupt nicht schlafen zu können, aber mein Schlaf war tief und traumlos. Beinahe kommt mir gestern wie ein schlechter Traum vor. Ein Schauer kriecht über meinen Rücken, wenn ich nur daran denke. Gleichzeitig war gestern auch der Tag, an dem Isaac und ich uns so nah waren wie nie zuvor, und ein Lächeln gleitet über mein Gesicht. Ein Tag voller Extreme.

Ich höre Geklapper aus Richtung Küche. Ich schnappe mir aus Isaacs Schrank eines seiner frisch gewaschenen Hemden, atme den typischen Geruch ein und tapse auf nackten Füßen den Geräuschen entgegen.

Er steht in der Küche, nur mit seinen Boxershorts bekleidet, und macht etwas, das verdächtig nach Rührei aussieht und riecht. Ich lehne mich an den offenen Zugang zur Küche und sehe ihm eine Weile dabei zu. Als er sich umdreht, um Teller aus einem Schrank zu nehmen, sieht er mich.

»Hey du, hab ich dich geweckt?«

»Ich glaube nicht. Aber du darfst mich jederzeit mit Frühstück wecken.«

»Wie geht es dir?« Er mustert mich besorgt, ich wünschte, er würde es nicht tun.

Nichtssagend zucke ich mit den Schultern. »Ganz normal.« Für den Moment entspricht es der Wahrheit.

»Okay, das ist gut. Aber wenn es dich doch belastet, dann scheue bitte nicht, dir Hilfe zu suchen. Du hast Schreckliches erlebt und musst nicht allein damit fertig werden.«

Ich reibe mir die Arme, um die Gänsehaut zu verscheuchen. »Ich bin nicht allein.«

»Du weißt, was ich meine.«

»Ja, weiß ich. Wirst du mit jemandem reden?«

Isaac zuckt mit den Schultern. »Wir haben einen Psychologen extra für das Revier. Ich *muss* sogar mit ihm reden, aber das kann nicht schaden.«

Ich nicke. Ich werde an seine Worte denken, gerade fühle ich mich sicher. Mir ist noch mulmig dabei zumute, das Revier zu betreten. Gleichzeitig habe ich das Gefühl, ich sollte mich von der Angst nicht bestimmen lassen und deswegen erst recht aufs Revier gehen. Aber nicht heute. Oder morgen.

»Hunger?«, fragt Isaac, während er bereits unsere beiden Teller mit Rührei füllt, zeitgleich springt der Toast aus dem Toaster.

»Nicht wirklich, aber ausreichend Appetit.«

»Na dann: greif zu. Ich muss leider bald weg, nach alldem muss ich mich heute auf der Arbeit blicken lassen, aber ich dachte, wir könnten zusammen frühstücken.«

Ich lächle. Es ist ein lieber Gedanke. Auch wenn ich ein wenig enttäuscht bin, kann ich es mehr als verstehen.

»Ich habe mich ohnehin gewundert, wieso du als Polizist immer am Wochenende frei hast, es heißt doch, das Verbrechen schläft nie. Also war das längst überfällig.«

Auf einmal sieht Isaac verlegen aus. Ich kann ihn nicht annähernd so gut lesen wie er aus mir, doch so langsam erkenne ich die Zeichen. Jetzt zum Beispiel dreht er seinen Kopf so, dass er meinem Blick ausweicht.

»Isaac?«

Er seufzt. »Ehrlich gesagt, habe ich es so eingerichtet, dass ich am Wochenende immer frei habe. Ich hatte noch viele Überstunden, die ich alle abbauen musste.«

Fassungslos bleibe ich im Türrahmen stehen. »Du hast dir freigenommen? Für *mich*?« Ich muss auflachen, weil es mir so absurd erscheint. »Aber ich kann mir meine Termine auf lange Sicht so legen, wie ich will, du hättest nur mit mir reden müssen.«

Er weicht immer noch meinem Blick aus und fährt sich zusätzlich durch die Haare. »Ich kann nicht gleich zu Anfang von dir verlangen, dass du deine Termine nach mir richtest. Oder generell.«

Und auf einmal trifft mich die Erkenntnis wie ein Schlag und droht, mir die Beine unter dem Körper wegzuziehen. Ich *liebe* diesen Mann. Ich bin nicht nur verliebt in ihn, sondern ich liebe alles an ihm vom zerzausten Haar bis zu den Fußspitzen. Der Gedanke ist ungewohnt, aber jetzt, wo er da ist, ist er unabwendbar und wird auch nicht wieder weggehen.

Das Gefühl beflügelt mich und jagt mir gleichzeitig eine Heidenangst ein.

»Phi, ist alles in Ordnung? Du schaust so schockiert.«

Mein Blick muss ins Leere abgedriftet sein. Ich sehe ihn an und muss wieder daran denken, wie gerne ich ihn jetzt küssen würde. Wie gerne ich ihn bis ans Ende meines Lebens küssen würde. Er ist der Mann neben mir auf der Veranda und es ist mir egal, ob wir irgendwann unsere zwei Komma fünf Kinder kriegen, ob wir unser Traumhaus bauen oder sonst was. Es muss nicht mal eine Veranda sein, aber er soll da sein.

»Kann ich dir eine Frage stellen?«

Verblüfft sieht er mich an. »Klar. Immer.«

»Bin ich deine Freundin?«

Mein Herz hämmert ohrenbetäubend laut in meiner Brust, ich habe fast Angst, dass es seine Antwort übertönen wird.

Er blinzelt kurz, dann erstarrt sein Gesichtsausdruck. Und meine Gliedmaßen werden kalt. Ich bereite mich auf das Schlimmste vor. Auf die Antwort, die ich bestimmt nicht hören will.

»Es tut mir leid.«

Mein Herz fällt zu Boden und zerbricht in tausend Stücke. Egal, wie sehr man sich auf manche Dinge vorbereitet, es fühlt sich trotzdem schlimm an. Eigentlich habe ich diese Lektion schon vor Jahren gelernt, aber sie trifft mich immer wieder aufs Neue.

»Ist schon okay, ich ...« Ich schaffe es nicht, weiter zu reden. Weil es eben nicht okay ist. Ich verstehe nicht, worauf er wartet. Wenn er noch auf irgendetwas wartet, dann kann ich ihm das schlicht und einfach nicht geben, denn ich habe ihm schon alles gegeben, was ich zu bieten habe. Absolut alles.

»Phi, hör mir zu.« Er klingt ernst und bestimmt und ich zwinge mich, ihn wieder anzusehen, obwohl sein Anblick mir wehtut.

»Es tut mir leid, dass immer du diejenige bist, die auf mich zukommen muss. Ich weiß nicht, wann ... okay, ich weiß genau, wann ich so verkorkst geworden bin. Aber lass uns eins klarstellen ...«

Er kommt auf mich zu, stellt sich so dicht vor mich hin, wie es nur geht, ohne mir auf die Zehen zu treten. Ich lege meinen Kopf nach hinten, um ihm ins Gesicht zu schauen.

»... du bist meine feste Freundin. Wenn du es denn willst?«

Wieder fängt mein Herz an, wie verrückt zu schlagen, ich hatte schon Angst, das würde es nie wieder tun. Und jetzt fühlt es sich ausgesprochen gut an.

»Natürlich will ich.« Was für eine blöde Frage.

»Okay, warte kurz hier.«

Ich wollte ihn eigentlich küssen, aber Isaac rennt aus dem Raum raus. Moment, war das gerade das Klappen der Haustür? Flüchtet er jetzt vor mir?!

Kurz darauf höre ich das Klappen erneut und Isaac steht wieder vor mir. Mit schmutzigen Füßen und etwas Silbernem in seinen Händen, an dem er herumreibt.

»Reich mir deine Hand.«

Neugierig strecke ich ihm die flache Hand entgegen. Er platziert etwas darauf und plötzlich liegt ein Schlüssel auf meiner Handfläche. In ein paar Ritzen hängt noch Erde, trotzdem ist es für mich der schönste Gegenstand der Welt.

»Mein Zweitschlüssel. Ich will, dass du kommen und gehen kannst, wann du willst.«

»Bist du dir sicher?«

»Ganz sicher und nun beweg deinen sexy Arsch zum Küchentisch, damit wir nach dem Frühstück noch ein bisschen Zeit zum Rummachen haben.«

Ich kichere. Vermutlich hätte er alles sagen können und ich hätte gekichert wie ein kleines Mädchen, einfach, weil ich so verdammt glücklich bin, dass alles um mich herum schön und zum Lachen ist.

Kapitel 18

Als ich das zweite Mal erwache, rekle ich mich wohlig auf Isaacs Bett. Isaacs Verabschiedung fiel kurz, aber dafür ... sehr intensiv aus. Ich stecke immer noch in seinem Hemd und rieche an dem Ärmel. Ich bin hoffnungslos verknallt, aber das ist okay, weil Isaac mein Freund ist.

Ich werfe einen Blick zum Nachtschränkchen, wo der Zweitschlüssel liegt. Ich springe auf und krame in meiner Handtasche nach meinem Schlüsselbund, um meine neuste Errungenschaft sofort ranzumontieren. Verdammt, sieht der gut daran aus. Mit einem Grinsen lasse ich den Bund zurück in meine Tasche gleiten und gehe ins Bad. Dass Isaac genug Vertrauen hat, mich in seinem Haus allein zu lassen, ehrt mich. »Ich bin Isaacs Freundin«, singe ich vor mich hin, während ich mich unter die Dusche stelle.

Ich rubble mir gerade die Haare ab, als es an der Tür klingelt. Ich halte in der Bewegung inne. Sollte ich an die Tür gehen? Steht mir das zu? Es ist um die Mittagszeit herum und ich nehme an, es ist der Postbote, der wie immer den günstigsten aller Zeitpunkte abgepasst hat. Ich sehe an mir herunter. Ich trage nichts als ein Handtuch, aber es verhüllt mehr als mein Sommerkleid von gestern. Es klingelt erneut und ich beschließe, dass ich als Isaacs Freundin mit einem Zweitschlüssel die Tür für ihn öffnen kann. Auf dem Weg dahin überlege ich, ab wann ich ansprechen kann, mir hier eine Schublade anzuschaffen. Stauraum wäre genug da, flächenmäßig wohnt Isaac größer als ich in Phoenix.

Mit Schwung und strahlendem Lächeln öffne ich die Tür. Vor mir steht kein Postbote. Stattdessen eine der umwerfendsten Frauen, die ich je im echten Leben gesehen habe. Ihr langes, schwarzes Haar ergießt sich in Wellen über ihren Rücken, ihre olivfarbene Haut verleiht ihr etwas Exotisches. Ihre grünen Augen sind von dichten, schwarzen Wimpern umgeben und sie hat einen perfekten, vollen Mund. Von ihrem Körper gar nicht zu reden. Das schlichte schwarze Kleid, das sie trägt, schmiegt sich an Kurven, die ausschließlich an den richtigen Stellen sitzen, als würde jede Kalorie, die sie zu sich nimmt, direkt auf ihren Arsch oder in ihre Titten wandern. Auf einer Skala von 1 bis 10 ist sie eine 11. Verunsichert zupple ich an meinem Handtuch rum, während sie mich – ich nehme an, so wie ich sie gerade – von oben bis unten mustert.

»Du musst seine Neue sein«, stellt sie fest. »Süß.«

Ich blinzle. Hat diese Frau mich gerade als *süß* bezeichnet?

»Ähm ... kann ich Ihnen irgendwie helfen?«

»Ja, kannst du tatsächlich. Ist Isaac da?«

»Nein, ist er nicht, er ist auf der Arbeit.«

Ich hoffe, dass sie einfach weggeht. Sie erzeugt Unbehagen in mir. Ich weiß auch genau, woher das kommt. Ich komme nämlich nicht drum herum, mich immer und immer wieder zu fragen, ob Isaac mit dieser Frau geschlafen hat. Die Antwort dazu kann ich mir denken.

»Soll ich ihm etwas ausrichten?«, schiebe ich höflicherweise hinterher.

»Das wäre tatsächlich gut. Könntest du ihm sagen, dass seine Frau ihn sprechen will? Er weiß, wo er mich findet. Meine Handynummer ist immer noch dieselbe.«

Ich schwanke und kralle mich am Türrahmen fest. »Wie bitte?« Ich muss da etwas falsch verstanden haben. Ihr Vorname muss so ähnlich wie »seine« klingen und ihr Nachname wie »Frau«.

Sie legt den Kopf leicht schief. »Offenbar hat er dir nichts von mir erzählt? Das tut mir leid.«

Ob es ihr wirklich leidtut, kann ich nicht abschätzen. Ich bin zu abgelenkt, von dem Rauschen in meinem Kopf.

»Ich schätze, ihr habt einiges zu besprechen. Auf Wiedersehen.«

Sie geht weg, zu einem kleinen, schwarzen Cabrio, mit dem sie davondüst. Wie in Trance schließe ich die Tür und tapse ins Wohnzimmer, wo ich mich auf die Couch fallen lasse und Löcher in die Luft starre. Ich fühle mich, als wäre mein Gehirn Watte. Oder einfach weggeschmolzen. Seine Frau. Nicht seine Ex-Frau, seine *Frau.*

Wie erstickt schnappe ich nach Luft. Scheiße, wie konnte er mir nicht erzählen, dass er verdammt noch mal verheiratet ist?! Und zu was macht mich das dann? Außer dem Gespött der Stadt, natürlich. Aber das ist es nicht, was am meisten wehtut. Am meisten tut weh, dass ich dachte, ich würde den Mann kennen, den ich liebe.

Ich springe auf und tigere unruhig im Wohnzimmer auf und ab. Mein Blick fällt auf seine Regale und auf einmal überkommt mich der Drang, sie allesamt wie eine Irre zu durchwühlen. Auf der Suche nach ... keine Ahnung. Dem Ehering, den er immer abstreift, bevor er sich mit mir trifft. Eine Heiratsurkunde. Ein Fotoalbum aus den Flitterwochen.

Aber ich gebe dem Impuls nicht nach. Zittrig versuche ich, tief ein- und auszuatmen, um meine Atmung und meinen Puls wieder auf Normalzustand zu bringen. Ich habe im Handtuch die Tür geöffnet und seine Frau hat nicht einmal mit der Wimper gezuckt. Also was immer da zwischen den beiden abgeht, Isaac wird es mir bis ins kleinste Detail erklären müssen. Entschlossen ziehe mich an und setze mich dann wieder auf die Couch, wo ich eine Uhr gut im Blick habe. Und dann, dann warte ich.

Isaac wollte sich beeilen und tatsächlich, kurz nach 15 Uhr klappt die Haustür auf. Drei geschlagene Stunden habe ich auf dieser Couch gesessen. Ich hatte eigentlich vorgehabt, ihn mit leckerem Essen zu überraschen, aus unerfindlichen Gründen war mir nicht danach.

»Phi, bist du noch da?«, ruft er in den Flur hinein, aber ich reagiere nicht. Ich schaffe es nicht mal, mich in seine Richtung umzudrehen, stattdessen versteife ich mich auf der Couch, die Hände in mein Kleid gekrallt.

Ich konzentriere mich wieder auf meine Atmung. Während der letzten drei Stunden habe ich es geschafft, mich zu beruhigen. In meinem Kopf wollte ich eine ausgeglichene Unterhaltung unter Erwachsenen führen. Ich habe mir jedes Wort dafür zurechtgelegt. Aber nun, wo ich seine Stimme höre, spielt mein Puls wieder verrückt und ich befürchte, dass ich anfange zu schreien oder zu weinen.

Ich höre seine Schritte näherkommen, schließlich bleibt er abrupt stehen. »Scheiße, hast du mich erschreckt.« Ich muss fast grinsen, aber der Ausdruck erstarrt. Ich reiße mich zusammen und drehe mich zu ihm um. Er sieht aus wie der Isaac von heute Morgen, der mich seine feste Freundin genannt hat.

»Wir sind doch immer ehrlich zueinander, oder?«, frage ich. Vermutlich ist es eine blöde passivaggressive Testfrage.

Er setzt sich zu mir. Er ist immer noch in Uniform und sieht ein bisschen gestresst aus, aber sein Blick ist aufmerksam auf mich gerichtet.

»Ich habe dich meines Wissens nie angelogen«, sagt er meines Erachtens ehrlich und aufrichtig. Wieder einmal frage ich mich, wer er eigentlich wirklich ist.

»Wie kann es dann sein, dass heute deine Frau vor der Tür stand. Ich soll dir übrigens ausrichten, dass sie mit dir sprechen will.« Meine Stimme klingt erstaunlich ruhig und ausgeglichen. Nur meine verkrampfen Hände verraten, welche Anspannung in mir herrscht.

Isaac wird aschfahl. Ja, ich habe mir schon gedacht, dass das etwas ist, von dem er nicht wollte, dass ich es erfahre.

»Deliah war hier?«

Ah, so ist also der Name der Schönheit. Macht es nicht besser.

»Das ist nicht wirklich das, um das es hier gerade geht.« Ich verschränke die Arme vor der Brust und taxiere jede seiner Bewegungen. Jedes Zucken seiner Muskeln, das mir vielleicht verrät, was wirklich in ihm vorgeht. Ob er am liebsten gleich zu ihr rennen will?

»Phi, ich ... es tut mir echt leid, dass du es so erfahren musstest. Aber es hat keine Bedeutung und ich war wirklich nie unehrlich zu dir.«

»Was? Weil ich dich nie direkt danach gefragt habe, ob du aktuell noch verheiratet bist?!«, keife ich. »Die Frage muss mir entgangen sein! Bitte halte mich nicht für blöd, Isaac. Ich kenne den Unterschied zwischen Lügen und Verschweigen, du hast es mir wissentlich verschwiegen und das ist für mich genauso unehrlich, als hättest du mir ins Gesicht gelogen. Denn es ist sehr wohl von Bedeutung, dass du *verheiratet* bist.«

Ich springe auf, weil ich es nicht mehr auf der Couch und so nah bei ihm aushalte. Scheiße, ich bin so sauer auf ihn. Als Justin aus Versehen die kleine Ballerina zerbrochen hat, die mein Dad mir geschenkt hat, war ich auch wütend, aber im Vergleich zu jetzt war das nur ein Tropfen auf dem heißen Stein.

»Du hast recht, Phi. Es tut mir so leid.«

»Ist das alles, was du mir zu sagen hast?« Meine Stimme bricht.

Unbeholfen zuckt er mit den Schultern. Er sackt in sich zusammen, mein Mitleid hält sich in Grenzen.

Ich muss hier raus. Ich renne ins Schlafzimmer und packe meine Handtasche. Ich überlege, noch den Zweitschlüssel von meinem Schlüsselbund abzumachen, doch das würde zu lange dauern, schon allein, weil meine zittrigen Finger das nicht bewerkstelligen. Ich stürme aus dem Zimmer und renne dabei fast gegen Isaac.

»Phi, bitte, lass es mich erklären.«

Eigentlich habe ich keine Lust auf fadenscheinige Erklärungen, dennoch bleibe ich widerwillig stehen. Meinen Blick starr zu Boden gerichtet.

»Ich hätte Deliah erwähnen sollen, aber ... es war zu angenehm, es nicht zu tun. Ich weiß, das klingt schrecklich, doch ich habe es zu sehr genossen, dass sie nicht da war. Wenn wir zusammen sind ... nein, eigentlich generell ... spielt sie keine Rolle. Ich wollte nicht, dass sie in deinem Kopf ist und irgendwie zwischen uns steht. Am liebsten hätte ich dir erst davon erzählt, wenn die Scheidung endgültig durch ist.«

Ich nage an meiner Lippe. »Also lasst ihr euch scheiden?«

»Definitiv. Alles ist schon fertig, ich warte nur noch darauf, dass mein Anwalt aus seinem Urlaub zurückkommt.«

Also ist sie so gut wie seine Ex-Frau. Dennoch spüre ich den Verrat. Und nagende Zweifel. Wie viele Geliebte mussten sich schon anhören, dass der Mann ihres Herzens sich ganz bestimmt scheiden lässt? Streng genommen bin ich nicht Isaacs Geliebte, denke ich höhnisch, denn gesagt, dass er mich liebt, hat er mir nie. Ich wette, er hat es Deliah gesagt. Vor und nach dem Schwur, dass sie in guten wie in schlechten Zeiten für immer zusammenbleiben.

Ich spüre seine Hände an meinen nackten Armen und zucke vor ihm zurück. Und mache dabei leider den Fehler aufzuschauen, in sein Gesicht. Schmerz ergießt sich in seine Augen.

»Es tut mir so leid, dir wehgetan zu haben, das war nie meine Absicht.«

Mein Herz ächzt. Man muss sich nur mal vorstellen, was er anrichten könnte, wenn es Absicht gewesen wäre.

»Bitte sei sauer auf mich. Schmeiß irgendetwas nach mir oder verpasse mir eine Ohrfeige. Aber bitte sag, dass wir das wieder hinkriegen.«

Ich verschränke die Arme. »Hier ist überhaupt nichts, was ich schmeißen könnte«, erwidere ich schließlich leise.

Ein kleines, verzweifeltes Lachen entweicht Isaac.

»Du kannst mitbringen, was du willst.« Diffus kreist seine Hand über den freien Platz zu seiner Linken. »Genau hier könntest du eine Ming-Vase deponieren. Für den

Übergang kann ich dir ein paar Teller aus dem Schrank holen.«

Nun zupft auch an meinen Lippen ein Lächeln, obwohl mein Magen heftig rebelliert. Ich bin immer noch sauer. Und verletzt. So, so verletzt.

»Es ist nicht dasselbe, wenn du einem erlaubst, sauer auf dich zu sein.«

Er nickt. »Okay, das merke ich mir für die Zukunft.«

Eine Stille breitet sich zwischen uns aus. Nicht mehr so feindselig wie zuvor. Und dennoch von einer großen Distanz, als würden wir nicht nur wenige Zentimeter entfernt voneinander stehen.

»Bitte sag mir, wie ich es wieder gut machen kann.«

Ich schüttle langsam den Kopf, weil ich das nicht kann. Der Bruch ist da und aktuell kann er nichts tun oder sagen, um das zu kleben. Über die Fast-Ex-Frau komme ich hinweg, aber dass er es mir verschwiegen hat, hat einen tiefen Riss hinterlassen. Doch wir sind nicht zerbrochen. Noch nicht. Selbst wenn das vielleicht besser wäre.

»Ich erzähle dir alles. Alles, was du hören willst.«

Wieder schüttle ich den Kopf, obwohl seine Worte mich von innen heraus wärmen. Ich mag, dass er bereit dazu ist. Aber wo die Geschichte auch beginnt, sie fängt sicherlich mit »ich war so glücklich und verliebt« an und das will ich gerade nicht hören.

»Danke für das Angebot, irgendwann werde ich darauf zurückkommen.« Das werde ich sicher, denn wie immer diese Geschichte geht, sie ist Isaacs Geschichte und ich weiß, dass sie ihn tief geprägt hat. Ihn zu dem Mann gemacht hat, der er heute ist und den ich liebe. Also ja, ich werde es mir anhören, aber erst, wenn ich nicht mehr so wackelig auf den Beinen bin. Schließlich wurde mir gerade erst der Boden unter den Füßen weggezogen.

»Okay. Bleibst du?«, fragt er hoffnungsvoll.

Unschlüssig stehe ich herum. Zum einen denke ich, etwas Abstand zum Nachdenken würde mir guttun. Um den Kopf frei zu kriegen und die Gedanken zu sortieren. Zum anderen fühle ich mich hier wohl. Hier, in Isaacs Haus und auch in seiner Nähe.

»Ich bleibe«, beschließe ich. »Aber vorerst kein Kuscheln.« Dann funktioniert das mit dem klaren Kopf nicht, den ich gerne hätte.

Er nickt. Er sieht bedrückt aus und obwohl er mir so wehgetan hat, tut es mir leid, das verursacht zu haben.

»Na klar, alles, was du willst. Worauf hast du Lust?«

Ich zucke mit den Schultern. Was weiß ich. Ich habe ja keine Hobbys. Ich war mein Lebtag damit beschäftigt, mich in der Schule, dem Studium, der Arbeit zu vergraben und den Haushalt zu schmeißen.

»Okay.« Ein Blitzen zuckt durch Isaacs Augen. Es erinnert mich unwillkürlich an all die Momente, in denen ich diesen Ausdruck schon an ihm gesehen habe und es ist fast wieder alles gut. Ich kenne ihn. Er ist kein Fremder. Ich kenne ihn.

»Dann werden wir das jetzt herausfinden.«

Er streckt die Hand nach mir aus, lässt sie dann sinken und geht stattdessen zu einem Schrank. Ich folge ihm langsam. Er schiebt eine Tür auf und mir präsentieren sich allerhand Gesellschaftsspiele.

Kapitel 19

Schweißgebadet wache ich auf. Wahrscheinlich einer meiner üblichen Albträume. Seit dem Vorfall auf Isaacs Revier habe ich manchmal Schlafstörungen. Ich beobachte mich ziemlich genau und habe bisher noch nichts anderes bemerkt, worüber ich mir Sorgen machen sollte, wofür ich äußerst dankbar bin. Dennoch frage ich mich langsam, ob ich jemals wieder normal schlafen kann. Meistens träume ich davon, wie ich auf mein eigenes Grab schaue. Das hat mir noch einmal klar vor Augen geführt, dass ich nicht *Sie war stets sehr umgänglich* oder *Wir bedauern zutiefst, dass niemand mehr für uns kocht* auf dem Grabstein stehen haben will. Ich weiß noch nicht, was genau draufstehen soll. Vielleicht einfach nur *Wir vermissen dich.* Und dafür muss ich Ich sein, oder?

Ich taste neben mich, aber die Bettseite ist leer. Logisch, denn ich bin in meiner Wohnung und Isaac ist in Paxdale. Ich schäme mich fast, es zuzugeben, aber Isaacs Nähe beruhigt mich. Ich konzentriere mich auf meine Atmung, die sich langsam wieder normalisiert. Dann höre ich ein Geräusch, das mich innerhalb von Sekunden wieder von 0 auf 100 bringt. Es hört sich an wie ein Kratzen. Und zwar an meiner Haustür. Auf Zehenspitzen schleiche ich in den Flur. Ich bleibe schockstarr stehen, als mir bewusstwird, dass direkt hinter meiner Eingangstür ein Mensch ist. Ein Mensch, der atmet und schnauft und sich mit einem metallischen Gegenstand an meinem Türschloss zu schaffen macht. Ich schiele zur Küchentür.

Ich muss mich mit irgendetwas bewaffnen. Dem größten Küchenmesser, das ich habe. Oder nein, ich muss die Polizei rufen. Ich hechte in mein Schlafzimmer zurück und greife mit zitternden Händen nach meinem Handy. Statt den Notruf zu wählen, drücke ich auf Wahlwiederholung und rufe Isaac an.

»Hallo?« Isaac klingt verschlafen und einen Hauch besorgt. Ihn mitten in der Nacht anzurufen, wenn ich fürchte, dass jemand gerade bei mir einbricht, ist nicht das Klügste, was ich je getan habe, aber in dem Moment, wo ich seine Stimme höre, beruhigt sich mein wild trommelndes Herz.

»Jemand versucht, bei mir reinzukommen«, flüstere ich.

»Was?« Isaac klingt alarmiert und gleich um einiges wacher. »Phi, bist du das? Was ist los?«

»An meiner Tür ist jemand.« Ich gehe zurück in den Flur und wage es nicht, dass Licht anzumachen, obwohl es vielleicht gut wäre, dem Einbrecher zu signalisieren, dass hier jemand ist. Und ich könnte immerhin drei Meter groß sein und einen sehr leisen Pitbull bei mir haben.

»An deiner Tür ... Phi, ruf die Polizei! Und zwar die, die in zehn Minuten bei dir sein kann.«

Das ist eine recht optimistische Schätzung, aber ich weiß, was er meint. Seine dringliche Stimme peitscht die Angst wieder hoch und meine Lähmung setzt wieder ein. Ich starre auf die Tür, während ich mein Handy eng an mein Ohr gepresst halte. Es ruckelt an meiner Klinke.

»Verdammter Mist!«, höre ich eine Männerstimme gedämpft durch die Tür. Er redet schleppend, als wäre er betrunken.

Ich runzle die Stirn. Dieser Einbrecher kommt mir nicht besonders professionell vor. Ist das gut oder schlecht?

Wieder das kratzende Geräusch an der Tür in der Nähe des Schlüssellochs. Ich nehme an, so hört sich ein Dietrich an.

»Phi, bist du noch dran? Hör mir zu, Süße, ich weiß, du willst nicht auflegen, aber du musst das tun, um die Polizei zu informieren. Gleich danach rufst du mich wieder an, okay?«

Es raschelt an meinem Ohr. Er liegt nicht mehr gemütlich in seinem Bett, sondern ist aufgestanden.

»W-Warte«, flüstere ich. »Nur noch einen Moment.« Leg bitte nicht auf! Schreit alles in mir und ich drücke mit meinen Fingern so fest gegen das Gehäuse des Handys, dass ich Dellen hinterlassen muss.

»Kann doch nicht wahr sein!« Die Stimme draußen ist hörbar frustriert. Und kommt mir vage bekannt vor. Dieser Umstand bringt mich dazu, all meinen verbleibenden Mut zusammenzukratzen und mich bis zum Spion vorzuarbeiten, Schritt für Schritt. Ich halte den Atem an, als ich es wage durchzuschauen. Die Schemen des Menschen und das strohweiße Haar kommen mir bekannt vor. Es ist einer meiner Nachbarn.

»Mr Clark, Sie müssen noch ein Stockwerk weiter nach oben«, rufe ich ihm durch die Tür zu. Er stockt. Schaut auf. »Oh«, sagt er und läuft die Stufen weiter herauf.

Erleichtert stoße ich die Luft aus den Lungen und lasse mich an der Wand nach unten auf den Boden gleiten. Ich fühle mich so erschöpft, als sei ich einen Marathon gerannt.

»Phi? Phi, was ist los? Was ist passiert?«

»Fehlalarm. Es war nur mein Nachbar, der sich in der Tür geirrt hat.« Mein Brustkorb geht auf und ab, bis ich schließlich wieder normal atmen kann, während mein schlechtes Gewissen wächst. »Es tut mir so leid, dass ich dich deswegen aufgeweckt habe!«

»Dafür musst du dich nicht entschuldigen ... aber ich kann mich wieder ausziehen und hinlegen, ja?«

Ich brauche zwei Sekunden, bis ich begreife, dass Isaac drauf und dran war, zu mir zu rasen. Da ist es wieder. Dieses Gefühl von tiefer Liebe. Es überschwemmt mich und ich muss meine sentimentalen Tränen zurückhalten.

»Ja, bitte leg dich wieder hin. Du hast dich schon angezogen?«

»Na ja, zur Hälfte.«

»Welche Hälfte?« Hm, vielleicht nicht der richtige Zeitpunkt für diese Art von Gespräch.

Ich höre Isaacs warmes Lachen und der Rest meiner Anspannung fällt von meinen Schultern ab. Ich fühle mich wieder sicher und zuhause. Ich stehe auf und krauche zurück in mein Bett, während ich lausche, wie Isaac dasselbe tut. Es gibt keinen Grund mehr, warum ich den Anruf noch aufrechterhalte, aber ich kann mich nicht dazu überwinden aufzulegen.

»Das muss dich erschrocken haben«, sagt Isaac.

»Ja.« Es gibt keinen Grund, das zu leugnen. »Dich auch, oder?«

Mein schlechtes Gewissen nimmt wieder an Fahrt auf. Ich hätte die Polizei anrufen sollen, nicht Isaac. Gut, ich hätte sie fünf Minuten später noch einmal anrufen und mich ausführlich entschuldigen müssen, aber das wäre besser gewesen, als Isaac aufzuwecken und ihm einen unfreiwilligen Telefonkrimi aufzudrängen.

»Und wie. Ich wüsste nicht ... ich wünschte, ich wäre bei dir.«

Oh ja, das wünschte ich mir auch.

»Ich weiß, ich soll mich nicht entschuldigen. Aber ich tue es trotzdem. Dafür, dass ich dich aufgeweckt habe. Und das auch noch grundlos.«

»Du kannst mich immer anrufen, okay? *Immer.* Selbst wenn du nur einen Albtraum hast.«

»Ich kann nicht ...«

»Stopp. Doch kannst du. Egal um welche Uhrzeit. Glaub nicht, dass du mir damit irgendwelche Umstände machst.«

»Okay.« Ich lächle, weil Isaac diesen ernsten Ton anschlägt, wenn er sichergehen will, dass jedes Wort auch ankommt. Und es kommt an, im Kopf und im Herzen. »Dann wünsche ich dir noch eine gute Nacht ... zum zweiten Mal.«

»Wirst du schlafen können?«

»Wahrscheinlich nicht sofort. Dass Adrenalin hat mich aufgeputscht.«

»Ich werde auch noch nicht schlafen können, wollen wir noch eine Weile telefonieren?«

Oh ja, nichts lieber als das. Ich kuschle mich in meine Decke, schalte Isaac auf Lautsprecher und lege das Handy dicht neben mich.

»Erzähl mir was. Über dich«, bitte ich ihn.

»Was willst du denn wissen?«

»Irgendetwas. Nein, warte ...« Ich überlege. Ich habe inzwischen das Gefühl, Isaac so gut zu kennen. Ich weiß, wie er riecht, wenn er von der Arbeit kommt. Ich weiß, wie er ganz leicht das Gesicht verzieht, wenn ihm etwas nicht gefällt, aber er es nicht zu sehr zur Schau stellen will. Wir haben schon über die Schule gesprochen, welche Lehrer wir gemeinsam hatten und wie unterschiedlich die Erfahrung für uns war. Für Isaac war die Schule ein Ort, an dem er seine Freunde gesehen hat, für mich war es ein

Ort, der mir helfen sollte, später erfolgreich zu sein. Von der Polizeischule bis zu dem Polizisten, der er heute ist, kenne ich nur vereinzelte Schnipsel, eine Anekdote hier oder da.

»Ist das der Part, wo du wieder wissen willst, wo meine Fehler sind?«, fragt er mich amüsiert, da ihm meine Denkpause anscheinend zu lange dauert.

»Na ja, ich weiß inzwischen, wie stur du sein kannst, selbst wenn du eindeutig falsch liegst.«

»Es muss stimmen, dass der Mensch nur zehn Prozent seiner Gehirnkapazität benutzt. Das kommt in so vielen Filmen vor!«

»Ja, dann muss es ja wahr sein«, sage ich zutiefst sarkastisch. Ich überlege, ob ich das Nächste, was mir durch den Kopf schießt, aussprechen soll, aber dann tue ich es einfach. »Und ich weiß, dass du nicht gerne über Dinge sprichst, die dir besonders nah gehen«, sage ich vorsichtig. Schmerz und Angst und Schwächen sind etwas, das ihm nicht so leicht über die Zunge geht. Sonst hätte ich viel früher von Deliah erfahren.

Er atmet tief ein und aus. »Stimmt.«

»Warum?«, frage ich. »Ist es ... wegen ihr?« Es ist das erste Mal, dass ich sie anspreche. Ich vermeide es für gewöhnlich, auch nur ihren Namen zu denken, sonst denke ich automatisch an ihr hübsches Gesicht, mit den grünen Augen und dem sinnlichen Mund, von dem ich mir dann vorstelle, wie er meinen Freund küsst und mich anschließend frage, wie sehr ihm das gefallen hat ...

»Auch, aber nicht nur. Ich habe mit Deliah viel geteilt und das hat sie im Streit manchmal gegen mich verwendet. Aber ... ich glaube am schwersten fällt es mir, wenn dieses Bild von mir zerfällt, das ich so gerne von mir selber habe.«

»Welches Bild?«

»Das Bild von mir als guten Mann ... das Bild von ...«

Er hält an. Und ich weiß, da ist wieder eine von Isaacs Mauern. Er hat so viel weniger davon als ich und ich kann nicht wirklich erwarten, dass er sie für mich herunter lässt ... aber ich will es. Weil die meisten meiner Mauern unter seinen Fingerspitzen zu Wackelpudding werden und obwohl das so beängstigend klingt und nicht wie etwas, was man sich wünschen sollte, so war das doch genau das, was ich gebraucht habe. Und ich will dasselbe für ihn tun.

»Sprich es aus«, bitte ich ihn leise.

»Das Bild von mir als Helden.« Er sagt es so unsicher, dass ich ihn für einen Moment als kleinen Jungen vor mir sehe. »Ich glaube, deswegen bin ich so gerne Polizist. In einer Kleinstadt, wo die meisten Leute mich kennen. In einer Kleinstadt, wo mein Job streng genommen keine große Herausforderung ist. Viele meiner Kollegen von der Akademie sind in Phoenix. Das ist ein ganz anderes Pflaster, Phi ... Entschuldigung, ich wollte dich damit nicht beunruhigen.«

»Tust du nicht«, sage ich. Ich werde nicht ausgerechnet jetzt darüber nachdenken, aber im Prinzip ist das keine neue Information. Außerdem genieße ich dieses Gespräch viel zu sehr, um es irgendwie zu unterbrechen. »Ich weiß, es ist nicht dasselbe. Ich weiß auch, dass selbst in Paxdale nicht alles rosig ist, so gerne wir uns das auch einreden.«

»Nein, ist es nicht. Häusliche Gewalt, Menschen, die viel zu schnell bei ihren Gewehren sind ... ich habe einiges erlebt, auf das ich verzichten könnte. Dafür haben wir kein Problem mit Gangs und im Vergleich zur Stadt kaum Drogen.«

»Und du glaubst du brauchst das, um ein Held sein zu können?« Um ehrlich zu sein, bin ich mehr als froh, dass Isaac nicht hier Polizist ist. Selbst wenn das heißen würde, dass er dann näher bei mir wäre, könnte ich kaum eine Nacht durchschlafen. Aber darum geht es gerade nicht.

»Nein. ... Doch. Es gibt Tage, da fühle ich mich als Held. Wenn ich zum Beispiel eine schwierige Situation auflösen konnte, weil ich die Menschen hier kenne und weiß, wie sie ticken. Oder wenn ich ohne Waffe jemand dazu bringen konnte, mit der Wahrheit herauszurücken. Und dann komme ich mir manchmal heuchlerisch dabei vor, weil ich es mir wirklich einfach gemacht habe, als ich mir hier beworben habe. Und überhaupt, was sind schon Helden? Außer einer kindischen und stark vereinfachten Vorstellung.«

»Nein. Nein, überhaupt nicht. Du bist mein Held.«

»Phi, du musst mein Ego nicht streicheln, ich bin erwachsen und komme damit klar, dass ...«

»Stopp. Du bist mein Held. Das kannst du mir nicht ausreden.«

»Okay.« Ich höre ihn lächeln. Ich wäre so gerne da, um ihn zu sehen. Was bewirken meine Worte in ihm, außer, dass es ihn irgendwie freut? Leuchten seine Augen? Ich würde gerne meine Hand auf seine Wange legen, während ich mit ihm rede.

»Du strebst danach, ein guter Mann zu sein. Daran ist nichts falsch. Und du bist so gut darin. Nicht perfekt, bestimmt nicht perfekt, aber das ist niemand. Und auch wenn du mal strauchelst oder dich schwach fühlst, bist du immer noch ein guter Mann und ein Held. Ich musste mich viel mit Heldenzeug berieseln lassen und ich gebe zu, ich bin kein Experte, doch ich weiß die haben auch alle ihre Schwächen.«

»Und ein Cape.«

»Ich nähe dir eins.«

Ich höre ihn lachen. Meine Augen werden langsam schwer, doch meine Aufmerksamkeit ist nach wie vor voll auf Isaac gerichtet.

»Erzählst du mir, wenn dich ein Fall mitnimmt? Ohne Namen und Details, versteht sich ...«

Er zögert. »Wenn du das willst«, sagt er schließlich.

»Ja, das will ich. Doch jetzt will ich etwas von ... deinem lustigsten Fall hören.«

»Okay, lass mich kurz überlegen.« Dann beginnt Isaac mir von einem Nachbarschaftsstreit zu erzählen, der beinhaltete, dass er entscheiden musste, wer den besseren Nusskuchen backt, während ich langsam ins Land der Träume abdrifte.

Kapitel 20

Isaac beugt sich über mich. Offenbar ist er jetzt wach. Seine Bartstoppeln kratzen und kitzeln mein Schulterblatt, während er mich dort küsst. Ich kichere.

»Lass dich nicht stören«, murmelt er.

Als ob das irgendwie im Bereich des Möglichen wäre.

Ich klappe das Buch zu und drehe mich zu ihm um.

»War es gerade nicht so spannend?«

»Nicht so spannend wie du.«

Ich habe letzte Woche begonnen, mir Bücher von Magrit auszuleihen. Inzwischen bin ich beim dritten, die Gute steht immer auf die gleiche Art Geschichte. Der Bad Boy und das unscheinbare Mädchen. Fesselnd, dennoch ist Isaac weiterhin der liebste Mann in meinem Kopf. Und meinem Bett. Wahlweise seinem, wie jetzt. Ich schlinge meine Hände um seinen Nacken und ziehe mich für einen Kuss hoch.

»Vielleicht hast du ja was gelernt, das du mir noch beibringen kannst«, raunt er in mein Ohr und verursacht eine Gänsehaut bei mir. Die Cover mit ihren halb nackten Männern überlassen dem Inhalt tatsächlich keiner Fantasie, selbst wenn Isaac nie die Klappentexte gelesen hätte.

»Oh, wenn ich mich an diese Anleitung halten würde, hätte ich einiges falsch gemacht«, meine ich und knabbere an seinem Ohr. Ich will, dass er sich endlich vollständig auf mich senkt, und verfluche seine viel zu kräftigen Oberarme.

Statt näher zu mir zu kommen, stemmt er sich noch weiter von mir weg. »Wie meinst du das?«, fragt er neugierig.

»Nun ja.« Ich streiche an den Muskelsträngen seiner Arme entlang. Isaac passt auf jeden Fall in das Profil des begehrten Junggesellens. Ich weiß aus zuverlässiger Quelle, dass er so einige Herzen gebrochen hat, auch wenn ich mich weigere, ihn als Bad Boy zu charakterisieren. »Ich hätte dich zappeln lassen müssen. Die Mädchen in diesen Büchern sind immer ganz wild auf den Mann, aber sie unterscheiden sich von all den anderen Frauen, die ihm zu Füßen liegen, dadurch, dass sie ihm Kontra geben und ihn abweisen, bis er sie kennengelernt hat und sich in sie verliebt.«

»Das ist doch Blödsinn.« Er küsst mein Gesicht. »Wir sind beide hier, von daher würde ich sagen, haben wir beide alles richtig gemacht.«

Er packt mich und dreht uns so, dass ich auf ihm sitze. Sein Blick gleitet hungrig über meine nackten Brüste, ehe er mir wieder ins Gesicht sieht. Er hat recht, ich will mich bestimmt nicht darüber beschweren, wo ich gerade bin. Doch wäre das ein Buch, wäre ich wohl nur ein Zeitvertreib, bis die Richtige auftaucht.

Herrisch greife ich in sein dichtes Haar und ziehe ihn zu mir. Meine Brustwarzen stellen sich auf, als sie über seine Haut streifen.

»Also hat die Jagd auf dich keinen Reiz?«, frage ich neugierig. Sorgfältig studiere ich seine Gesichtszüge, während meine Finger immer wieder spielerisch durch seine Haare gleiten.

»Die Frauen selbst üben den Reiz aus, nicht die Jagd.« Auf einmal wird seine Mimik um einiges ernster. »Ich habe genug vom Jagen. Ich genieße, was ich habe.«

Deliah. Ich weiß ganz genau, dass er von Deliah redet. Ich wette, eine Frau wie sie muss man jagen. Und am Ende hat er sie auch bekommen, schließlich hat sie ein Ehegelübde für ihn abgelegt. Ein Sprichwort schießt mir durch den Kopf. *Lieber den Spatz in der Hand, als die Taube auf dem Dach.* Ich frage mich, ob ich der Spatz bin.

Isaacs Hände greifen nach mir, gierig und voller Verlangen. Er ist genau da, wo ich ihn haben wollte, aber mein Kopf macht mir einen Strich durch die Rechnung, indem er unsexy Gedanken wälzt.

»Wann genau unterschreibst du die Scheidungspapiere?«

Ich beiße mir auf die Zunge. Es gibt durchaus bessere Gelegenheiten, so etwas anzusprechen. Es ist jetzt zwei Wochen her, seit ich das mit Deliah herausgefunden habe, und seitdem hat Isaac mir nie einen Anlass gegeben, ihm zu misstrauen. Und dennoch, ich war die meiste Zeit davon in Phoenix und ich kann nichts dagegen machen, dass sich diese Frau immer und immer wieder in meine Gedanken schiebt. Und damit zwischen uns.

Isaac seufzt. »In eineinhalb Wochen.« Seine Hand umrahmt mein Gesicht fast ganz. »Ich bin froh, wenn ich das hinter mir habe. Dann ist sie weg.«

Ich begreife recht schnell, dass er nicht nur ihre physische Präsenz meint. Er spürt es auch. Sie ist da. Aber nicht mehr lange, beruhige ich mich.

Meine Finger malen Kreise auf seine nackte Schulter. »Hast du mit ihr gesprochen?«

Diese Frage bin ich bisher in unseren Telefongesprächen umgangen, jetzt würde ich es gerne wissen. Vielleicht hat es damit zu tun, dass ich ihm dabei in die Augen schauen und seine Reaktionen ablesen will. Und vielleicht hat das wiederum damit zu tun, dass mein Vertrauen in ihn noch nicht zu hundert Prozent wiederhergestellt ist.

»Nein.« Die Antwort kommt schnell und abrupt. Ich bin froh, dass der steinharte Ausdruck in seinen Augen nicht mir gilt, sondern Deliah. »Es gibt nichts mehr zu besprechen, sie muss nur noch unterschreiben und das kann sie überall auf der Welt tun.«

Ich nicke. Ich glaube ihm.

»Lass uns nicht mehr von ihr reden«, meint er und nichts könnte mir lieber sein. »Lass uns lieber darüber reden, was wir nackt in einem Bett so alles anstellen könnten.«

Ich grinse. »Ich habe da schon so ein paar Ideen.«

»Ach ja?« Isaac schenkt mir dieses dreckige, verschlagene Grinsen, das meine Eingeweide verknotet und mich vollkommen elektrisiert. »Lass hören.«

»Also bereust du es nicht?«, frage ich meine Mom über meinen Eiskaffee hinweg.

Ihr Leben krempelt sich gerade um. Und da das gewissermaßen auch meine Schuld ist, habe ich extreme Angst, dass sie sich damit nicht wohlfühlt.

»Nein, keineswegs. Ob du es glaubst oder nicht: Kinder in dem Alter brauchen nicht so verdammt viel Aufmerksamkeit von ihren Eltern.«

Gespielt schockiert lege ich mir die Hand aufs Herz. »Wirklich? Was du nicht sagst.«

Ein mildes Lächeln liegt auf ihren Lippen. »Ja, aber es ist schön, abends immer rechtzeitig nach Hause zu kommen und sie morgens loszuschicken. Und dadurch habe ich auch mehr Zeit für mich selbst. Ich habe überlegt, einen Tanzkurs zu belegen.«

»Mach das!«, ermuntere ich sie begeistert.

Ich selbst weiß, wie sehr es Spaß machen kann, sich selbst zu entdecken. Isaac bringt mir gerade Schach bei – zumindest versucht er es tapfer – während ich überlegt habe, Stricken zu lernen. Das klingt nach etwas, das man auch gemütlich beim Fernsehgucken praktizieren kann und Isaac und ich haben gerade so eine spannende Serie angefangen.

»Und die Jungs kommen auch klar?«

Bis jetzt habe ich noch keine Todesblicke von ihnen wahrgenommen, vielleicht spießen sie mich damit auf, sobald ich ihnen den Rücken zudrehe.

»Die machen wegen ihrer zusätzlichen Aufgaben keine Luftsprünge, aber ihrer Entwicklung tut das bestimmt gut, deswegen ist mir das egal«, sagt meine Mom fröhlich und ich lache.

»Wie stellen sie sich denn an?«

»Würde ich ihnen ein Zeugnis ausstellen, würde ich wohl raufschreiben: *Sie bemühten sich stets sehr.*« Sie zuckt mit den Schultern, dann huscht ein breites Grinsen über ihr Gesicht. »Und wie geht es *dir* so?«

Sie weiß inzwischen, dass Isaac und ich offiziell ein Paar sind. Sie hat nicht besonders überrascht reagiert, aber sehr freudig. Allerdings habe ich ihr verschwiegen, dass Isaac verheiratet ist. Ich wollte nicht, dass sie schlecht über ihn denkt. Und ich wollte nicht ... dass Deliah zwischen uns steht. Ich kann Isaac einmal mehr denn je verstehen. Aufgrund meiner Verschwiegenheit sieht meine Mom mich munter an, statt besorgt. Ich bin froh, dass die Leute doch nicht zu tratschen scheinen. Vielleicht wissen sie aber auch nicht, dass Isaac und Deliah auf dem

Papier noch verheiratet sind, schließlich scheint sie nicht hier zu wohnen.

»Du hättest ihn ruhig mitbringen können.« Sie steckt sich den letzten Löffel ihrer Eiscreme in den Mund und schließt für einen Moment die Augen, um es zu genießen. Das hat sie schon gemacht, seit ich denken kann. Dann öffnet sie die Augen und ist wieder ganz bei mir. »Er soll nicht denken, dass Nahrungsaufnahme bei uns immer derart dramatisch abläuft.«

Ich nicke vage. »Klar, wir machen das mal. Gerade muss er noch arbeiten.«

Noch eineinhalb Wochen. Ich wünschte, Isaac hätte mir den genauen Tag genannt, dann könnte ich die Stunden bis dahin herunterzählen.

»Okay, also ich muss jetzt los.« Meine Mutter kramt nach ihrer Handtasche und wirft ein paar Dollarscheine auf den Tisch.

»Wieso, fängt dein Töpferkurs an?«, frage ich schmunzelnd.

»Nein, aber gute Idee! Ich hole Joshua vom Fußball ab. Offenbar bin ich jetzt eine Soccer-Mom.«

Grinsend winke ich ihr hinterher, als sie sich agil durch die Stühle schiebt. Doch dann bleibt mein Blick an etwas anderem kleben und mein Lächeln verschwindet sofort.

Deliah sitzt nur zwei Tische entfernt. Der Kellner hat sich so tief zu ihr heruntergebeugt, als würde er gerne in ihrem Dekolleté ertrinken. Sie sagt ihm kurz etwas, daraufhin geht er weg, nicht ohne ihr noch einen Blick über die Schulter zuzuwerfen und dabei fast über den nächsten Stuhl zu stolpern. Nun sieht Deliah nach vorne und hat gar keine andere Wahl, als mich zu entdecken. Der Tisch, der uns trennt, ist komplett frei und leider habe ich es versäumt, im richtigen Moment geschäftig auf mein

Handy zu schauen. Ich lächle kurz höflich, obwohl mir nicht danach ist.

Daraufhin greift sie sich ihre Kaffeetasse und lässt sich mir gegenüber nieder. Großartig. Trotzdem behalte ich mein falsches Lächeln. Streng genommen hat mir diese Frau nichts getan und es könnte ja sein, dass diese Trennung so einvernehmlich verläuft, dass der Kontakt darüber hinaus bestehen bleibt. Aber dann wiederum ... jedes Mal, wenn ich sie sehe, zwingt mein Gehirn mich, mir die beiden zusammen vorzustellen. Wie sie als Paar waren. Und leider komme ich zu dem Entschluss, dass die beiden eine Wucht gewesen sein müssen. In der Öffentlichkeit und auch im Schlafzimmer. Dann sehe ich vor meinem inneren Auge, wie sie ihre perfekten Kurven an *meinem* Freund reibt. Mein Freund, ihr Mann. Ich hasse das. Egal, wie man es dreht und wendet, es klingt, als hätte sie mehr Anrecht auf ihn. Als sei *ich* der Eindringling. Deswegen fällt es mir schwer, ihr unvoreingenommen gegenüberzutreten.

Gerade jetzt gebe ich mein Bestes, es schmerzt beinahe schon körperlich.

»Ich habe dich hier sitzen sehen und dachte, ich komme mal rüber.«

Ich deute ein vages Nicken an. »Gibt es etwas Bestimmtes, über das du reden willst?«

Ein flüchtiges Lächeln zeigt sich auf ihren vollen Lippen. »Tatsächlich, ja. Über das einzige, das wir beide gemeinsam haben.«

Mein ohnehin falsches Lächeln schafft es nicht mehr, sich auf meinem Gesicht zu halten, stattdessen merke ich, wie sich meine Mimik verhärtet. Sie redet mit mir, als würde sie mich bereits in- und auswendig kennen, dabei kennt sie mich kein bisschen. Wir könnten massenhaft gemeinsam haben. Obwohl ich zugeben muss, dass ich bei der ersten Einschätzung zu demselben Schluss komme. Ich entdecke gerade Hobbys wie Lesen, Schachspielen und demnächst vielleicht Stricken. Deliah sieht dagegen nicht aus, als würde sie irgendetwas machen, das man auch noch mit achtzig machen kann.

»Ich nehme an, dass du ihm meine Nachricht ausgerichtet hast und Isaac beschlossen hat, nicht mit mir zu reden«, meint sie und lehnt sich nach hinten. Falls ich sie irgendwie einschüchtern sollte, so merkt man ihr das nicht an.

Ich presse meine Lippen fest aufeinander und verschränke meine Arme vor der Brust. Mir passt auch nicht, dass sie von Isaac redet, als würde sie jeden seiner Gedanken kennen. Als wollte sie mir unter die Nase reiben, dass sie ihn mehr durchschaut als ich.

»Ich kann es verstehen. Er ist sauer auf mich.«

Obwohl ich ihre Worte einfach an mir abprallen lassen will, bis sie ihrer Meinung nach genug geredet hat, spitze ich dennoch die Ohren. Gleichzeitig verfluche ich mich, weil ich Isaac nicht nach seiner Vergangenheit mit Deliah gefragt habe. Ich will es nicht aus ihrem Mund hören.

Deliah lehnt sich wieder weiter nach vorne, als wollte sie sicherstellen, dass sie in meinem Blickfeld ist. »Aber du sollst wissen, dass ich um meine Ehe kämpfen werde. Da dich das auch betrifft, halte ich es nur für fair, dir das zu sagen.«

Eisklumpen machen sich in meinem Magen breit. Ich balle die Fäuste.

»Eure *Ehe* ist so gut wie vorbei.« Leider kommt es viel zu leise hervor, fast nur ein Flüstern. Aber an Deliahs Augenblitzen sehe ich, dass sie mich genau verstanden hat.

Ihre Worte rühren an meinen Selbstzweifeln. Nein. Ich lasse mir von dieser falschen Schlange nichts einreden. Isaac wohnt allein, er arbeitet in Paxdale, während sie sonst wo ist, und ich bin seine Freundin. Seit den vielen Wochen, die wir uns nun schon kennen, war nirgendwo ein Anzeichen von ihr. Ich habe selten zwei Leute erlebt, die so dermaßen geschieden sind wie diese beiden.

»Glaubst du das, ja? Du hast doch keine Ahnung, was mich und Isaac verbindet. Er will sich schon seit einer Ewigkeit von mir scheiden lassen. Nur tut er es nie. Weil er mich tief in sich drin noch liebt. Er ist sauer auf mich, aber er liebt mich.«

Ihre Worte durchbrechen alle meine schlüssigen Argumente und bohren sich wie Messer in mich hinein.

»Isaac ist in mich verliebt, seit er mich das erste Mal gesehen hat. Er ist zwei Jahre jünger als ich, ich war oft bei ihm zuhause, weil ich die beste Freundin seiner Schwester bin.«

Ich schlucke, weil Deliahs und Isaacs Geschichte tatsächlich sehr viel weiter zurückgeht, als ich angenommen hatte. Es fühlt sich ein bisschen an, als würde ich Glassplitter herunterschlucken.

»Ich habe seine Blicke natürlich bemerkt, bin jedoch nie darauf eingegangen, er war mir auch viel zu unreif. Aber irgendwann ... er machte seinen Abschluss, ging zur Polizeischule. Wurde erwachsen. Ein richtiger Mann. Vermutlich hätte ab diesem Punkt keine Frau lange seinem Werben widerstanden, du weißt sicher, wovon ich rede.«

Ich kann nur ausdruckslos auf den Tisch starren. Isaac und ich sind in diese Beziehung irgendwie reingeschlittert. Eins führte zum anderen. Es war nicht so, dass er mich viel umwerben musste, weil er mich so unbedingt wollte. So, wie er Deliah gewollt hat.

»Und als wir dann zueinander gefunden hatten … wir waren *das* Paar. Vorher hatte ich es kaum ein paar Monate am Stück mit jemandem ausgehalten, mit ihm war das anders. Deswegen sagte ich Ja, als er mich bat, ihn zu heiraten.«

Ich schließe die Augen und bete, dass sie einfach aufhört zu erzählen. Ich ertrage es nicht. Ich will das nicht hören.

»Aber ich war noch nicht so weit. Ich konnte nicht still sitzenbleiben in so einem Kaff.«

Ich erinnere mich an Isaacs und mein erstes Date, als wir von Herzschmerz gesprochen haben. Es ist ziemlich eindeutig, dass dieser Herzschmerz den Namen Deliah trägt. Am liebsten würde ich ihr mein leeres Glas an den Schädel werfen. Sie muss ihm dermaßen wehgetan haben.

»Also bin ich weg. Habe meine Freiheit genossen. Aber das heißt nicht, dass ich Isaac nicht vermissen würde.«

Nur anscheinend nicht genug, um bei ihm zu bleiben. Und vermutlich auch nicht genug, um ihm treu zu bleiben. Ich hoffe inständig, dass ich nicht nur seine Form der Rache an Deliah bin. Hoffentlich bin ich nicht nur eine der Frauen, mit denen er sich etwas beweisen will.

»Und *immer,* wenn ich hier bin, hat er so eine entzückende kleine Freundin wie dich. Ein Mädchen, dass ihm genau gibt, was er sich so sehr von mir wünscht: Stabilität.«

Ich rücke vom Tisch ab, obwohl ich mich nicht daran erinnern kann, die Bewegung dazu ausgeführt zu haben. Ihre Worte hallen immer und immer wieder in meinem Kopf.

»Was er eigentlich will, ist diese Stabilität mit mir. Ich habe mich genug ausgetobt und bin bereit für ein sesshafteres Leben mit nur einem Mann. Ich habe genug von der

Welt gesehen. Also sage ich dir, wie es ist: Kämpf um ihn. Kämpfe um ihn mit Zähnen und Klauen, denn er ist es wert. Aber vielleicht solltest du dich seelisch darauf einstellen, dass du verlieren wirst.« Sie trinkt den letzten Schluck Kaffee aus ihrer Tasse. »Ich wünsche dir noch einen schönen Tag.«

Geschmeidig erhebt sie sich und geht. Sie wollte nur mal eben diese Atombombe auf mich schmeißen, das war es auch schon. Und ich bleibe zurück in dem leer gefegten Nichts. Deliah hat nichts mehr übrig gelassen.

Kapitel 21

Die Taubheit, die ich empfinde, erinnert mich vage an den Tag, an dem man mir eine Waffe an den Kopf hielt. Ich lache kurz darüber, wie melodramatisch ich bin, aber beim Lachen tut mein Herz weh.

Nachdem ich aus dem Café raus bin, fahre ich direkt zu Isaac, so wie es abgesprochen war. Ich drehe seinen Hausschlüssel in meiner Hand. Er ist so ein schönes kleines Symbol. Eins, an dem ich versuche mich festzuhalten, während ich gleichzeitig unfähig bin, Deliahs Worte nicht an mich heranzulassen. Sie sind in mich eingesunken und verursachen blutige Abdrücke. Welch Ironie, oder? Ich wollte, dass Isaac mir hilft, weniger langweilig zu sein, und dabei war das vermutlich etwas, nach dem er konkret gesucht hat. Meine Langweiligkeit hat ihn angezogen wie das Licht die Motte, weil Deliah ihn so kaputt gespielt hat, dass Sicherheit ihm wichtiger ist als alles andere. Und ich bin sehr sicher. Bequem. Zuverlässig.

Ich stecke den Schlüssel ins Schloss und drehe ihn um. Mein Herz rutscht etwas tiefer, als ich höre, dass Isaac schon da ist, obwohl ich bereits sein Auto in der Einfahrt gesehen habe. Er ist im Wohnzimmer und singt furchtbar schief zu einem Song im Radio mit, so wie er es immer tut. Seine Stimme ist göttlich, aber Töne treffen ist nicht seine Stärke. Und auch dafür liebe ich ihn. Ich liebe ihn so sehr, ich ertrage den Gedanken nicht, ihn an eine andere Frau zu verlieren.

»Phi, bist du das?« Er kommt sofort in den Flur. Ein Lächeln breitet sich auf seinem Gesicht aus, sobald er mich sieht. Ich frage mich, wie er wohl Deliah immer begrüßt hat. Genauso? Stürmischer?

Er runzelt sofort seine Stirn. Man muss mir mein inneres Chaos ansehen. Aber das macht er ja immer, mir alles ansehen.

»Ich hab Deliah im Café getroffen«, rede ich nicht lange um den heißen Brei herum.

Aus Isaacs Stirnrunzeln werden zornig zusammengezogene Augenbrauen. Ja, er ist ganz sicher sauer auf sie. Vorher hielt ich es für ein gutes Zeichen, dass er sie nicht treffen will, doch nach diesem Gespräch frage ich mich viel eher, ob es nicht ein Zeichen dafür ist, dass er immer noch Gefühle für sie hat. Heißt es nicht, dass Liebe und Hass nah beieinander liegen? Vielleicht hasst er sie nur so sehr, weil er sie immer noch liebt.

»Was hat sie zu dir gesagt?«

Er steht im Nu vor mir, als wollte er mich vor ihr abschirmen. Dazu ist es längst zu spät. Ich atme seinen Geruch ein, der mich sonst immer alles andere hat vergessen lassen, diesmal klappt es nicht.

»Dass sie um dich kämpfen wird«, sage ich leise.

Er zieht scharf die Luft ein, äußert sich aber nicht weiter dazu. Gefällt ihm der Gedanke?

»Eigentlich will ich nur eine Sache von dir wissen«, flüstere ich, während ich nach vorne auf seinen breiten Brustkorb starre.

Still wartet er meine Frage ab. Offenbar hat Deliah ihm die Sprache verschlagen.

»Wie lange lässt du dich bereits von Deliah scheiden?«

Er antwortet mir nicht und ich schaue zu ihm auf. Seine Augen flehen mich an, die Frage zurückzunehmen, und meine Eingeweide verknoten sich ineinander.

»Die Wahrheit, Isaac«, erinnere ich ihn. »Wir wollten uns immer die Wahrheit sagen.«

Schmerz zuckt durch seine Augen, als ob ich nicht schon längst wüsste, dass seine Antwort mich zerschmettern wird.

»Drei Jahre«, rollt es schließlich schwer von seiner Zunge.

Nun ist es an mir, nach Luft zu schnappen. Das ist sogar mehr, als ich befürchtet habe. Alles fällt an seinen Platz. Jedes Wort von Deliah ist wahr. Er schafft es nicht, sich von ihr zu lösen. Er wird es nie schaffen. Er liebt sie zu sehr.

»Phi, bitte lass nicht zu, dass sie uns zerstört«, fleht Isaac mich an.

Ich schüttle den Kopf. Inzwischen glaube ich nicht, dass sie diejenige ist, die uns zerstört. Vielleicht waren wir nie ein Ganzes, so sehr ich mir das auch gewünscht habe. All die vertrauten Momente kommen wieder in mir hoch. Es tut so weh, wenn ich daran denke, dass es eine Lüge sein könnte.

»Hey, hey, tu das nicht. Rede mit mir.« Seine Hände, umfassen mein Gesicht, seine Lippen streifen meine Stirn. Es ist so schmerzlich vertraut, dass mir die Tränen in die Augen schießen. Ich will das hier nicht verlieren. Ich will nicht. »Phi, hör mir zu: Sie bedeutet mir nichts mehr. Das musst du mir glauben.«

Ist das so, oder will er nur, dass das so ist? Seine Wärme dringt fast bis zu mir durch. Es ist wie eine Superkraft. Aber Deliah ist stärker. Wenn sie nur Mist reden würde, das könnte ich wegstecken. Aber hinter jedem ihrer Sätze steckt einen Funken Wahrheit.

Denn Tatsache ist, dass er sie geheiratet hat. Tatsache ist, dass er es nicht schafft, sich von ihr zu scheiden. Tatsache ist, dass es Frauen vor mir gegeben hat, die alle mit einem gebrochenen Herzen aus der Sache herausgekommen sind. Und ich habe es gewusst. Er selbst hat es mir gesagt. Mrs Clemens hat es mir gesagt. Aber es brauchte erst seine Frau, damit ich es glaubte.

Plötzlich versteift Isaac sich und macht einen Schritt von mir zurück. Beinahe greife ich nach ihm, um ihn zurückzuziehen. Doch ich habe keine Kraft mehr.

»Phi, wir schaffen das. Aber nur, wenn du das schaffen willst.«

Ich blinzle. »Was meinst du?«

Denkt er etwa, ich will mich so fühlen? Dass ich mich *gerne* in dem Leid suhle? Nein. Es ist scheiße und ich würde beinahe alles dafür tun, damit es aufhört.

»Ich frage mich, ob du nur einen Grund suchst, um wegzugehen.«

Verärgert verziehe ich das Gesicht. »Bitte?!«

Isaac lacht hohl und verbittert auf. »Ich bitte dich, Phi. Inzwischen dürfte klar sein, dass ich alles andere bin als ›gut auf dem Papier‹.«

Ich trete einen großen Schritt von ihm zurück. Bisher haben wir uns nie vorgehalten, was wir uns im Geheimen anvertraut haben. Er hat das soeben zerstört.

»Das ist nicht fair.«

Ich sehe kurz so etwas wie Reue in seinem Gesicht. »Vielleicht. Ist es wahr?«

»Nein. Nein, ist es nicht. Das hat nichts damit zu tun.«

Seine Hand fährt einmal über sein ganzes Gesicht. »Okay. Dann bleib. Hör mir zu. Aber dann musst du auch bereit sein, mir meine Worte zu glauben. Oder du hast schon beschlossen, dass dir das Ganze zu kompliziert ist. Dann geh einfach. Und komm nicht mehr wieder.«

Verblüfft sehe ich ihn an. Stellt er mich gerade vor ein Ultimatum? Ja, ich glaube, genau das tut er. *Er* ist derjenige, der verdammt noch mal verheiratet ist, wieso werde ich dann in die Enge getrieben?!

»Du ... du willst, dass ich gehe?«

»Nein Phi, ich will, dass du bleibst. Aber in erster Linie will ich, dass du dich entscheidest.«

Vollkommen überrumpelt stehe ich im Flur. Mein erster Impuls ist natürlich, zu bleiben. Doch dass er mich so vor die Wahl stellt, macht mich stutzig. Würde jemand, der wirklich will, dass ich bleibe, mich überhaupt darauf bringen, dass ich genauso gut gehen könnte? Vielleicht ist er es, der in Wirklichkeit den einfachen Ausweg sucht. Weil er unbewusst schon weiß, dass es nicht gut enden wird. Und weil er immer noch ein guter Kerl ist und mir nicht wehtun will.

Gerade jetzt klingt es verlockend. Es ist mir egal, wie kompliziert es ist, aber mein Herz ist mir nicht egal. Es ist ohnehin schon viel zu angeschlagen und ich muss abwägen, was das Beste für es ist. Ich habe keine Kraft zu kämpfen. Ich wüsste gar nicht, mit welchen Mitteln. Ich bin nicht genug. Ich bin der Spatz in seiner Hand. Deliah die Taube auf dem Dach. Was, wenn er die Taube wirklich haben könnte?

Schwer atme ich ein und aus. Isaac und ich stehen uns stumm gegenüber und starren uns an. Es gibt drei Wörter, mit denen er all diese Zweifel in mir ausräumen könnte. Drei einfache Wörter. Langsam begreife ich, dass er sie mir nicht geben wird. Und was hat es dann für einen Sinn zu bleiben? Um mich aufzureiben und zu zermürben? Deliah hatte recht. Ich werde nicht gewinnen. Ich kann nicht gewinnen. Egal, was ich tue. Denn ich gewinne nie. Egal, wie sehr ich mich anstrenge, egal, wie sehr ich glaube, dazuzulernen und über mich hinauszuwachsen, es endet verdammt noch mal immer gleich. Ich werde verlassen.

Meine Augen flehen ihn an, mir etwas zu geben, an dem ich mich festhalten kann. Aber alles, was ich sehe, ist Isaacs zu Stein erstarrtes Gesicht. Als wäre er aus Granit.

Ich öffne den Mund und schließe ihn wieder. Drehe mich um. Gehe zur Tür. Öffne sie. Schließe sie.

In dem Moment, wo sie hinter mir ins Schloss fällt, bereue ich es bereits. Doch mein Stolz verbietet es mir, sie wieder aufzureißen und mich schluchzend in seine Arme zu werfen, um getröstet zu werden. Ich muss das jetzt durchziehen, sonst wird es später noch viel schlimmer. Immerhin bin ich diesmal diejenige, die geht. Nennt man das jetzt Fortschritt? Vermutlich nicht, wenn alles in mir darauf hofft, dass er die Tür wieder aufreißt und nicht zulässt, dass ich gehe. Er tut es nicht.

Kapitel 22

Die Tage fließen so dahin. Ich nehme sie kaum mehr wahr. Meine Albträume plagen mich immer noch, aber sie sind diffuser geworden. Ich habe das Gefühl, alles, was mir früher wichtig war, ist jetzt hohl und bedeutungslos. Und egal, wie ich mich bemühe, ich kriege das Damals nicht zurück. Lasse mir jedoch nichts anmerken. Und wie gut das funktioniert, merke ich daran, dass mich niemand darauf anspricht, was los ist. Einzig und allein meine Mom weiß, dass mich die Trennung von Isaac mitnehmen muss, Gott sei Dank weiß sie auch, dass ich nicht darüber reden will. Wozu auch? Keine Worte der Welt bringen ihn zurück.

Ich spüre die ganze Zeit über diesen Schmerz in mir drin, ein Brennen in der Brust, das mich auf jeden Schritt begleitet. Isaac würde mir vermitteln, dass ich nicht ständig reibungslos funktionieren muss. Bei ihm hätte ich all das rauslassen können und vermutlich hätte das gutgetan. Stattdessen muss ich nun daran denken und es tut noch mehr weh. Na großartig.

Bebend atme ich ein und aus und konzentriere mich auf meine Umgebung. Ich sitze in demselben Café, in dem Deliah mir diese fatalen Wahrheiten unterbreitet hat. Dasselbe Café, in dem mir klar wurde, dass es nie meine Geschichte war, sondern immer ihre. Ich war nur eine unbedeutende Fußnote.

Meine Augen brennen. Mich auf die Umgebung zu konzentrieren war vielleicht nicht die beste Idee. Auf gar keinen Fall werde ich in der Öffentlichkeit heulen. Verdammt noch mal, selbst Deliah könnte mit Isaac an der Hand jederzeit hier vorbeispazieren. Ungeduldig sehe ich auf die Uhr meines Handys. Mom müsste jeden Moment hier auftauchen und ich bete, dass es bald soweit ist. Ich versuche, mich permanent zu beschäftigen, um meine Gedanken zu unterdrücken, aber das klappt beim Warten nicht.

Verwundert sehe ich, dass ich bereits vor fünf Minuten eine Nachricht von ihr bekommen habe. Schnell überfliege ich sie. Sie entschuldigt sich. Hat die Essenseinladung ihres Tanzpartners angenommen. Sie schreibt ebenfalls, ich soll nicht zu viel hineininterpretieren. Aber genau das tue ich, denn ich weiß, sie würde mich nicht versetzen, wenn sie nicht auf diese Einladung brennen würde. Ein flüchtiges Lächeln huscht über mein Gesicht.

Ich lasse das Handy wieder in meine Tasche gleiten. Auf der Suche nach Ablenkung fällt mir ein Mann mit Hut ins Auge. Er trägt einen Anzug und einen Aktenkoffer und erzeugt sofort ein Bild nach Mafia aus den guten alten Al-Capone-Zeiten.

Al Capone sieht auf und verdutzt stelle ich fest, dass ich die Gestalt kenne. Es ist Marcus. Sofort schießen mir andere Bilder durch den Kopf. Bilder aus Vegas. Und wie jede Erinnerung an Isaac schmerzen auch sie höllisch.

Marcus dreht auf dem Absatz um und geht ein paar Meter weiter durch die Unterbrechung des Zaunes, der die Terrasse des Cafés vom Bürgersteig trennt. Ich halte die Luft an. Ob er weiß, dass Isaac und ich getrennt sind? Ob er überhaupt je wusste, dass wir zusammen waren? Alles in mir ist angespannt. Er zieht sich den Stuhl mir gegenüber zurecht und setzt sich. Den Aktenkoffer legt er zwischen uns auf den Tisch, als hätten wir uns zu einer Geldübergabe getroffen. Ich muss definitiv daran arbeiten, Blickkontakten besser auszuweichen.

Ich öffne meinen staubtrockenen Mund. »Du willst sicher zu Isaac. Ich will dich nicht aufhalten.« Mein letzter Versuch, uns beiden die Chance zu geben, diesen sicherlich peinlichen Small Talk auszuweichen.

Marcus dagegen lehnt sich entspannt zurück. »Ehrlich gesagt, komme ich gerade von Isaac.«

»Aha.« Mir fällt wirklich nicht viel mehr ein, was ich darauf erwidern könnte.

Marcus betrachtet mich eingehend. Abschätzend. Ich beginne mich unter seinem Blick zu winden.

»Alsooo ...« Ich lasse das Wort in der Luft hängen, aber Marcus hat anscheinend nicht vor, mir zur Hilfe zu kommen.

Ich zähle die Sekunden und komme bis einunddreißig, als er endlich anfängt zu reden.

»Kennst du das Gefühl, wenn du einem Freund helfen willst, ohne zu wissen, was das Richtige ist?«

Ich überlege kurz und schüttle dann den Kopf. Vielleicht weiß ich es nur nicht, weil ich niemals eine allerbeste Freundin hatte. Als hätte ich mich beim Stuhltanz zu spät hingesetzt und alle anderen waren schon vergeben. Natürlich habe ich Freundinnen. Aber keine mit der ich Insider-Witze tausche, als sei es eine eigene Sprache oder jemanden, den ich sofort anrufen will, wenn etwas Wichtiges passiert ist.

Früher dachte ich, jeder Mensch fühlt sich irgendwie allein auf der Welt, deswegen war es okay. Aber da hatte ich noch nie in Isaacs Armen gelegen und mich über jedes dumme Detail ausgetauscht, das mir durch den Kopf schießt. Erst seit ihm fühle ich mich so einsam. Ich hasse ihn dafür. Und gleichzeitig würde ich nicht eine Sekunde davon ungeschehen machen.

Eine Bewegung lässt mich wieder hochfahren. Marcus legt seine Hand auf den Aktenkoffer. Seine Finger trommeln darauf herum. Er stößt einen tiefen Seufzer aus.

»Also gut, ich darf eigentlich nichts sagen. Sowohl als guter Freund, als auch als guter Anwalt. Aber vielleicht sind wir uns nicht nur durch Zufall hier begegnet. Also hier drin befinden sich Isaacs Scheidungspapiere.«

Verdutzt sehe ich ihn an. Ich brauche ein bisschen, um eins und eins zusammenzuzählen. Marcus ist Isaacs Scheidungsanwalt. Wow, es ist schon bezeichnet, wenn dein Scheidungsanwalt gleichzeitig dein bester Freund ist.

Dann schnellen meine Gedanken zu dem zurück, was er gesagt hat.

»Scheidungspapiere?« Ich weiß nicht, ob meine Gedanken oder mein Herz schneller rasen. Auf einmal sitze ich kerzengerade auf meinem Platz. »Hat er sie unterschrieben?«

»So schnell hat vermutlich noch kein Mann Scheidungspapiere unterschrieben. Und ich habe schon einige gesehen, die es eilig hatten.«

Ich kann immer noch nicht klar denken. Alles in mir überschlägt sich, macht Purzelbäume, stolpert, alles gleichzeitig. Dann rutsche ich so weit mit meinem Hintern nach vorne, dass ich fast vom Stuhl falle. »Hat er was über mich gesagt?«

Vermutlich gehe ich zu weit und gleich entscheidet Marcus, dass es mich nichts angeht, was im Kopf seines besten Kumpels vorgeht, aber ich *muss* es einfach wissen.

Zu meinem Bedauern schüttelt Marcus den Kopf. »Nein, hat er nicht. Wenn Isaac etwas richtig nahe geht, dann redet er nicht darüber. Was auch immer zwischen euch vorgefallen ist, es beschäftigt ihn weitaus mehr als Deliah. Was eine Premiere ist.«

Mein Herz pocht so laut und heftig, dass sich vorsichtshalber meine Hand darauflege. »Sie hat gesagt, dass sie um ihn kämpfen wird«, flüstere ich. Und ich … ich habe das nicht getan.

»Oh, sie hat gekämpft. Hat alle Register gezogen, das Biest.« Marcus knirscht mit den Zähnen und dass er sie genauso wenig leiden kann wie ich, gibt mir ein besseres Gefühl, als es sollte. »Ist mit dem Oldtimer aufgetaucht, von dem sie sich früher vorgenommen hatten, ihn zusammen zu kaufen, stand mit einem Trenchcoat und nur in einem Trenchcoat vor seiner Tür und nicht zu vergessen viele, viele Beteuerungen, dass ab jetzt alles anders wird.«

Mir wird fast übel, wenn ich mir das alles bildlich vorstelle. Sie hat wirklich alle Register gezogen. Hat ihre gemeinsame Vergangenheit benutzt, ihren Sex-Appeal und zum Schluss das in Aussicht gestellt, was Isaac sich immer gewünscht hat. Nur, dass er es gar nicht wollte.

»Okay, ich geh dann mal. Vielleicht sieht man sich ja noch öfter.«

Marcus erhebt sich und ich sitze wie eingefroren auf meinem Platz.

Isaac ist geschieden. Isaac ist geschieden!

Damit habe ich nicht gerechnet. Der Gedanke, dass er und Deliah wieder zusammenkommen, war so in mir verankert, dass gar kein Raum für abweichende Szenarien war. Meine Energie ging dafür drauf, es eines Tages zu akzeptieren. Mich für sie zu freuen, wäre vermutlich zu viel verlangt, zumindest wollte ich ihnen begegnen können, ohne, dass es mich vollkommen umhaut. Stattdessen hat sich Isaac für immer von ihr losgesagt. Sie bedeutet ihm nichts mehr. Exakt das, was er mir sagte. Er hat mir immer die Wahrheit gesagt, nur ich, ich habe das nicht gehört. Weil meine Unsicherheit mich mal wieder voll im Griff hatte. Ich bin sofort in den Schadensbegrenzungs-Modus gefallen, der mir so vertraut ist.

Dennoch hat Isaac mich nicht aufgehalten. Keine einzige Nachricht geschickt oder mich angerufen. Ich wäre sofort rangegangen. Genauer gesagt gab es Minuten, die vielleicht zu Stunden geworden sind, in denen ich mein Telefon hypnotisiert habe, um es Kraft meiner Gedanken zum Klingeln zu bringen. Hat auch einmal geklappt, war allerdings meine Mutter.

Und dann trifft es mich wie ein Schlag. Eine Erkenntnis so glasklar, als hätte jemand in meinem Kopf das Licht angemacht. Alles, was ich mir von Isaac wünsche, jede einzelne Geste bis hin zum großen »Ich liebe dich«, ich habe ebenso nichts davon getan. Ich wünschte mir so sehr, dass er um mich und unsere Beziehung kämpfen würde, aber ich bin einfach gegangen, statt dafür einzustehen, was ich wirklich denke und fühle. Er wollte, dass ich bleibe. Und ich bin … gegangen. Ich dachte, ich könnte nicht kämpfen, ich wusste nicht wie. Für den Anfang hätte es einfach nur gereicht, wenn ich geblieben wäre. Wie blöd kann man eigentlich sein? Ich habe ihm nie gesagt, was genau er mir bedeutet. Und habe kein einziges Mal zum Telefon gegriffen, um es nachzuholen.

Wie von der Tarantel gestochen springe ich auf und stürme aus dem Café. Stürme noch einmal zurück, um zu bezahlen, und stürze dann auf mein Auto zu. Mit quietschendem Reifen bleibe ich vor Isaacs Haus stehen, doch die Auffahrt ist leer. Natürlich, er arbeitet noch.

Also lehne ich mich zurück und warte. Gehe dabei eine Million Mal all die Dinge durch, die ich ihm sagen will.

Meistens gebe ich mich dabei dem Gedanken hin, dass zwischen uns alles wieder gut wird. Dass wir uns küssen, dem Sonnenuntergang entgegengehen, glücklich leben bis ans Ende unserer Tage. Aber so schön diese Wunschbilder auch sind, so ist es nicht das, um was es mir dabei geht. Es geht viel eher darum, alles versucht zu haben.

Ich hatte gedacht, aufgeben würde weniger weh tun, anstatt alles zu versuchen, um dann doch zu verlieren. Doch dass ich nicht alles getan habe, frisst mich eher innerlich auf, als dass es mich vor irgendetwas geschützt hätte. Wenn ich jemals darüber hinwegkommen will, dann nur auf diese Art und Weise.

Isaacs Auto fährt ein, als die Sonne schon am Untergehen ist. Ich schrecke auf, als er auf seiner Auffahrt hält und aussteigt. Schnell springe ich aus dem Wagen und renne zu ihm, bevor er die Haustür erreicht.

»Isaac!«

Sein Kopf schnellt zu mir herum, sobald er mich erblickt, werden seine Augen schmaler und seine Gesichtszüge hart. Verunsichert verringere ich mein Tempo. So habe ich ihn noch nie gesehen. Und das ist auch nicht die Reaktion, die ich mir erhofft habe, aber ich bleibe bei meinem Plan. Auch wenn ich bei seiner abweisenden Haltung noch mehr Mut zusammenkratzen muss.

»Was willst du hier?«, fragt er. Alles an ihm ist starr, bis auf seine Finger, die mit seinem Hausschlüssel herumspielen.

»Ich hatte gehofft, wir könnten reden«, sage ich leise.

»Wann ist dir die Idee denn gekommen?« Seine Stimme klingt hart. Die Stimme, die ich so geliebt habe, jagt mir nun ein Schauer der unangenehmen Sorte über den Rücken. Ich bleibe endgültig stehen und senke den

Kopf. Überlege, was ich ihm antworten kann. Auf keinen Fall will ich Marcus verraten.

»Weißt du was? Ist mir auch egal. Was immer es ist, ich will es nicht hören.«

Ich zucke zusammen. Frage mich, ob unser Deal immer noch besteht und das nichts als die Wahrheit ist, oder ob der sich in dem Moment aufgelöst hat, als ich durch seine Haustür gegangen bin. Isaac hat mir zwar nicht immer alles gesagt, aber immer die Wahrheit. Doch ich habe lieber Deliah geglaubt. Ich bete, dass er mich zumindest jetzt anlügt.

Mit ein paar langen Schritten überbrückt er den Abstand bis zu seiner Haustür und fummelt am Schloss herum.

»Nein, bitte warte. Es dauert auch nicht ...«

Die Tür geht auf und gleich hinter ihm zu. Fassungslos starre ich auf das weiße Holz, das mich und Isaac trennt. Ist das hier gerade wirklich passiert?

Ich weiß mir nicht anders zu helfen, als zu klingeln. Nichts passiert. Verzweifelt schlage ich auf die Tür ein. »Bitte Isaac. Bitte hör mich nur an, dann kannst du mich hochkant wieder rausschmeißen. Ich meine, danach gehe ich freiwillig.«

Ich lausche ins Innere. Ich glaube zu hören, wie sich jemand auf und ab bewegt. Ich überlege, »Ich liebe dich!« durch die Tür zu schreien. Nein, ich will ihm dabei in die Augen schauen. Oder zumindest sichergehen können, dass er es auch wirklich gehört hat. »Isaac, bitte lass mich rein. Bitte. Ich muss dir unbedingt etwas sagen!«

Drinnen wird dröhnende Rockmusik angeschaltet und immer lauter gedreht. Die Botschaft ist klar: Isaac will nicht mit mir reden.

Kapitel 23

Ich übernachte in meinem alten Zimmer. Eventuell habe ich bei der Arbeit angerufen und gesagt, dass ich erkältet bin. Da ich so gut wie nie krank bin, hat niemand nachgefragt, mir wurde nur nahegelegt, mich gut auszukurieren. Ich weiß nicht genau, was die übliche Zeitspanne ist, um Liebeskummer auszuheilen, aber ich bin mir ziemlich sicher, dass sie nicht wollen, dass ich so lange wegbleibe.

Ich nage an meiner Unterlippe, dann drücke ich auf den grünen Knopf, der Isaac anwählt. Mit angehaltenem Herzen lausche ich. Es klingelt. Und klingelt. Bis schließlich die Mailbox anspringt. Ich schließe die Augen und inhaliere nahezu seine Worte, die mir freundlich sagen, dass er gerade nicht zu sprechen ist, ich aber gerne eine Nachricht hinterlassen kann. Ob er jemals wieder so mit mir reden wird? Ohne diese Kälte in seiner Stimme? Ich lege nach dem Piepton auf. Was ich ihm zu sagen habe, ist nicht für die Mailbox bestimmt. Mein Herz zieht sich schmerzhaft zusammen. Ich sollte es gut sein lassen. Er will nicht mit mir reden und das muss ich akzeptieren, oder? Sonst bin ich nur noch so ein verrückter Stalker.

Ich verkrieche mich unter der Decke und atme gegen den Schmerz in meinem Brustkorb an. Das erste Mal, seit es passiert ist, versuche ich es nicht wegzuschieben, zu relativieren oder mich abzulenken. Und es zerreißt mich fast. Vor meinen Augen spielen sich Szenen unserer gemeinsamen Zeit ab, die ich mir verboten habe.

Gegen Mitternacht bin ich so fertig, dass ich erneut zum Telefon greife. Er hat mir gesagt, ich kann ihn jederzeit anrufen, egal, was ist. Er hat es so eindringlich gesagt, ich habe immer noch seine Stimme im Ohr. Ich bin mir ziemlich sicher, dass auch das nicht mehr gilt. Aber ich brauche ihn jetzt. Ich brauche ihn so sehr, dass ich nicht einmal mehr zögere, bevor ich auf Wahlwiederholung drücke. Ich werde sofort auf die Mailbox geleitet. Ich beende das Gespräch und stocke. Isaac schaltet sein Handy nie aus. Nie. Er meint, er will jederzeit für Notfälle erreichbar sein. Das heißt … Scheiße, er hat mich blockiert.

Ich schreibe ihm hastig eine Nachricht und frage, ob er nur heute nicht mit mir reden will oder nie wieder. Weil ich warten kann. Aber nachdem ich die Worte abgeschickt habe, fällt mir ein, dass er nichts davon empfängt, wenn ich blockiert bin.

Ich stoße ein lautes Fluchen aus und verbringe den Rest der Nacht damit, ins dunkle Nichts zu schauen, während es mir unmöglich ist, zu schlafen, obwohl meine Augen bereits vor Müdigkeit tränen.

Es muss einen Weg geben, diese letzte Aussprache mit Isaac zu bekommen. Und ich werde ihn finden.

In der Minute, in der das Polizeirevier offiziell aufmacht, schreite ich durch die Tür. Meine Handflächen schwitzen und mein Herz rast vor Angst, diesen Ort wieder zu betreten, aber der Wunsch, mit Isaac zu reden, ist stärker. Man sagt mir, dass Officer De Laurentiis noch nicht da ist, doch ich werde warten. Als er ein paar Stunden später kommt, geht er an mir vorbei, als sei ich Luft. Als würde ich nicht existieren. Ich schlucke die brennende Enttäuschung darüber herunter. Ich werde mich jetzt nicht in dem Leid suhlen, dass er durch seine Reaktion ausgelöst hat. Er ist stur? Nun, ich kann noch sturer sein. Zumindest ... hoffe ich das.

Eine Kollegin wirft mir einen mitleidigen Blick zu und ich sehe, wie sie zu ihm geht und ihm etwas sagt, aber er schüttelt den Kopf. Ich beobachte Isaac bei der Arbeit. Zumindest beim Papierkram, wenn er rausgeht und für Stunden nicht wiederkommt, kann ich ihm nicht folgen, das ginge selbst mir zu weit.

Gegen 18 Uhr kommt seine Kollegin auf mich zu. »Er ist weg«, sagt sie mit Bedauern in der Stimme.

Mit einem Nicken stehe ich auf. Ich bin kurz etwas wackelig auf den Beinen, aber fange mich wieder. Immerhin habe ich den ganzen Tag auf diesem Stuhl gesessen. Ich sollte vielleicht etwas essen und trinken.

»Wenn du einen guten Rat willst: Lass es. Er ist sturer als ein Esel und wird nicht nachgeben.«

Das ist mir inzwischen auch klar.

»Hat er denn morgen Schicht?«

Sie verzieht ihr Gesicht, als wollte sie mir diese Information lieber vorenthalten.

»Bitte.«

Offenbar flehe ich gut genug, denn sie nickt kurz. Okay, mehr brauche ich nicht zu wissen. Wie mechanisch laufe ich zu meinem Auto. Tja, sieht so aus, als hätte ich nur noch ein Ass im Ärmel. Wenn man stundenlang auf einem Fleck sitzt, schießen einem viele komische Gedanken durch den Kopf. Wenn ich kreativ werden muss, um mit Isaac sprechen zu können, dann werde ich das eben.

Wie wild klopfe ich gegen Justins Tür. »Ja-ha, Herrgott noch mal.« Er reißt sie auf. Sein dunkelblondes Haar ist zerzaust, seine Augen kaum einen Spalt weit auf. In seinem Zimmer stapeln sich bereits halb gefüllte Kartons. Auf den ersten Blick würde ich sagen, dass er den Umfang eines Studentenzimmers überschätzt. Außerdem hat er schon wieder vergessen, dass ich ihm geraten habe, die Kartons zur Hälfte mit schweren und zur Hälfte mit leichten Sachen zu befüllen. Aber einige Lektionen muss man einfach selbst lernen. »Verdammt noch mal es ist …«

»Es ist 11 Uhr.«

»Oh.«

»Du kannst meinetwegen schlafen, so lange du willst, nachdem du mir gesagt hast, ob du noch was von dem Marihuana hast.«

»Was? Ich meine … Was? Nein natürlich nicht.«

Ich lege den Kopf schief.

Verlegen kratzt er sich am Hinterkopf. »Eventuell habe ich ein paar Joints da, aber ich hatte nicht vor, sie zu rauchen. Julia findet das uncool und ich …«

Ich winke ab. »Ist mir vollkommen egal.«

Verdutzt sieht er mich an. »Ehrlich?«

»Ja. Gib mir einfach, was du noch hast.«

Er blinzelt. Einmal. Zweimal. »Was?!«

Ich verdrehe die Augen. »Du hast mich schon richtig verstanden. Keine Sorge, ich gebe dir wieder, was ich nicht brauche.«

»Du gibst mir … heißt das, du willst es nicht, um es im Klo runterzuspülen?!«

»Justin!« Ich schnipse mit meinen Fingern vor seinem Gesicht herum. Er ist heute ein wirklich sehr langsamer Denker, vielleicht sollte ich die Reste wirklich im Klo herunterspülen. »Gib mir jetzt dein Pott, ich habe nicht den ganzen Tag Zeit.«

Eigentlich schon, aber es fühlt sich nicht so an.

»Oookay«, sagt er gedehnt. Er taucht in seinem Zimmer ab und steht ein paar Minuten später mit einer Klarsichtfolie vor mir, in der sich bereits drei fertig gedrehte Joints befinden. Praktisch.

»Danke dir.« Ich ignoriere, dass mein kleiner Bruder mich ansieht, als wäre ich ein Elefant im Tutu und schnappe mir die Tüte. Mit schnellen Schritten bewege ich mich auf mein Auto zu und fahre damit zum Supermarkt. Zwei Minuten später verlasse ich den Laden, eine große Flasche billigen Wodka in meinen Händen. Suchend sehe ich mich auf dem Parkplatz um und erspähe tatsächlich das Polizeiauto. Daran lehnt Officer Oaks und jemand, der glatt Tommy Perkins sein könnte, nur in Polizeiuniform. Wow. Schon seit ich denken kann, patrouilliert Oaks auf dem Parkplatz vor dem Supermarkt, um jeden Jugendlichen davon abzuhalten, illegal in den Genuss von Zigaretten oder Alkohol zu kommen. Anscheinend hat sich daran nichts geändert. Nur ist jetzt Tommy aus meinem Jahrgang sein Partner. Er wurde damals besonders oft erwischt. Ich glaube, es ging ihm weniger um den Alkohol als um den Nervenkitzel, was an Oaks vorbeizuschmuggeln.

Ich fummle ein Feuerzeug und den Joint aus meiner hinteren Hosentasche und zünde ihn an. Probeweise ziehe ich einmal dran. Und huste. Okay, das Zeug schmeckt so, wie es riecht, interessant. Ich schraube den Deckel des Wodkas ab und laufe los. Ich gehe einen extra weiten Schlenker, damit ich auch ja am Polizeiauto vorbeikomme.

Ich huste erneut, diesmal damit die beiden mich bemerken, nehme ich einen sehr tiefen Zug und blase den Rauch in ihre Richtung.

»Ma'm?«, fragt Oaks verwirrt.

»Hallo, Officer Schweinebacke.« Ich nicke ihnen zu und nehme einen großen Schluck aus der Wodkaflasche. Anschließend schüttle ich mich. Scheiße, man schmeckt ihm seinen Preis an. Und vielleicht hätte ich heute früh etwas essen sollen.

Ich balanciere Joint und Flasche in einer Hand, um meinen Wagen zu entriegeln. Aus den Augenwinkeln sehe ich, dass die beiden sich von ihrem Auto abgestoßen haben und mich sehr aufmerksam und ein wenig angespannt beobachten. Ich öffne die Fahrertür und winke ihnen zu.

»Ma'm!«

»Phyllis, hör auf mit dem Scheiß!«

Die Tür geht hinter mir zu. Ich verstaue Wodka und den Joint in der Mittelkonsole und fluche darüber, dass ich keine Zeit mehr habe, um den Wodka zuzudrehen oder den Joint auszumachen. Das habe ich nicht bedacht. Aber ich muss mich beeilen. Ich sehe schon, wie die beiden auf mich zugestürmt kommen. Hektisch drehe ich den Schlüssel im Zündschloss. Sobald der Motor anspringt, lasse ich die Kupplung los. Zu schnell, der Motor stirbt ab.

»Scheiße, scheiße, scheiße.«

Ich werfe einen gehetzten Blick zu Tommy und Oaks. Ich starte erneut und bin diesmal etwas umsichtiger. Im ersten Gang tuckere ich über den Parkplatz und sehe im Rückspiegel, wie die beiden Polizisten unschlüssig in meine Richtung schauen, bis sie endlich auf die Idee kommen, dass sie mich zu Fuß nicht mehr einholen können.

Sie rennen zurück zu ihrem Wagen, Tommy erheblich schneller als Oaks. Na endlich.

Ich biege vom Parkplatz Richtung Highway ein. Lautstark stoße ich die Luft in meinen Lungen aus, die sich da irgendwie angesammelt haben muss. Mein Kopf schwirrt ein bisschen, aber laut und gut vernehmbar ruft mir eine Stimme der Vernunft zu, dass ich den Scheiß bitte lassen soll. Zu spät, jetzt ziehe ich das auch durch.

Sobald ich sehe, dass die Polizisten hinter mir sind, drücke ich aufs Gaspedal. Der Berufsverkehr ist längst vorüber, sodass ich den Highway Richtung Phoenix für mich habe. Ich reize die Geschwindigkeitsgrenze komplett aus und zucke zusammen, als hinter mir Sirenen ertönen. *Was genau hast du dir dabei gedacht, Phi?*, schnauzt mich die nervige Stimme in meinem Kopf erneut an.

»Phyllis Moore, fahren Sie sofort rechts ran!«, ertönt es durch einen Lautsprecher.

Unruhig trommle ich mit den Fingern auf meinem Lenkrad herum.

»SOFORT!«

Okay, ich denke – ist aber nur so ein Gefühl – ich habe ihre Aufmerksamkeit.

Ich reiße das Lenkrad nach rechts und bringe den Wagen am Straßenrand zum Halten. Beim Bremsen kippt die Wodkaflasche und ergießt sich auf meinen Schoß. »Ach, verdammter Mist.«

Panisch schaue ich nach dem Joint und schmeiße ihn nach draußen, ehe er und der Wodka mein Auto in Brand stecken.

Kurz darauf wird meine Autotür so weit aufgerissen, dass ich Angst habe, dass sie aus den Angeln springt. Vor mir steht Officer Oaks. Schnaufend und mit krebsrotem Gesicht.

»Raus«, knurrt er immer noch ziemlich kurzatmig. »Sie ... kommen ... mit ... aufs Revier.«

Innerlich jubiliere ich, während ich gleichzeitig ein schlechtes Gewissen habe.

»Okay«, sage ich kleinlaut.

Ich versuche auszusteigen. Löse meinen Gurt. Steige dann wirklich aus.

»Geben Sie Officer Perkins Ihre Schlüssel, damit er Ihren Wagen wegfahren kann.«

Wieder nicke ich und lasse meinen Schlüsselbund in Tommys Hände fallen, der mich betreten ansieht. Zuvorkommend hält Oaks mir die hintere Tür auf und ich rutsche durch. Mit dem Gitter zwischen mir und ihm fühle ich mich wie eine Schwerverbrecherin.

Oaks wuchtet sich hinter das Lenkrad und fährt los. Dabei schüttelt er fast unablässig den Kopf.

»Was hast du dir nur dabei gedacht, Mädchen? Was soll denn deine Mutter denken?«

Ich zucke nur mit den Schultern. Keine Ahnung, was Mom zu all dem sagen würde. Ich habe in meiner Kindheit kaum Mist gebaut, weswegen mir die Vorstellungskraft diesbezüglich ausgeht. Wenn es nach mir geht, muss sie es nicht unbedingt erfahren.

»Ich rede mit niemandem, außer Officer De Laurentiis!«, platzt es aus mir heraus.

Oaks stößt ein Brummen aus, von dem ich nicht genau weiß, was es bedeutet. Kalter Schweiß tritt mir auf die Stirn. Ich bin so weit aus meiner Komfortzone gekommen, wie möglich und das alles aus einem einzigen Grund. Ich bete, dass das nicht vollkommen umsonst war.

»Lässt sich bestimmt einrichten«, sagt er schließlich.

Erschöpft lasse ich mich nach hinten fallen. In meinem Kopf drehen sich die Worte, trotzdem versuche ich, sie zusammenzuraffen. Denn bald werde ich sie brauchen.

Kapitel 24

Ich schaue mich in dem kargen Raum um. Ein paar Kameras in den Ecken, ein Metalltisch, der am Boden befestigt ist, zwei Stühle und den provisorisch großen Spiegel, den ich aus so vielen Fernsehserien kenne. Vielleicht werde ich gerade beobachtet. Ein schauriges Gefühl.

Immerhin bin ich nicht in Handschellen. Was auch ein wenig enttäuschend ist. Ich habe alle Register gezogen, die mir zur Verfügung standen, und bin dennoch ein braves Lämmchen. Ich sehe fast schon Deliahs Gesicht vor mir, wie sie mit ihrem Kussmund das Wort *langweilig* formt. Schnell schüttle ich den Gedanken ab. Ich hoffe wirklich, ich kriege durch das Gras keine Paranoia.

Dann geht die Tür auf. Alles in mir verkrampft sich und mein Herz schlägt bis zum Hals, als ich Isaac erkenne. Isaac mit mir in einem Raum. Allein.

Gut vielleicht sitzt das halbe Polizeipräsidium hinter diesem Spiegel, aber ich nehme, was ich kriegen kann.

Er legt eine Akte auf den Tisch und lässt sie dabei nicht aus den Augen. Kein einziges Mal kreuzt sein Blick meinen, auch wenn ich ihn wie hypnotisiert anstarre und mich kaum traue, zu blinzeln, aus Angst, irgendetwas von ihm zu verpassen.

Er schlägt die Akte auf. Ich schlucke. Ist das jetzt meine Akte? Es ist bestimmt nicht gut, eine Akte bei der Polizei zu haben. Immerhin ist sie nicht dick.

»Miss Moore. Hier steht, Sie sind unter Augenzeugen betrunken und unter Marihuana-Einfluss Auto gefahren.«

»Jaaaa, das stimmt so weit.« Es schmerzt, dass er so förmlich mit mir spricht. Als wären wir nur zwei Fremde. Ich versuche, mich zusammenzureißen. Isaac macht hier nur seinen Job. Natürlich gibt er sich förmlich. Und darum geht es auch nicht.

»Anschließend haben Sie die Geschwindigkeitsgrenze überschritten.«

»Das ist gut möglich.«

»Außerdem reagierten Sie auf die Warnungen meiner Kollegen erst verspätet.«

»Ich bin ungefähr fünf Kilometer weit gekommen.«

Isaac blättert eine Seite um. »Und Officer Oaks wies mich ausdrücklich darauf hin, dass Sie ihn ›Officer Schweinebacke‹ genannt haben, ist das soweit korrekt?«

Ich sehe ein winziges Zucken an seinem Mundwinkel, das mein Herz erwärmt, einen Augenblick später ist es verschwunden.

»Ja, das klingt alles, als hätte ich es getan.«

Er schlägt die Akte zu und sieht mich das erste Mal an. Das erste Mal seit ... keine Ahnung, gefühlten Monaten. Jahren.

Für einen Moment kann ich ihn nur anstarren, dabei hatte ich mir geschworen, sofort auf ihn einzureden. Hier ist meine Gelegenheit und ich bin stumm wie ein Fisch. Seine Augen sind so scheiße blau. Ich liebe diese Augen. Ich liebe dieses Gesicht. Aber er sieht mich nicht mehr an wie früher. Da ist diese spürbare Distanz zwischen uns und sie hat nichts mit diesem metallenen Tisch zu tun, auch wenn der nicht gerade hilfreich ist.

Isaac ist der Erste, der das Wort ergreift. »Fragt sich also nur noch: Wieso?«

»Ist das nicht offensichtlich?«, frage ich leise.

Seine Augenbrauen schieben sich zusammen. Wieder verknäulen sich meine Eingeweide, obwohl ich vorher wusste, dass er von der Idee nicht besonders angetan sein wird.

»Das alles, nur um mit mir zu reden? Herrgott, Phi!«

Immerhin nennt er mich beim Vornamen.

»Nicht *nur*«, betone ich. Dieses Gespräch bedeutet mir die Welt. »Ich hab so viel falsch gemacht, Isaac. Jedenfalls glaube ich das. Jedenfalls habe ich Sachen, die ich dir noch sagen will. Sagen *muss*.« Auf einmal sind sie alle wieder da. Alle Worte. Und alle auf einmal. »Also ich weiß zufällig ... verdammt, Marcus sagte ... egal, also ich weiß zuuufällig, dass du geschieden bist. Und ich weiß gar nicht, wieso ich damit anfange, denn eigentlich hat das gar nichts damit zu tun, was ich dir sagen will. Und dann irgendwie doch, weil es mich zum Nachdenken angeregt hat und ich erst ...« Ich atme tief ein und aus. »Ich sollte noch einmal von vorn anfangen.«

Wieso rede ich ohne Punkt und Komma Unsinn? Ich frage mich, ob es das Marihuana ist, der Alkohol, die Mischung aus beidem oder das Adrenalin.

Ich schließe die Augen und besinne mich kurz. Ich habe nur diese eine Chance. Versau es nicht, Phi. Red nicht von dir in der dritten Person, Phi.

Ich fühle Isaacs Blick auf mir. Tief und bohrend. Es ist, als könnte ich seine Präsenz in diesem Raum spüren. Verzweifelt presse ich meine Hand auf mein Herz. Dort, wo es am meisten schmerzt.

»Es tut so, so weh, Isaac«, gestehe ich ihm.

Ich öffne meine Augen wieder, aber ich habe mich leicht seitlich gedreht und schaue nach unten. Ich wollte unbedingt in einem Raum mit ihm sein und nun bin ich zu feige, ihn anzusehen. Ich kann mich selbst kaum begreifen.

»So verdammt weh. Ich ... keine Ahnung. Ich hätte nicht durch diese Tür gehen sollen. Nicht, ohne dir zu sagen ... Ich war so verunsichert. Du hast deiner Schwester gesagt, dass ich nichts Besonderes für dich bin und dann kam Deliah und ich konnte mir vorstellen, wieso ich nichts Besonderes für dich bin. Ich hatte solche Angst, dass ich nur ... nur irgendeine Randnote in deinem Leben bin. Weil es das Schlimmste ist, wenn man selbst ganz anders empfindet. Ich liebe dich. Ich liebe dich so sehr.« Ich stocke bei den Worten, doch im Raum bleibt es totenstill. »Und diese Worte zu sagen, habe ich mich nicht getraut, weil ich befürchtete, dass du sie nicht erwiderst. Deswegen habe ich darauf gewartet, dass du sie zuerst sagst. Oder wenigstens, dass du in mich verliebt bist. Aber sie kamen nicht.«

Nun rollen mir die ersten Tränen von der Wange. Unwirsch wische ich sie weg. Ich bin hier, um Isaac meine Gefühle zu gestehen, nicht, um ihm ein schlechtes Gewissen zu machen.

»Aber nur zu sagen, dass ich dich liebe ... irgendwie reicht das nicht.«

Ich fuchtle ein bisschen mit den Händen, finde nicht die richtigen Worte. Bis mir Titus einfällt.

»Als ich meine Ex-Freunde aufsuchte ... der eine sagte zu mir, er habe nicht gewusst, was Liebe ist, bis er seine jetzige Frau getroffen hat.«

Verstohlen werfe ich Isaac einen Blick zu. Seine Miene ist vollkommen unbewegt, als würde ich ihm davon erzählen, wieso ich im Parkverbot stand.

»Ich war beleidigt, schließlich war er mein erster Freund. Meine erste Liebe. Der erste Mann, mit dem ich geschlafen habe. Aber nun verstehe ich es. Denn es gibt diese Menschen, denen man sich ganz anders öffnet und es ist als würden sie mit einem Arm in deine Brust greifen und etwas ganz, ganz tief in dir berühren, von dem du nicht mal wusstest, dass es da war. Und … ich glaube, meine Metaphern sind irgendwie komisch. Sind meine Metaphern komisch? Antworte lieber nicht darauf.«

Ich atme tief ein und aus. Überschlage im Kopf, ob das alles war, was ich sagen wollte und muss feststellen, dass ich das Wichtigste tatsächlich bereits gesagt habe. Irgendwie bin ich enttäuscht darüber. Das heißt, bald ist unsere Zeit zu Ende. Ich habe mir geschworen, ihn nach meinem Geständnis nicht weiter zu belästigen, und ich habe vor, mich daran zu halten.

Hilflos zucke ich mit den Schultern. »Das … das musste ich dir unbedingt sagen. Ich erwarte nicht, dass das etwas ändert oder so. Jedenfalls, falls du mir noch eine … das wäre großartig. Großartig ist ein blödes Wort dafür. Es wäre toll, wenn du meine Nummer entsperrst. Ist deine Entscheidung. Ich höre jetzt auf zu reden.«

Wieder sehe ich ihn an. Derselbe reglose Gesichtsausdruck. Alle Hoffnung, die ich noch für uns beide hatte, schrumpelt zusammen und stirbt. Qualvoll. Fühlt sich an, als würde die Hoffnung sich verzweifelt an meinen Eingeweiden festhalten und sie mit sich in den Tod ziehen.

»Muss ich was unterschreiben? Oder … komme ich ins Gefängnis?«

»In Anbetracht dessen, dass du polizeilich vorher kein bisschen auffällig warst, eher nicht.«

Erleichtert atme ich aus, aber es fühlt sich nicht wirklich erleichtert an.

»Ich werde dich jetzt nach Hause fahren. Den Rest besprechen wir später.«

»Oh. Okay.«

Isaac erhebt sich von seinem Stuhl. Ich brauche eine Weile, bis ich ihm folge. Isaac steht bereits an der Tür des Verhörraums und hält sie mir auf, sodass ich zuerst durchgehen kann. Er lotst mich durch die Räume bis zu dem Großraumbüro, wo er der Empfang ist. Ich neige meinen Kopf nach unten und lasse meine Haare vor mein Gesicht fallen, als mir bewusst wird, wie viele seiner Kollegen mich neugierig mustern. Das Letzte, was ich gebrauchen kann, sind möglichst viele Zuschauer.

Isaac lässt meine Akte auf seinen Schreibtisch fallen, weiter geht es bis zu seinem Auto. Ich brauche drei Anläufe, bis ich den Gurt richtig stecke. Souverän lenkt uns Isaac durch Paxdale, während ich aus dem Fenster schaue und die vertrauten Häuser an mir vorbeiziehen. Und ich frage mich, ob diese Sache – diese Isaac-und-ich-Sache – jemals hätte gut ausgehen können, oder nicht. Gibt es ein Szenario, in dem ich alles richtig gemacht hätte und wir glücklich geworden wären? Oder war der Ausgang vorherbestimmt, egal, welchen Weg ich auch eingeschlagen hätte? Ich kann mich nicht entscheiden, was von beidem Schlimmer ist. Und da ist er wieder: der Herzschmerz.

Kapitel 25

Erst als das Auto hält, registriere ich bewusst die Umgebung. Wir stehen nicht vor meinem Elternhaus. Sondern vor Isaacs.

»Was ...?«, frage ich irritiert.

Ist es möglich, dass er nur kurz etwas holen will? Aber was um alles in der Welt könnte so wichtig sein, dass er nicht die zehn Minuten warten kann, die es braucht, um von mir zu ihm zu kommen?

»Ich habe gesagt, ich fahre dich nach Hause. Aber nicht, zu welchem.«

Isaac stößt schwungvoll die Tür auf. Als er bereits draußen steht, wirft er noch mal einen Blick ins Innere, wo ich immer noch wie erstarrt sitze.

»Kommst du?«

Ich schrecke auf und löse den Gurt. Hastig folge ich ihm ins Haus. Ich weiß immer noch nicht, was das zu bedeuten hat, aber es ist auf jeden Fall besser, als allein in meinem alten Zimmer darüber zu grübeln, wann ich was hätte besser machen können.

Sofort schlägt mir der vertraute Geruch von Isaacs Heim entgegen. Alles hier riecht nach ihm – männlich und leicht holzig – und beschwört angenehme Erinnerungen und Gefühle in mir hoch.

Er geht in die Küche und bedeutet mir, mich zu setzen. Ich ziehe mir einen der Stühle am Holztisch zurecht und sehe ihn erwartungsvoll an. Isaac setzt sich nicht, stattdessen lehnt er an der Küchenanrichte und schaut mit verschränkten Armen zu mir. Ich frage mich, ob er das tut, um Distanz zu mir aufzubauen.

»Willst du vielleicht was essen oder trinken?«, fragt er. »Ich habe noch ein paar Reste vom Chinesischen Imbiss.«

Schon als er es sagt, grummelt mein Magen so laut, dass es Antwort genug sein müsste, dennoch nicke ich.

Isaac greift zum Kühlschrank und reicht mir eine Wasserflasche. Er bewegt sich in die Richtung des Schrankes, in der die Gläser stehen, aber in der Zeit habe ich die Flasche schon fast bis zur Hälfte ausgetrunken. Ich bemerke ein kleines Lächeln, als er den Kopf schüttelt und die Reste vom Chinesen kurz in die Mikrowelle stellt.

Zwei Minuten herrscht Schweigen, bis das *Pling* die Stille zerreißt. Ich stürze mich auf die Reste, aber nichts kann meine Aufmerksamkeit von Isaac abhalten. Lieber verfehle ich mit der Gabel meinen Mund.

Er fährt sich durch die Haare. Himmel, was immer er mir sagen will, er soll es einfach ausspucken. Der Umstand, dass ich in seiner Küche sitze, weckt diese trügerische Hoffnung in mir.

»Ist es okay, wenn ich erst einmal rede? Ich weiß nicht mal genau, wo ich anfangen soll, aber es wäre mir wichtig, dass du mir bis zum Ende zuhörst.«

Ich nicke. Ich kenne dieses Gefühl nur zu gut.

Er stößt langsam die Luft aus. Automatisch spanne ich mich wieder an. Obwohl ich nicht wüsste, wie es zwischen uns schlimmer werden kann als jetzt. Er kann mir schlecht noch einmal den Laufpass geben.

»Am besten fange ich ganz vorne an. Von dem Moment, wo du die Tür geöffnet hast und statt einer Mom stand eine heiße Schwester vor mir. Das hat mich kalt erwischt.«

Hitze steigt in meine Wangen, wenn ich mir vorstelle, dass Isaac mich von Anfang an begehrte.

»In meinem Kopf rotierte immer wieder die Frage, wie ich rausfinden könnte, ob du Single bist und wie verdammt noch mal ich es schaffen sollte, dich um ein Date zu bitten, ohne dabei total unprofessionell zu sein. Aber zum Glück hast du mir für beides eine Steilvorlage geliefert.«

Ich erinnere mich an den Abend, als wäre es gestern gewesen. Ich weiß noch, wie sehr ich durch den Wind war und dachte, dass ich nur Müll rede. Im Nachhinein war es vielleicht ganz gut, dass ich keine Zeit dazu hatte, meine inneren Filter einzuschalten, von denen ich in der Vergangenheit viel zu viele hatte.

»Und unser Date hat mich ziemlich umgehauen. Ich hatte dich schon zu Marcus' Geburtstagsfeier eingeladen, ehe ich darüber nachdenken konnte.«

Ich will den Mund aufmachen, um zu sagen, dass ich bis zu dem Zeitpunkt nicht den Eindruck gehabt hatte, dass er besonders an mir interessiert war, aber schließe ihn wieder. Ich habe versprochen, ihn ausreden zu lassen, und so schwer mir das auch fällt, ich werde mich daran halten.

»Und dann kam Vegas und ... Jede Sekunde mit dir, einfach alles, es war einfach ... zu perfekt.«

Die Worte laufen mir eiskalt den Rücken herunter. Es kann also doch schlimmer werden. Mit den gleichen Worten hat mich Henry abserviert. Nach all den vielen Wochen, in denen ich das Gefühl hatte, mich wirklich persönlich weiterzuentwickeln, bin ich an exakt demselben Punkt angelangt. Alles anders gemacht und doch das gleiche Ergebnis bekommen. Mein Leben ist ein monströses Hamsterrad.

»Phi ... wieso bist du so blass? Ist dir schlecht?«

»Darf ich was sagen?«

»Ich bin noch nicht fertig, aber will unbedingt, dass du die Frage beantwortest.«

Hilflos hebe ich die Arme und lasse sie wieder fallen. »Ich habe bloß keine Ahnung, wieso ich hier bin. Willst du mir erklären, wieso wir nicht zusammen sein können, obwohl du jetzt geschieden bist? Irgendwas das mit ›es ist meine Schuld, nicht deine, aber bitte ruf mich nie wieder an‹ endet. Das kann ich nicht gebrauchen. Ich belästige dich nie wieder, ich verspreche es dir. Und glaub mir: Du bist trotzdem noch ein guter Kerl.«

Auf einmal erscheint mir das Haus viel zu eng, als würden die Wände auf mich zukommen. Ich stehe auf und entferne mich aus dem Raum.

Im Flur packt mich Isaac am Arm und zieht mich zu ihm herum. Fast pralle ich gegen ihn, zum Glück finde ich mein Gleichgewicht noch rechtzeitig. Denn wenn ich erst einmal an Isaacs Schulter liege, kann ich mich nicht mehr davon losreißen.

»Phi, ich versuche dir zu sagen, dass ich mich bereits beim ersten Date in dich verliebt habe. Und dass ich schon ziemlich lange weiß, dass ich dich liebe.«

Ich blinzle. »Bitte was?«

Auf einmal wird mir Isaacs Hand an meinem Arm sehr bewusst. Rau und warm.

»Ich konnte es dir nicht sagen. Da war diese innere Barriere in mir. Zum Teil bewusst, zum Teil unbewusst.«

Er lässt mich wieder los. Enttäuscht sehe ich seiner Hand hinterher, während ich seine Worte verdaue. Das, was er sagt und das, was er tut, passt nicht recht zusammen.

»Es ist mir erst komplett klar geworden, als du vor mir in diesem Verhörraum saßest. Bei Deliah ... Jahrelang war es so, dass wenn ich dachte, jetzt wäre endlich alles gut und ich könnte mich zurücklehnen und einfach nur das Leben genießen, dann war sie weg. Also habe ich die Worte zurückgehalten, denn ich hatte Angst vor dem Moment, indem ich es sage und du es erwiderst. Denn dann wäre alles zu perfekt.«

Jetzt begreife ich, dass seine Worte eine andere Bedeutung haben als bei Henry. Er meint sie ehrlich. Für ihn ist das zwischen uns wirklich perfekt, für Henry war es das nicht.

»Ich denke, ich habe immer nach dem Fehler gesucht und dann kam er. Deliah war wieder da, wie ein Wirbelsturm zerstörte sie wieder alles, was ich mir aufgebaut habe. Aber ich dachte, wenn wir so füreinander empfinden, dann überstehen wir das. Doch du bist gegangen. Bei der ersten Gelegenheit, die ich dir geboten habe.«

Da ist es. Der Moment, den ich immer und immer wieder durchgegangen bin. Für den ich am liebsten die Zeit zurückgedreht hätte, wenn ich nur könnte. Zu sehen und zu hören, wie sehr ihn das getroffen hat, macht es noch tausendmal schlimmer.

»Ich will dieses kitschige *In guten wie in schlechten Zeiten*, Phi. Ich will eine Frau, die bleibt, wenn die Wellen sich legen und keine Wolke am Horizont ist, und ich will eine, die mir beisteht, wenn ein Sturm kommt. Beides in einem.«

Ich will das auch. Ich will das so, so sehr. Wie kann ich ihm das beweisen? Ich habe sein Vertrauen in mich verspielt.

»Ich war so enttäuscht ...« Seine Stimme wackelt ein wenig. *Enttäuscht* ist ein viel zu schwaches Wort dafür, was er wirklich gedacht und gefühlt hat. »Deswegen wollte ich nicht, dass du irgendwie Kontakt zu mir aufnimmst. Ich hätte dir vermutlich sofort verziehen. Und das wollte ich nicht. Ich habe mit Deliah so viel hin und her durch, dass ich das nicht noch einmal durchmachen wollte.«

Ich nicke mit gesenktem Kopf. Ich verstehe das. Ich wünschte, ich hätte das früher gewusst. Aber ich war so sehr damit beschäftigt, für mich eine neue Seite des Buchs meines Lebens aufzuschlagen, dass ich vergessen habe, dass keiner von uns auf Seite Eins anfängt, selbst wenn der Gedanke noch so schön ist.

»Dabei habe ich all meine eigenen Fehler übersehen, die erst zu diesem Punkt geführt haben.«

Mein Kopf fährt wieder hoch. Ich hänge an seinen Lippen, um nichts zu verpassen.

»Am meisten tut es mir leid, dass du dieses dumme Gespräch mit meiner Schwester mitbekommen hast. Denn eins musst du mir glauben, ich habe dich nie angelogen, aber sie.«

»Aber ... wieso?«

»Weil Deliah ihre beste Freundin ist. Marie denkt immer noch, wir werden uns zusammenraufen und dann können wir tolle Viererdates machen oder was weiß ich. Ich wusste, wenn sie auch nur ahnt, dass da jemand ist, der Deliah gefährlich werden könnte, dann ruft sie sie an und ehe man sich versieht, steht sie plötzlich auf der Matte. Also habe ich sie angelogen. Offenbar nicht gut genug, Marie kennt mich zu genau.«

Und Deliah stand plötzlich vor der Tür. Alles fällt an seinen Platz.

»Das hat sie schon öfter getan, he?«, frage ich.

Er nickt. »Ja. Immer, wenn ich dachte, ich könnte mir etwas Neues aufbauen, war sie da und hat mir gezeigt, dass ich es nicht kann. Und ich konnte es auch nicht. Weil ich genau wie Marie diese Traumvorstellung hatte, aus der ich jedoch längst rausgewachsen bin.«

So weit kommt mir die Geschichte bekannt vor. Und trotz allem und allem, was ich mir gesagt habe, bereitet mir das immer noch Bauchschmerzen.

»Bist du sicher, dass du sie nicht mehr willst, Isaac? Vielleicht bist du nur müde geworden, auf sie zu warten und nimmst den einfachen Weg. Aber tief in dir drin ...«

Isaac macht einen Schritt auf mich zu und allein dieser Umstand bringt mich zum Verstummen. Er greift nach meiner Hand und legt sie auf sein Herz.

»Sie hatte kein Interesse daran, mich auf dem Weg zu begleiten, um der Mann zu werden, der ich jetzt bin. Und jetzt? Der Mann, der ich jetzt bin, der braucht sie nicht mehr. Ich bin nicht mehr der Junge, der sich verzweifelt nach der Aufmerksamkeit dieser Frau sehnt. Früher hat sich das angefühlt wie eine Trophäe. Hat mein Selbstbewusstsein fast ins Bodenlose gehoben. Diesen Effekt hat sie nicht mehr auf mich. Ich will keine Trophäe, ich will eine Partnerin. Und Deliah kann diese Partnerin nicht sein. Sie hat in den letzten Tagen viele Dinge gemacht und gesagt, von denen ich mir früher gewünscht hätte, sie würde sie tun und sagen. Aber weißt du was? Es lässt mich komplett kalt, ich bin nicht einmal wütend, ich sehe es so klar wie nie zuvor. Sie drängt sich ungefragt in mein Leben, weil sie sich einbildet, ein Anrecht darauf zu haben, und behauptet, dass ab jetzt alles anders ist, während sie sich verhält wie immer. Deliah macht, was Deliah will. Es interessiert sie nicht, was ich will, denn ich bin *ihre*

Trophäe. Und ich bin so was von froh darüber, dass das endgültig vorbei ist.«

Erleichtert atme ich aus, während ich Isaacs Puls unter meinen Fingerspitzen fühle. Der schönste Rhythmus der Welt. Gleichzeitig versuche ich herauszufinden, was das für uns bedeutet. Meine Logik sagt mir, dass uns nichts mehr im Weg steht. Ich liebe ihn, er liebt mich und keine Deliah ist mehr zwischen uns. Aber da ist noch der Teil in mir, der mir die Hoffnung verbietet. Vielleicht hat mein übereilter Abgang alles kaputt gemacht. Vielleicht vertraut Isaac mir nicht mehr.

»Phi, bevor du gekommen bist, habe ich verzweifelt versucht, die Beziehung zu führen, die ich gerne führen wollte, doch das passende Gefühl dazu wollte sich nicht einstellen. Deswegen hatte Deliah überhaupt immer wieder Erfolg, wenn sie vor meiner Tür stand. Ich wollte es so sehr und ich habe falsche Hoffnungen in den Frauen geweckt und ich hasse mich ziemlich dafür. Aber du sollst wissen, dass ich ihnen nie gesagt habe, dass ich sie liebe. Nicht einmal, dass sie meine Freundin sind.«

Mein Blick eilt von meinen Fingern auf seiner Brust zu seinen Augen, die mich intensiv mustern. »Ehrlich?«

Er tritt noch näher an mich heran, sodass ich meinen Kopf weiter nach hinten legen muss.

»Phi. Ich liebe dich.«

Die Worte durchspülen mich warm und erwecken alles Taube in mir zum Leben.

»Ich will, dass du bleibst. Am besten dein Leben lang, doch ein Schritt nach dem anderen.«

Mein Lächeln wird so breit, dass meine Wangen schmerzen. Ich bin gerade so glücklich, dass es mir beinahe Angst macht.

»Und du bist dir sicher, dass dir auf Dauer nicht mit mir langweilig wird?«, frage ich verunsichert. Ich weiß gar nicht, wann ich so geworden bin. Wenn ich genauer darüber nachdenke, war ich so wohl schon immer. Deswegen habe ich mich immer angepasst. Bei Henry nie zu *gefühlsduselig* geworden. Bei Brian nicht zu sehr *geklammert.* Mich stundenlang neben Titus gesetzt und ihm beim Spielen zugeschaut, ohne zu sagen, dass ich lieber etwas anderes mit ihm gemacht hätte. Bei Isaac ist das anders. Nicht, dass ich es nicht versucht hätte, doch er würde mich sofort durchschauen, deswegen habe ich das aufgegeben. Nun verstelle ich mich nicht mehr, aber bin trotzdem unsicher. Ich würde das gerne sofort abschütteln, doch so weit bin ich noch nicht und dafür ist es mir zu wichtig, was Isaac von mir hält.

»Langweilig? Ich bitte dich. Hast du unser episches Schachspiel vergessen?« Seine Hand gleitet hauchzart über meine Wange, jede Berührung kribbelt verheißungsvoll.

Ich lache und die Anspannung fällt von mir ab. »Es war nur episch, weil du dazu Herr der Ringe-Musik angemacht hast.«

»Phi: Ich. Liebe. Dich.«

Es ist, als würde ein Knoten platzen und endlich alles bei mir ankommen. Ich halte es nicht mehr aus und falle regelrecht gegen ihn. Seine Hand gleitet in meinen Nacken, der Druck seiner Finger verstärkt sich. Ehe ich mich versehe, liegen seine Lippen auf meinen. Er schmeckt so sehr nach dem Mann, den ich liebe, dass ich mir sehr viel berauschter vorkomme als vom Alkohol und dem Gras.

»Ich liebe dich auch«, presse ich hervor, als unsere Lippen sich für ein paar Sekunden nicht berühren. Gefolgt von einem Kichern, das Isaac bedauerlicherweise dazu veranlasst, so viel Abstand zu suchen, dass er mein Gesicht studieren kann. Aber seine Arme sind immer noch so fest um mich geschlungen, als würde er mich nie wieder loslassen wollen.

Er zieht eine Augenbraue hoch und ich weiß, dass er gerne eine Erklärung für meinen kleinen Lachflash hätte. »Wie haben wir es geschafft, so gnadenlos ehrlich miteinander zu sein und doch das Wichtigste nicht zu sagen?«, frage ich.

Isaac verzieht kurz das Gesicht. »Keine Ahnung. Vielleicht schaffen wir es diesmal besser.«

Ich nicke und lehne mich wieder nach vorn, Isaac kommt mir nicht entgegen. »Was ist?«

»Ich habe noch ein kleines Geständnis und es ist kein schönes.«

Ein Schauer durchläuft mich, aber ich raffe mich zusammen. Egal, was es ist, wir werden es schon irgendwie überstehen. Wir müssen anfangen, auch bei den unbequemen Sachen ehrlich miteinander zu sein. »Du hast keine Kinder mit Deliah, oder?«, frage ich ängstlich.

Seine Augen weiten sich. »Oh Gott, nein!«

Erleichtert atme ich aus. Letztendlich hätten wir auch das geschafft, trotzdem bin ich froh, dass alles, was die beiden verbindet, inzwischen in der Vergangenheit liegt.

»Es ist nur ... Für einen Moment hat mich das gefreut, dass du wegen mir Herzschmerz hast. Ein ziemlich hässlicher Gedanke, oder?«

Ich muss wieder lachen. Wenn er wegen so etwas ein schlechtes Gewissen hat, muss ich mir keine Sorgen machen.

»Lach nicht, ich bin ein grausamer Mensch.«

»Mhm, ja, genau. Der schlimmste. Ein richtiger Bösewicht«, sage ich sarkastisch.

»Ich will dir nie wieder das Gefühl geben, nichts Besonderes zu sein«, haucht er an meinen Lippen. »Sei ehrlich zu mir, wenn das passiert.«

»Immer.«

Ich weiß, dass es hart wird. Vermutlich kann man nicht rund um die Uhr ehrlich zueinander sein. Aber es wird sich lohnen, es zu versuchen. An Beziehungen wird man immer arbeiten müssen, das habe ich inzwischen auch verstanden. Aber zwischen einem Kompromiss und Anpassung können Welten liegen.

Isaacs Hände fahren unter mein Oberteil. Sein Körper presst mich gegen die Wand. Sein Mund vereinnahmt mich wieder vollständig. Seine Zunge schiebt sich in mich hinein und überall, wo er mich berührt, steht meine Haut in Flammen.

»Ich werde dich jetzt ins Schlafzimmer tragen. Dort kannst du diverse Sozialstunden ableisten, für dein Vergehen.«

»Ganz wie Sie befehlen, Officer.«

Epilog

»Josh, hast du mir nicht zugehört? Mach da nicht nur Bücher rein, pack wenigstens ein Kissen dazu, es sei denn, du bist plötzlich der Hulk«, fährt Justin unseren jüngsten Bruder an. Joshua verdreht genervt die Augen und wirft die letzten zwei Bücher aus dem Regal in den Karton. »Isaac schafft das schon«, meint er dabei lapidar.

»Hey, mein Verlobter ist kein Packesel!«, sage ich, während ich uns ein paar Schnittchen zubereite mit den letzten drei Zutaten, die noch im Kühlschrank liegen, dem ich bereits den Stecker gezogen habe.

Joshua schmeißt noch ein paar Buchstützen obendrauf und schließt dann den Karton, als wollte er die Hulk-Theorie testen. Als Isaac reinkommt, zeigt er erwartungsvoll darauf. »Nur noch der und die zwei dahinten.«

Isaac verzieht kurz das Gesicht, als er ihn anhebt, aber er bekommt ihn gestemmt und ich bin mir nicht sicher, ob Josh davon enttäuscht oder schwer beeindruckt ist, wahrscheinlich eine Mischung aus beidem. Ich schmunzle. Meine Brüder testen und piesacken Isaac hier und da, im Grunde verehren sie ihn jedoch genauso wie ich. Nun ja, vielleicht nicht genauso wie ich. Justin hat am längsten gebraucht, um mit Isaac warm zu werden, aber inzwischen sind die »Was dann? Verhaftest du mich dann?«-Scherze zu einer Art Running Gag in unserer Familie geworden.

Ich stelle den Teller mit den Schnittchen zwischen meine Brüder und folge Isaac nach draußen, um ihm den Wagen aufzumachen. Die Muskeln seiner Arme sind ziemlich angespannt. Ich finde das sehr sexy, er denkt jedoch vermutlich so was wie ›*Weib, beeil dich, ich darf vor deinen halbwüchsigen Brüdern keine Schwäche zugeben*‹. Wobei streng genommen nur noch Josh halbwüchsig ist, vor einer Woche haben wir Logans 18. Geburtstag gefeiert. Wie surreal, dass er auf Antworten von Unis wartet. Wie ein Erwachsener. Ich hoffe wirklich, dass die Kunsthochschule seiner Wahl ihn annimmt.

Ich öffne Isaac die hintere Tür des Autos, der Kofferraum ist bereits voll. Er schiebt den Karton durch und ich genieße die Aussicht auf seinen Hintern. Manche Dinge werden wirklich nicht langweilig, egal, wie oft man sie sieht.

Von seinem Gesäß schweift mein Blick zu meinem Elternhaus. Es sieht von außen aus wie immer. Innen ist es inzwischen so leer, dass ich es kaum wiedererkenne. Mom hat uns gebeten, alles herauszuholen, was noch irgendwie wichtig für uns ist, jetzt ist das erledigt. Eine große melancholische Nostalgiewelle durchfährt mich, auch wenn ich Moms Beweggründe nachvollziehen kann. Justin und ich wohnen nicht mehr dort, wer weiß, was Logan macht, sobald er eine Zusage bekommt, und so ist das Haus einfach zu groß. Aber ich glaube, der Hauptgrund ist, dass Mom sich einen Neuanfang wünscht, und ich kann sie verstehen. Sie mit ihrem Freund zu sehen, ist immer noch ein bisschen ungewohnt für mich, aber er macht sie glücklich und das ist alles, was zählt. Isaac und ich haben auch beide unsere Wohnungen gekündigt und uns ein Haus am Rande von Paxdale gekauft, in dem keine Erinnerungen an Deliah mehr bestehen. Für meine Arbeit pendle ich nach Phoenix, aber mit den Homeoffice-Tagen ist das kein Problem.

»Übrigens habe ich beim Ausräumen was gefunden«, sagt Isaac, als er wieder aus dem Auto klettert.

»Mh?«

Ich sehe in sein unanständig breites Grinsen und frage mich, welche Peinlichkeit auf mich wartet.

Er hält mir ein Stück Papier vor die Nase, stirnrunzelnd nehme ich es entgegen.

Ich brauche eine Weile, bis ich begreife, was ich da in den Händen halte.

— *Spontaner sein.*
— *Mehr Abwechslung.*
— *Begeisterungsfähiger werden.*
— *Sich mehr für seine Hobbys interessieren.*
— *Ihm das Gefühl geben, begehrt zu sein.*
— *Mehr Stellungen ausprobieren.*
— *Versaut reden?*

Ich überfliege die Liste und muss feststellen, dass ich jeden einzelnen Punkt in den ersten Wochen mit Isaac abhaken konnte, ohne, darauf zu achten.

Ein Lächeln gleitet über meine Lippen und mein Blick huscht von der Liste zu meinem Verlobungsring. Es weiß noch niemand, aber nächste Woche werden wir uns in Vegas trauen lassen. Eigentlich hatte ich immer eine sehr klassische Hochzeit im Kopf, aber als Isaac mich fragte, was ich will, nachdem er mir den Antrag gemacht hatte, wurde mir klar, dass mir die Vorstellung einer großen, pompösen Zeremonie die Schweißperlen auf die Stirn treibt. Deswegen werden wir uns heimlich verheiraten und später mit allen Freunden und Familienmitgliedern eine große, lustige und vor allem zwanglose Gartenparty machen, die bisher als verspätete Verlobungsfeier getarnt ist. Und es fühlt sich genau richtig an. Mein Leben fühlt sich genau richtig an. Wie ein Kleid, das man nicht nur trägt, weil es passt, sondern in dem man sich toll fühlt. Wie die Person, die man sein will.

Ich zerknülle die Liste zu einem kleinen Ball und werfe sie in die nahestehende Mülltonne. Ich brauche sie nicht mehr.